Reincarnation of sherman
যাদুকররেউহ্নসখোনে এর পুনরজ্জীবতি
Illustration : Mika Pikazo

猫子 Necoco
ILL. Mika Pikazo
最強呪族転生
Reincarnation of sherman
チート魔術師のスローライフ
4. ファージ領の改革

オーテム
াদুকররেউহুসখোনে এর পুনরজ
マーレン族が扱う木彫りの人形。作り手の腕によって性能にかなりの差が出るが、魔紋を彫ることで結界や魔術の使用に役立つ万能アイテム。
アベル
যাদুকররেউহুসখোনে এর পুনরজ্জীবতি য
少数民族“マーレン族”に転生した、もと現代日本の高校生。自他ともに認める魔術オタクで魔術に関して右に出る者はいないが、体力は女子平均以下。とある事情で集落から離れて冒険者となるが、現在は街を出て次の拠点となる場所を探して旅をしている。
登場人物
Person

ジゼル
যাদুকররেউহুসখোনে এর পুনরজ্জীবতি
２歳違いのアベルの妹。重度のブラコン。物腰柔らかで誰に対しても優しい少女だが、アベルに関することに対しては異常な執着心を見せる。
フィロ
যাদুকররেউহুসখোনে এর পুনরজ্জীবতি যাদুকর
アベルの幼馴染。マーレン族族長の孫娘。強がってなかなか素直になれないが、アベルに自分を見てもらおうと頑張る健気な性格。
シビィ
যাদুকররেউহুসখোনে এর পুনরজ্জী
アベルの幼馴染。貴重な常識人だが、想いを寄せるジゼルに何かあると冷静さを欠きがち。
メア
যাদুকররেউহুসখোনে এর পুনরজ্
アベルと行動を共にするドゥーム族の少女。
とある事情で生まれ故郷を逃げ出した。アベルのことを大変慕っている。
マイゼン
যাদুকররেউহুসখোনে এর পুনরজ্জীবতি যাদুকর
街で出会った冒険者。少々ナルシストな面もあるが、ポジティブで大変面倒見が良い性格。
ガストン
যাদুকররেউহুসখোনে এর পুনরজ্জী
荒くれ者の冒険者。アベルのおかげで伝説級冒険者となるが、ひょんなことから自分の実力が露呈してしまう。

これまでのあらすじ

ひょんなことから異世界で
マーレン族として再び生を受けた俺《アベル》。
魔術の勉強を重ね、
集落でも一目置かれる存在となったが、
ある日、父から自分の妹と結婚するように言われる。
確かに妹とは仲が良いけれど、前世の感覚がある俺としては
妹と結婚することなんてできない……。
こうして、俺は一族のしきたりに背いて集落を飛び出した。

大都会ロマーヌの街へ到着した俺はドゥーム族の少女メアとともに
冒険者としての活動を始めたのだが、
新人冒険者の活躍を思わない荒くれ者に目をつけられてしまった。
集落から逃げ出した身である俺にとって
活躍しすぎて目立つのは控えたかったので、
手柄を引き換えに、この荒くれ者の冒険者ガストンを利用することに。

手柄が簡単に手に入るということでガストンは話に乗ってくれたが、
数々の魔獣討伐をはじめ、大悪魔による街の襲撃も解決したことで
彼は次第に"英雄"と呼ばれるようになる。
終いには噂を聞きつけた王女から声がかかり、
止めようとする俺を振り切ってガストンは王女直属の騎士となった。
しかし、これまでの彼の活躍は、
実際には全て俺が解決してきたことだったので、
王都で開催される王家近衛騎士の決闘という大舞台で
ガストンの実力が露呈してしまうことに……。

真実がバレる前に、
いち早く王都から離れた俺だったが、
道中で「ロマーヌの街にマーレン族の集団がいるらしい」という噂を聞きつけた。
きっと集落の連中が俺を連れ戻しに来たに違いない。

まだ集落に帰るわけにはいかない……。
俺は街へ戻ることをやめ、どこか身を隠せる土地を探すことに——。

CONTENTS

ファージ領の改革

第一話　三つ首竜ナルガルン

1

アッシム支部の冒険者支援所の休憩所、その角のテーブルを俺はメア、シェイムの三人で陣取り、今後についての会議を開いていた。

無論、議題はロマーヌの街に現れたマーレン族とドゥーム族からの逃走について、である。

街に現れたマーレン族は、ほぼ間違いなく無断で集落を出た俺を連れ帰るための追手だろう。俺はまだ、ジゼルに捕まるわけにはいかない。ロマーヌの街には戻れない。どこか、閉鎖的な地方へ逃げねばならない。

……それに、ドゥーム族に追われているらしいメアを匿う必要もある。メアの話を聞いている限り、穏やかな目的で来たとはどうにも思えない。

シェイムは無関係であるのだが、俺とメアが色々とまずいことを察してくれ、調べ物や情報収集を手伝ってくれている。彼女は顔が広く、要領もいいため、簡潔に纏《まと》めてあれやこれやと教えてくれた。本当に助かっていた。その上、調べ物に一日掛けになってくれたのに、手間賃は休憩所の間食と飲み物代以上はまったく受け取らなかった。彼女曰く、聞き込みは趣味みたいなものだから、だそうだ。

俺は血眼になり、地図と、シェイムの纏めてくれた近隣領地の情報を見比べる。

「なんで……嘘……どうして、どうしてメアを……だって、そんな、メアなんて……そんな価値、ないのに……」

メアはぶつぶつと呟きながら、身体を震わせていた。

メアは額の石がないせいでドゥーム族の集落内で嫌がらせに遭い、半ば追い出されてきたはずだ。それなのになんでそんなわざわざ都会まで出張ってきて捜すようなことに……ん？　そういえば昔、何か気に掛かることを言っていたような……。

『端折《はしょ》って言うとそんなところですかね。なんかメアの生まれたタイミングもちょっと悪かったそうで、あんまりずっとここにいたらヤバそうかなって。そんで母親のへそくり摑《つか》んで逃げてきてやったんですよ』

メアと会ったばかりのとき、彼女が言っていた言葉が頭に蘇ってきた。ま、まさか、あれか？　あれのせいなのか!?

あれなら、俺の世界樹オーテムの材料費調達のためにメアが売り払ってしまっている。あの貴金属の中に、ドゥーム族の宝が紛れ込んでいたのではないかと考えれば、ドゥーム族がメアを追いかけて来る理由にも説明がつく。

「な、なぁ、あのヘソクリじゃないよな？　あのヘソクリのせいじゃないんだよな!?」

俺はメアの肩を摑み、身体を揺すった。

「ひゃうっ！　え？　い、いえ！　違います！　あれは、あれだけは……絶対、違うはずです。だって……」

「ほ、本当か？　俺に気を遣ってないか？　どうにか買い戻した方が……」

多少足許を見られても買い戻せるだけの額はある。ロマーヌの街で冒険者業を熟《こな》して依頼で貯め込んだ分もあるのだし、王都の武闘大会でガストンの敗北に賭けて得た三十倍マネーもある。『キメラの尾』の店主はちょっとお金に厳しそうなタイプには見えたが、融通が利かない方ではないはずだ。そんなにまずいものだったら、事情を説明してどうにか……。

「んー……アタシは詳しくは事情知らないけどー、そんな悠長に構えていいの？　アベルちゃんはアベルちゃんでマズいんでしょ？」

机に顎を乗せて冒険者新聞を読んでいたシェイムが、目線を上げて俺達を見る。緑の髪が、だらしなく机の上に垂れていた。

「俺は捕まっても、強制送還で妹と結婚式あげさせられるだけで済むからな。メアはそういうこと言ってる場合じゃなさそうっていうか……」

俺の言葉を聞き、さっきまでぐったりとしていたメアが、椅子を押し退けて立ち上がった。床にぶつかった椅子がダンッと大きな音を立てて、何事かと周囲の関心を引く。

「ど、どど、どういうことですかアベル!?　メ、メア、聞いてません！　聞いてませんよ、そんなの！」

メアが前傾になり、俺の服へとしがみつく。椅子の音で注目を集めていたところだったため、周囲の冒険者達が「修羅場か？」と楽しげに噂しながら、こちらの様子を窺っていた。

「い、いや、そりゃ言ってなかったもの。別に言うほどのことではないかなと思ってたし……それに、なんかその……恥ずかしいし……」

「……実はメアちゃん達、結構余裕あったり？」

シェイムが目を細め、俺とメアの顔を見比べる。い、いや、こっちは必死なんだけど……。

その後も相談を続け、ラルク・ファージ男爵が治めている、辺境にある田舎領地を目指すのがいいのではないかという結論に至った。

ファージ領は閉鎖的で、外部との交流もほとんど持たないという。ひっそりと隠れていれば、居場所が割れることもまずないはずだ。

特にここ数年は以前にも増して酷く閉鎖的で、外部との関わりがまったくなかったという。最近、ファージ領を訪れようとした冒険者が、道の途中で大きな三つ首竜と遭遇して逃げ帰ってきた、という噂が広まっている。本当だとしたら、そのドラゴンのせいで外部との連絡手段が断たれ、閉じ込められている可能性もあるのだとか。

ファージ領は国境沿いにある領地である。

ファージ領は、リーヴァラス国という、水神リーヴァイの聖典の解釈を巡って度々紛争の起きている国との境の部分に位置している。ただ国境は険しく大きな山脈が連なって間を隔てているため、紛争に巻き込まれるようなことはない。リーヴァラス国自体大して力を持っている国ではない。規模も小さく、紛争のせいで内部で消耗しているため、他国に何かをするような余力もない。

後ろはリーヴァラス国、前に大型魔獣となれば、ファージ領の身動きが取れなくなっていても確かに不思議ではない。ただ、噂は噂だ。そんなことになっていれば、王家が放置はしないだろう。

「んー……本当に、ファージ領でいいの？　本当に三つ首竜、いるかもしれないよー」

シェイムが手を頬の両側に置き、ゆらゆらと動かす。何の真似かはわからないが、脅かしているつもりらしい。

「……そんな危機にあったら、ポーグ（伝書を運ぶ鳥）でも使って外に知らせているだろう」

「それもそうだろうけど……噂が出回ってる以上、馬車もみーんな嫌がるんじゃない？　これだけ人の行き来がないなら、ファージ領の冒険者支援所が機能してるのかもそもそも怪しいし……魔獣災害《モンスターパニック》への対策だとか、帰りの護衛だとか、その辺りも引っ掛かるからねー」

それは俺もわかっている。ただ、この近くで一番行方を誤魔化せそうなところというと、ファージ領程適しているところがないのだ。

多分俺ならよほど治安が悪くてもどうにかやっていけるだろう。住めば都だ。……馬車は、エリアさんに頼み込もう。

「そーれにー……それがなくても元々、あんまりいい噂のあるところじゃないからねー。領主がロクデナシ息子ラルクに代わってから、領民虐めて身内で贅沢して、挙句の果てに外との交流ばっさりきっちゃってるから。中じゃ酷いことになってるんじゃないかなー」

「……シェイムは、止めておいた方がいいと思うか？」

「んー……隠れたいなら、一番だとは思うよ。ただ、デメリットはしっかり把握しといた方がいいんじゃないかなって」

今出たデメリットくらいなら、どうとでもなるだろう。ちょっとくらい魔獣が多かったり、領主の底意地が悪かったりしても、どうとでもできる自信がある。三つ首竜が出たとしても、正直『神の弓』よりも規模の大きい相手だとは思えない。多少あれより頑丈でも、魔術を二三発ぶち込んでやったら退かせるくらいのことはできるはずだ。

「なら、こっちで決まりだな。メアも、ファージ領でいいと思うか？」

「は、はい！　メアは、アベルの行くところならどこへでもついて行きます！」

メアがぎゅっと袖を掴んでくる。

「そ、そうか」

……その主体性のなさはちょっと危うく思えるのだが、大丈夫なのだろうか。

「馬車、アタシが手配してあげよっか？　頼み回って断られ続けたりしちゃったら、噂が広まっちゃうかもしれないよん？」

「知り合いの御者がいるから、どうにかなるかな……と」

「なら、そっちにしておいた方がいいかもね。もしメアちゃん達を捜している人がいたら、ルーガートにでも行くって聞いたーって、そう伝えといたげるよん」

ルーガートは北部にある都市だ。

ファージ領からはかなり大きく離れている。上手《うま》く釣られてくれれば、いい時間稼ぎになるだろう。

「何から何まで悪いな」

「いーっていーって。こーいうの、アタシが好きなんだから」

方針が定まったところで冒険者支援所を出て、シェイムとは別れることになった。

「本当にありがとうな」

「そんな、何度も御礼言わなくたっていいってば。アタシ達、友達でしょ？」

フットワークの軽い人だ。街の大半の人と友達なんじゃなかろうか。

「あ、ありがとうございました！」

「ん、メアちゃんも元気でね！　アタシも面白そうだからついてってみたかったんだけど、こっちでもやりたいことがあるからねぇ……。それじゃ、また、縁があったら！」

ひらひらと手を振り、見送ってくれた。

2（sideユーリス）

「もはや、外部からの助けは期待できない！　我々は国から見捨てられたのだ！　このままずるずると停滞していては、領民達の不満も募る一方であろう！　なんとしても、我らが三つ首竜を打ち破らねばならない！」

百名以上の兵を前に演説を行うのは、ファージ領の三つ首竜討伐隊総指揮官、ユーリスである。

ユーリスは女であったが、ファージ領の中では誰よりも剣に優れており、カリスマ性も高い。元々流れ者の冒険者であったのだが、ファージ領を訪れた際、突然現れた三つ首竜に帰路を塞がれてしまったのだ。もう、二年も前のことになる。

ファージ領はディンラート王国の辺境に位置する領地であり、西部には険しい山脈が連なっており、危険な魔獣が多く存在する。そして東側に現れたのが三つ首竜である。三つ首竜の出現により、ファージ領は完全に世間から切り離されてしまっていた。

推定指定危険度A級上位、三つ首竜ナルガルン。最大クラスの大型竜であり、青、黄、赤とカラフルな三つの頭には、それぞれ異なった得意分野があるとされている。青は治癒魔法を、黄は広範囲の灼熱の息を、赤は魔法等は使えないが、とにかく凶暴であるため近づいてはいけないと、古い書物にはそう綴《つづ》られていた。（魔獣や悪魔は魔法陣や呪文を必要としないため、魔術ではなく魔法と呼ばれることが多い。）

「いいか、今回の戦いで何も成果を挙げることができなければ、我々は一生この地で過ごすことになると覚悟しろ！　我々は、ファージ領の総戦力である！　中途半端な戦いで、無駄に人員を減らすわけにはいかない！　全力で当たれ！」

三つ首竜討伐隊は近接部隊、弓部隊、魔術部隊に分かれている。近接部隊と弓部隊は更に細かく分かれており、引きつける頭、攻撃する頭、などが決まっていた。これを細かく決めたのは、魔術部隊隊長兼参謀、普段はファージ領の錬金術師団団長でもあるイカロスである。三つ首竜の許へ移動する際の休憩中、ユーリスはイカロスの許へと近づいた。

「……イカロス殿、この作戦改定案の意図を、お聞きしてもよろしいか？」

ユーリスに声を掛けられ、イカロスは面倒そうに目を細める。

「部下を介し、作戦書の改定案を渡した通りではないか。何か、問題があるとでも？　ユーリス殿も、先ほど読み上げてくださったではないか？」

先ほどの演説時に、最終的な作戦案を正式に全体へ周知して再確認することとなっていた。その再確認の寸前に、イカロスは作戦案の改定案をユーリスへと届けたのだ。改定案にケチをつける時間を与えないためである。

「魔術部隊を、下がらせすぎているように思うのだが。私には、大型ドラゴンと戦うときの定石などわからぬ。聡明なイカロス殿がこれが正しいというのなら、そうなのかもしれないが……しかし……」

魔術部隊の人間は数が少ない。近接部隊五十名、弓部隊が四十名に比べ、魔術部隊は二十名しかいない。

大型魔獣を相手取るに当たり、決定打を撃てる魔術部隊をなるべく安全な位置に置きたいということは理解できる。魔術師の数が減ってしまえば、その時点で三つ首竜ナルガルンの攻略の失敗は決まったようなものなのだ。しかし、それでもイカロスの作戦案は極端であり、ユーリスの目には不自然に映った。

「なら、何を言いに来た？　文句はないのだろう？」

「前案に比べ、これではその……近接部隊の犠牲が、出やすいというか……。特に魔術部隊の配置への、近接部隊による誘導だが、とても上手く行くようには思えないのだ。前案の陣形では、どう駄目だったのか、その点を説明していただきたい。私も、近接部隊の士気を上げるため、このような誤解はないようにしておきたいと、それだけの話であり……」

イカロスが目を見開き、杖を振りかぶって地を叩く。周囲の三つ首竜討伐隊員達が、何事かと目を見開いた。

「この俺が！　我が身可愛さに、配置を変えたと！　そう勘繰っているのか！　馬鹿にされたものだな！」

「い、いや、そうではない。ラルク様からも、イカロス殿の意向に従うようにと言われている。ただ、私はだな……」

「ほう、俺よりも、戦術や魔獣について詳しいと！　ユーリス殿はそう言いたいのか？　んん？　そうか、そうだったのか！　それは申し訳のないことをしたなぁ！」

「お、落ち着いてくれ。私の話を聞いてもらいたい！　私はだな……」

「俺が作戦を練る、貴女《あなた》が指揮を執る。そう領主殿からも言われていただろうが！　全指揮官であるユーリス殿が、作戦を疑《うたぐ》るような真似をしては全体の士気にも関わると、なぜそんな簡単なこともわからん！」

イカロスは大声で喚《わめ》き、周囲の注意を引く。

「あぁ、これだから女を全体指揮官にするのは反対だったというのに！　その小さな考えを、三つ首竜を前にしたときは捨ててもらいたいものだな！」

イカロスは不機嫌そうに吐き捨て、地面をがしがしと足の裏で蹴った。周囲からの目もあり、ユーリスとしてもこれ以上喰い下がることはできなかった。自分の立場でイカロスと長々揉めていては、イカロスの言う通り、全体の士気に関わる。

「……ラルク様、この領地の一大事に、あの男は人選ミスなのでは？」

ユーリスは、誰にも聞こえないように気を付けながら、小さくそう零《こぼ》した。

イカロス・イーザイダ。ファージ領には前代の領主のときから仕えており、信用が厚い。

魔術の腕も高く、本来ならばこんな田舎領地の貴族に仕えているような魔術師ではない。領主はその引け目もあり、イカロスをかなり優遇していた。それがイカロスを思い上がらせていた。

「「ギシャァァァァァッ！」」

ついにファージ領の兵達は、三つ首竜ナルガルンと対峙した。まるで城のような圧倒的な体格、そこから伸びる、毒々しいまでに派手な色彩を持つ三色の首。

イカロスの作戦通り、近接部隊が前面に出た。ユーリスは先頭に立ってナルガルンへと向かう。

総勢五十名の近接部隊がナルガルンの気を引き、その後方から弓部隊がナルガルンの頭を狙って弓を放つ。

「いいな！　まずは、青い頭を落とせ！　あれが治癒魔法を扱う！　あれを落とさない限り、我らの一方的な消耗戦となる！　近づきすぎるな！　足で踏まれては一溜まりもない！」

ナルガルンの赤い首が素早く伸び、近接部隊の騎兵へと頭突きをかました。

「あぁっ！」「ぐぁっ！」

避ける隙もなく、隊員は吹っ飛ばされ、まともに受けた数名が地を転がった。

「ひ、ひっ！」「やっぱり無理だ！　あんなの、勝てるわけがない！」

どうにか被害を免れた兵も、すぐ横にいた人間が散らされたショックからか態勢が崩れ、陣も乱れた。そこを狙い、黄の頭が炎を吐き出して焼き払う。あっという間に辺りは地獄絵図へと変わった。

赤い頭が、空を見上げるように首を傾ける。騎兵の乗っていた馬を丸呑みにしたのだ。牙に噛み千切られた馬の頭部だけが、ぼとりと地に落とされた。牙の間からは、絶え間なく血が流れている。

当初の予定では、ナルガルンの三つの首を魔術部隊が魔術で攻撃し、ナルガルンの動きを牽制するはずだったのだ。それがイカロスによる突然の変更により、ナルガルンを魔術部隊の射程圏内へと誘導し、迎え討つという戦法になった。

剣と矢だけでは、ナルガルンにとても対応しきれない。ユーリスはそのことを嫌という程思い知らされた。

隊が分裂してでも止めるべきだったのだ。なんなら、後日仕切り直させてもよかった。士気がいくら下がろうが、そちらの方がまだいくらかマシだった。

「分かれろ！　左右に分かれろ！　反対側へ回れ！　赤い頭には絶対に近づくな！」

ユーリスは恐怖の感情を押し殺し、必死に叫んだ。

「ギシャァァァァッ！」

ユーリスの目前へと、優先攻撃対象である青い頭が降りてきた。ユーリスは歯を喰いしばり、剣を振り上げる。

「《炎よ》　《纏え》」

　ユーリスが呪文を唱えると、剣の刃を炎が包んだ。

　彼女は、ある程度の魔術の心得もある。ユーリスの剣は、魔法陣の仕込まれた特別製である。戦闘時に素早く魔術を発動できるようサポートする、杖に近い機能を持っていた。

「これでもっ、喰らえっ！」

　青い頭の顎《あご》を、真っ赤に燃える剣が斬りつける。

「ギシャアァツ！」

　青い頭が悲鳴を上げ、目を閉じて小さく仰け反った。傷口を焼き切ったため、血は出なかった。

「い、いける！　もう一発……」

　ユーリスが剣を構え直したとき、青い頭が目を開いた。さっきよりも早く、ユーリスへと飛び掛かって来る。

「ユーリス殿っ！」

　背後から若い男の声が聞こえ、次の瞬間、青い頭の鼻先に三本の矢が突き刺さった。青い頭が見開いたばかりの目を瞑《つぶ》った。

　いける、そう思うのとほぼ同時に、ユーリスの身体は宙へと投げ出されていた。青い頭の、力押しの攻撃に負けたのだ。青は攻撃特化ではないとはいえ、大柄のドラゴンだ。人間相手に正面からぶつかって遅れを取ってくれるような、甘い魔獣ではない。少しでも青にダメージを与えておきたいという焦りが、判断を見誤らせた。

ユーリスは地面に剣を突き立てて止まり、それを起点に上手く回って足から地面へと着地し、頭を打ち付けることを避ける。

「こ、こんな程度で……」

立ち上がろうとするが、腰に激痛が走った。青い頭の一撃を受けたとき、腰の骨に罅《ひび》が入ったのだ。ユーリスは体勢を崩し、膝を突いた。

「ギシャアアアッ！」

青い頭が大口を開け、屈んだままのユーリスへと襲いかかってくる。

「……ここまでか」

ユーリスが目を閉じる。

「「土よ　縛れ」」

「風よ　刃を象れ」

二つの声が重なって聞こえる。土が変形して縄となり、青い頭の首許を拘束した。

動きが止まった青い頭を、風の刃が捉える。

「ギシャアアッ！」

風の刃が青い頭の瞼《まぶた》を裂き、片目を抉《えぐ》った。青い頭が雄叫びを上げる。

「俺の許可なく動くなと言っていただろうがぁっ！　勝手に動かれては困ると何度言えばわかる！」

イカロスが遥か後方から叫ぶ声が聞こえてきた。彼の待機させていた魔術部隊の一部が勝手に他部隊を助けに動いたため、怒っているのだ。イカロスは、意地でもナルガルンに近づかないつもりでいた。

ユーリスが声の方へと顔を向ける。手助けに来てくれた魔術部隊の数名の内の一人は、イカロスへ顔を隠しながら舌を出していた。

「ギシャッ!」

青い首が頭を振って暴れる。土の縄の衝撃を吸収する仕掛けが働き、淡く光って抵抗したが、ナルガルンの前には小細工でしかない。あっという間に魔力が尽きて砕け散り、ただの土へと戻った。しかしその隙に、一騎の騎兵がユーリスへと駆けつけた。

「ユーリス殿、しっかり!」

騎兵の男はユーリスを乗せ、ナルガルンから離れる。その背に向かい、今度は黄色い頭が首を伸ばしてくる。他の部隊に気を引かせていたのだが、青い頭の悲鳴を聞いてユーリスの側へと関心を移したのだ。

黄色い頭に代わり、青い頭が退いていく。風の刃による魔術の直撃を受けた傷を、お得意の治癒魔法で治したいのだろう。

「あーし達が壁を作るので、お下がりくだしー」

三つ編みの背の低い女の子が率いる、四人組がユーリスの前に飛び出した。三つ編みの彼女は名をリノアといい、幼い容姿に反して魔術部隊の副隊長である。ノワール族という本来他の大陸に多い種族であり、一生を子供の姿のままで過ごす。

「……いや、悪いが、前に出てはもらえないか？　最大の敵である赤い頭は、後方に回り込んだ他の兵が気を引いてくれている。今、『転移の陣』を使えば、弱った青い頭を叩けるはずだ」

　青い頭は治癒魔法を使える。奴を落とさなければ、一方的な消耗を続けるばかりだ。それまではまともな勝負にさえならない。

　黄色い頭が出て来たのを見て、ファージ領側の戦力の大半は、火の息から逃れようとナルガルンから離れていた。しかし黄色い頭は動作ばかり大きく、脅しを掛けて兵を逃がすのが目的のようにもユーリスからは見えた。それに伴い、青い頭は、安全に回復に専念する機会だと気を緩めているようだった。

　恐らく、今が青い頭を潰せる最大の好機だ。ユーリスの冒険者業を続けて培った勘が、彼女にそう告げていた。

「正気で？　ここの四人なら、転移は使えるけど……ナルガルンの足許から頭まで、なんて長い距離を正確に飛ばせるのは、あーしだけよ？」

　リノアの、ノークスと比べれば長い耳がぴくぴくと動く。

「……なら、リノア殿には私の転移を頼む。一撃くらいなら、今の身体でもまだやってやれる」

　ナルガルンの頭に転移し、帰って来られる確証はない。それでも、今の機を逃して無駄に兵を消耗させたとなれば、永遠にナルガルンを倒すことはできない。ユーリスは、そう判断しての決断だった。

　正直、ユーリスの今の身体でどこまでやれるか、ユーリス自身にも把握しきれてはいなかった。

ただ、やってみせるという執念があった。それに捨て身の攻撃など、発案者である自分が出なければ、誰も続かない。

「共にナルガルンの頭へ飛んでくれる者はいるか？　後、三人ほしいのだが。無理して出なくてもいい、転移を無駄打ちされても困るからな。腕に自信のある者だけ来い」

「挑発的だな、そう言われたら行かざるを得ないではないかユーリス殿よ」

「俺も行くぞ！　いつまでもこんな田舎に引きこもってるつもりはないんでね！」

　発破を掛けたわけではなく、純粋に本音を述べただけなのだが、幸いにもそれが効果的だったらしく、すぐに二人が来た道を引き返し、ナルガルンへと向かう。

「……この流れだと、ユーリス殿を連れている俺が行くのが一番手っ取り早い感じかな？」

　ユーリスを助けた男が冗談交じりに言い、すぐに二人の後を追った。それに続き、魔術部隊の四人組も駆け出した。

　ナルガルンの気を引くための陽動役として、逃げようとしていた他の兵達も彼らの許へと続く。急に進路を変えて近づいてきた兵にナルガルンも驚いていたようだが、すぐに黄色い頭が大口を開き、灼熱の息を兵達へと浴びせる。

「全員、一か所に固まってー！」

　リノアが叫び、声に続いて兵達が纏まって行く。

「『《土の》　《壁よ》』」

　リノア以外の三人の魔術師が、息を合わせて詠唱する。巨大な魔法陣が浮かび、土が盛り上がって宙に浮き、大きな盾となった。

「আমা《我が》 জাদু《魔力よ》」

リノアがそれに続き呪文を唱える。土の盾を魔力が覆ってコーティングし、強度を引き上げた。灼熱の息が、土の盾へと襲いかかる。盾でカバーしきれなかった範囲が真っ赤に染まった。

ユーリスはその圧倒的な様を見て、ナルガルンの恐ろしさを再認識した。それは他の者も同じだったらしく、先ほどまでの士気を削がれつつあった。

ユーリスは自らを痛みで鼓舞するため、唇の内側を噛み千切る。それから周囲に聞かせるため、大声で叫んだ。

「リノア殿、送ってくれ！」

「……座標は、青首の項《うなじ》。ঔ《運べ》」

リノアがユーリスへと杖を向け、呪文を唱える。ユーリスの身体を浮遊感が襲う。ナルガルンへの不安や恐怖が伸し掛かってくるのを、必死に頭から振り払う。余計なことを考えないため、目を閉じた。リノアの魔術が正確に飛ばしてくれるのなら、転移した瞬間は視覚など不要だ。身体に染みついた型を振るえばいい。

ユーリスは周囲が揺らぎ、唐突に空中に放り出されるのを感じた。リノアの魔術で、ナルガルンの目前へと転移したのだと理解した。

「অগ্নি《炎よ》 ধরা《纏え》！」

ユーリスは叫びながら剣を振るった。硬い竜の鱗に弾かれそうになるのを力押しで振り切り、即座に二撃目を放つ。続けて三撃目を振るいながら、ようやく目を開いた。

他の魔術師では座標が安定しないとは言っていたものの、三人も奇跡的に青い首の近くに飛ぶことができたようだった。彼らも青い首へと猛撃を振るっていた。間違いなく、風は自分達に向いている。

「ギシャァ！　ギシャァァァァァッ！」

青い頭は、首に四人からの集中攻撃を受けてさすがに堪らないのか、大声で鳴き喚いた。体格で勝るナルガルンであるが、首にしがみつかれてはその体格差故に対処が難しい。ナルガルンは首を捻じり、身体を大きく動かして振り落とそうとした。

ユーリス達は鱗に剣を突き立てて必死に喰らいつき、片目が潰れている青い頭の死角に回り込むように動きながら、執拗に斬りつけ続けた。一人が振るい落とされたが、彼らに下を見ている余裕はない。剣を狂人のように振るい続ける。青い首から鱗が落ち、肉が削がれ、血が舞う。一層と高い声で青い頭が吠える。

「はは、はははは。っ！　おら、もっともっとだ！　ここで潰さねぇと、俺達降りられねぇぞぉっ！」

恐怖が麻痺したのか、一人が笑いながら叫んだ。それに続き、より勢いを増して斬り続ける。

「ギシャァァァァッ！」

ユーリスの背後から凄まじい怒気の籠った雄叫びが響いた。直後、ナルガルンの身体そのものが大きく揺れ、ユーリスは吹っ飛ばされた。最後にユーリスは、渾身の力で剣を投げ飛ばす。青い頭の肉が削がれた首に、剣が突き刺さった。

「とっ！　ナ、ナイキャッチ私っ！」

冒険者時代からのユーリスの仲間だった女剣士・マヤが、ちょうど落ちてきたユーリスを抱きとめた。それから猛ダッシュでナルガルンから離れて行く。

「……マヤか。今日は、本当に運がいいな」

ユーリスがそう零すと、マヤは彼女の肩を叩き、指で頭上を示す。

「運がいい？　そりゃそうだよ！　あれ、あれを見て！」

ユーリスが頭を上げると、ナルガルンの青首がだらんと力なく垂れさがっているのが見えた。首は夥《おびただ》しい量の血に汚れており、やや歪《いびつ》な角度で傾いていた。骨が、折れている。残った隻眼にも光はなく、絶命しているのは明らかだ。

「や、やったのか！　ナルガルンの、青い首を！」

自分達は所詮、青い首の体表を削っていただけである。それがああもへし曲がっているなど、目前にしても信じがたい光景であった。

「赤い頭が、ユーリスを落とそうとして、誤って青い首に頭突きして……それでそれで！　弱った首が、ぱっかーんって！」

さっきの大きな衝撃は、赤い頭が青い頭に頭突きをかましたときに生じたものであったらしい。

厄介な治癒の頭が取れた。これで一方的な消耗を強いられることはない。

「ふ、ふふ……そ、そうか！　しかし、兵の疲弊が激しい、一時撤退だな。気を抜いてはいられんぞ、次はあの黄頭と、暴れん坊の赤頭を落とさねばならん。今回よりもハードな戦いになるだろう」

そう言いながらも、ユーリスの声は弾んでいた。

「……しかし、三つ首竜討伐隊の内部の意識を統一せねばならんな」

ユーリスは続けて、小さく零す。

危惧しているのは、イカロスのことだ。イカロスが余計なことさえしなければ、もっと上手く立ち回れたはずだ。今回は奇跡的にどうにかなったものの、幸運はそうも続かない。このままの状態では、三つ首竜討伐隊はナルガルンの黄、赤の頭を落とすことはできない。

「ユーリス、何か不安なことでも？」

「……いや、あの二つの頭を討つために、どう動けばいいものかとな」

ユーリスは、ナルガルンの二頭を睨む。

ファージ領の兵達はすっかり浮かれムードだった。何せ、ナルガルンの首を一つ落とせたのだ。これならファージ領解放の日も近いはずだと、そう考えてしまうのも無理はない。

「……む？」

赤い頭が、青い頭の首へと喰らいつき、勢いよく千切った。死んだ首を捨てて軽くするためかと思ったが、どうにも何かがおかしい。ナルガルンの首の断面を、大きな光が覆った。

光は禍々《まがまが》しいまでに激しく、一種の呪いめいたものであることがわかった。光は術式を象《かたど》り、大規模な魔法陣となった。

「ま、魔獣が魔法陣など、使えるはずが……」

ユーリスが目を擦る。目前の不可解な現象を否定したかったのだ。だが次の瞬間、もっとあり得ないものを目にすることになった。

光がうねり、首の形を象り、青い頭へと変化したのだ。赤い頭が噛み潰した青い頭の残骸は、依然としてナルガルンの足許に残っている。新しく生えた頭は辺りをギョロギョロと見回し、ユーリスを見つけると、二つの目を細めた。

「「「ギシャァァァァァッ！」」」

生え変わった青い頭を交え、三つ首竜が咆哮《ほうこう》する。

「ば……馬鹿な、あり得ない……そんな……」

決死の覚悟でついに落とした、青い頭。なぜあれが、平然とナルガルンから生えている。

治癒魔法だとか、そういった次元ではない。せいぜい治癒魔法は自然回復を早める程度のものである。腕を生やすだとか、失った眼球を元に戻すだとか、そういったものは高等禁魔術の領域に当たる。たかが魔獣が使えるものではないし、首一つとなるとそういう次元でさえ超越している。

犠牲も決して小さくはない。なのに、その対価がいくらでも生えてくる首一つというのは、あまりに重すぎる事実であった。

これ以上いくら戦っても無駄であるということが、はっきりとユーリスにはわかった。十年戦っても、二十年戦っても、ナルガルンを倒す算段はつかないだろう。他の者も全員同じ結論に至っていた。

「ふ、ふざけるな、ふざけるなよあんなの！」

「今まで俺達はっ！　何と戦っていたんだ！」

先ほどまで喜びの歓声に包まれていた兵達が、一目散に悲鳴を上げ、命令を待つことなく散り散りになって引き返していく。どさくさに紛れてファージ領の外へ逃げようとした者もいたが、赤い頭に喰らい付かれ、無残に殺された。ナルガルンは、ファージ領の反対側に出て行くものを執拗に狙っているようだった。

「わわ、私は……なんのために……」

「ユ、ユーリス！　ちょっと！　しっかり！」

ユーリスは失意のあまり気を失い、だらりと旧友に凭《もた》れ掛かった。

3

俺は馬車から外を覗き、ファージ領までの道の風景を眺めていた。

「この辺り、結構木の品質がいいかもしれないな」

木から程よい魔力を感じる。さすがにマーレン族の集落に生えている木の質には遥かに及ばないが、ここらの木ならオーテムの製作にも向いていそうだ。

やっぱりオーテムを彫るなら田舎だな。集落を出てからあまりオーテムを彫っていないから、腕がムズムズして仕方がない。ロマーヌの街近辺の森はその点まるで駄目だった。魔力場自体が弱いのだろう。

「……アベル、アベル」

メアがとんとんと、俺の肩を叩く。それから声を潜め、言葉を続ける。

「後ろのアレ……どうにかなりませんか？　馬が、ちょっと怖がってる気がします。エリアさんも、時折不審そうに振り返ってますし……」

「……ファージ領まで、結構距離が開くからなぁ。転移の魔術って、長距離にはあんまり向かないし」

アレ、とは、背後から追いかけてくる六腕の大型オーテム、元イーベル・バウンことアシュラ5000である。ドンッ、ドンッ、ドンッ、ドンッ、と、奇怪な音を打ち鳴らしては馬達の気を引いて馬車の走行を阻害していた。

転移の魔術の必要魔力は、距離の累乗に跳ね上がる。元々、長い距離を運ぶための魔術ではない。俺でも、ロマーヌの街周辺に埋めてあったアシュラ5000をアッシムの街まで転移させるのが限界であった。それもごっそりと魔力を消耗した。馬車に積むにも大きすぎる上に重すぎる。ファージ領へ運ぶには、こうやって後をつけさせるしかない。

「じゃ、じゃあ仕方ありませんね……」

「フィフニーグの臓器があれば、自在に持ち運べる袋を作れるんだけどな」

フィフニーグとは、暴食竜の異名を持つ、伝承にのみ名を残すドラゴンである。第二の胃と呼ばれる臓器があり、そこにいくらでも食糧を貯蔵することができるといわれている。『収集家』と恐れられた一時代前の冒険者が、暴食竜の臓器を使った、いくらでも物を収納できる道具袋を持っていたという噂がある。喉から手が出る程ほしいが、伝説級の魔法具である。俺が一生の内で目にする機会があるかも怪しい。

その後も木の質を観察していると、遠くに、青い子鬼が五体程集まっているのが見えた。

あれは……クエルゴブリンか。通常のゴブリンが緑なのに対し、クエルゴブリンは身体が青い。通常種より力が強く、好戦的であるという。

『ゴブリン入門書』（エドナ・エルバータ著作）によれば、そこそこ珍しいゴブリンだったはずだ。古い本なのでそういう意味ではアテにならないかもしれないが、少なくとも冒険者支援所ではあまり名前を聞いた覚えがない。早速目にした希少ゴブリンに、少し胸が弾んだ。

この地で俺の新生活が始まるのだ。嘆いてばかりもいられない。シェイムの協力もあって、ドゥーム族も上手く撒けたはずだ。

マーレン族は……そこまで気にしなくていいだろう。昔集落を出たマーレン族が、ホームシックになって三日で帰ってきたという話を聞いたことがある。前世補正のある俺ならともかく、一般のマーレン族は都会の荒波の中を生きてはいけないだろう。

悪いなジゼル、兄ちゃんはまだ捕まってはやれないんだ。誰か、婿を見繕っておくことだな。我《わ》が儘《まま》かもしれないが、式は俺が帰るまで延期しておいてほしい。

ノズウェルだけは絶対に嫌だが、ジゼルもまず選ばないだろう。後……シビィもなんか嫌だな。悪い奴ではないのだが、知り合いとジゼルがくっ付くと思うとどうにもムズムズするというか。どうせなら全然知らない奴がいいような気もするけど、全然知らない奴にジゼルを任せるというのも気が引ける。

逃げ出した身なのでまったく口出しできる立場ではないとわかってはいるのだが、どうにもあれこれと考えてしまう。

「……それにしても、弄りがいのある魔獣がいそうだな」

俺はクエルゴブリンの群れを眺めながら、そう呟いた。

ファージ領は、ロマーヌと違って田舎の辺境地である。領主が余程の魔術嫌いでもなければ、条例もそれだけ緩いはずだ。ひょっとしたら生体魔術が使い放題かもしれない。

クエルゴブリンの群れは悪寒を感じたようにぶるりと身を震わせたかと思うと、こちらを指差して走って逃げて行った。

「ん？　意外と臆病なんだな」

『ゴブリン入門書』によれば、クエルゴブリンはかなり好戦的な性格のはずだ。俺はちょっとがっかりしながら、懐の杖へと伸ばした手を引いた。

「アベル、何かいましたか？」

俺の背にメアが声を掛けてくる。

「いや、ゴブリンがいたんだけど、目が合ったらすぐに逃げて行っちゃってな」

「……勘のいいゴブリンなんですね」

「そうか？」

　俺は答えながら、首を引っ込めた。

「変な魔獣、いなかった？　噂通り、三つ首竜がいたらすぐ退けるようにしたいんだけど……」

　御者台の方から、馬車の操縦者であるエリアが声を掛けてきた。いつも通りの、平坦でクールな口調である。

　エリアは最初ファージ領に行くというとかなり嫌がっていたが、他に頼めそうな当てもなかったのでかなり喰い下がらせてもらった。しかし金を握らせ、頭を下げても首を縦には振ってくれなかった。

　だが、『俺とメアの実家が俺達を連れ戻しに来た』と言うと、何を勘違いしたのか俺とメアを見比べてから『やっぱりそうだったの……』と零して小さく頷き、『わかった。なら、力になる』と力強く了承してくれた。その後も微妙に会話が噛み合っていないことがあったのでやっぱり何か齟《そ》齬《ご》があるようだった。騙したまま押し通すのは悪いとは思ったが、こちらも色々と生活が懸かっているので、遠慮している余裕はなかった。

　ただし、噂通り大型魔獣がいたら、すぐに引き下がるという条件付きである。とはいえ、本当に大型魔獣騒動があれば、領主がポーグさえ飛ばしていないことはあり得ないのだが。

「いなかった……と言い切りたいところですけど、この辺りは結構丘が大きいですからね」

「ナルガルン」

　俺の返事に、エリアは短く固有名詞で答える。

「うん？」

「本当に三つ首竜がいるとしたら、ナルガルンじゃないかって言われてる」

ナルガルンの名は俺も知っている。ファージ領の情報収集中に何度か耳に挟んだ覚えがある。とんでもなくタフで強い魔獣であり、推定指定危険度はA級上位である。

ただでさえ圧倒的な巨体と強靱な鱗を誇る上に、頭の一つが治癒魔法まで使えるという。百人の兵でも殺しきれず、沼に沈めて封印したという伝承が残っているくらいだ。

「……でもそれ、アベルがいるから、心配しなくていいんじゃ」

メアがぽつりと口を挟む。

「あんまり考え難いですけどね。そんな大事になっていたら、とっくにどうにか応援要請を試みているはずですよ。本当にナルガルンがいるとしたら、誰かが外部へ知らせる機会を潰してるか、ファージ領がとっくに壊滅してるか、領主が物凄く無能か……」

……そういえば、領主のラルクは相当なロクデナシなんだったか。いや、それでも所詮、人間の兵が囲んでるわけではなく、大型魔獣が気紛れに居座っているだけなんだから、いくらでも隙は突けるはずだ。そもそも、そんなA級上位の魔獣が、その辺りにぽんぽんと出て来るはずが……。

「ギシャアァァアァァァッ！」

大きな轟音《ごうおん》が辺り一帯に響いた。その鳴き声を皮切りに、ダン、ダン、ダンと地を揺るがす足音が近づいてくる。

「ヒィアァァァァァアッ！」

「ヒィイイイインンッ！」

馬車を引いていた馬が叫ぶ。各々に逃げようとしてか動きが乱れ、馬車が大きく揺れる。元々アシュラ5000で神経をすり減らされていた馬達は、謎の鳴き声を聞いてついぞ精神の限界を迎えたようであった。

「あっ！　ダ、ダメ！　言うこと聞いて、お願い！　メッ、ダメッ！」

「マ、マジか……」

俺は馬車の背凭れを押さえて揺れに耐えながら、布地の端を摑んで捲《まく》り、外に首を出す。

「ギシャァァァァァッ！」

巨体の三つ首のドラゴンが、こちらの馬車へ目掛けて走ってきているところだった。噂通りの青、黄、赤の長い三つの首を持っている。ナルガルンで正解だったようだ。話には聞いていたが、実際に見るとまるで信号機を連想させる配色である。

「ど、どうしよ！　馬、言うこと聞かない！　おっ、落ち着いて！　チョコ！　パフェ！　いい子だからっ！」

エリアは安定の取り乱しっぷりであった。……あの馬達、そんな可愛らしい名前だったのか。俺は揺れる馬車にしがみつきながら杖を取り出し、ナルガルンへと向ける。

「ううっ……くそ、安定しない……」

A級上位の、大型魔獣。今まで俺が対峙した中で一番の大物である。ただ最悪魔術が効かなくとも、伝承通りならば大きめの沼を作って沈めて封印術を掛けておけば時間を稼げるはずなので、さして危惧はしていなかった。

「ギシャアアアアアッ！」

黄色い頭がこちらへと首を向け、大きく息を吸い込んだ。何か、仕掛けてきそうだな。

「《風よ》　《刃を象れ》」

魔法陣を組み換え、威力を底上げする。範囲を狭く、一点突破型へと整える。

馬車が揺れるせいで狙いがつけ難いため、広範囲の方がいいかもしれないとも考えた。しかしA級上位魔獣なので、まずはナルガルンの防御性能を確かめたかった。これで多少なりともダメージが通るようなら普通に戦ってもいいし、弾かれたら沼を作って沈めればいい。

魔法陣が浮かび上がり、風の刃がナルガルン目掛けて一直線に飛んでいく。

「くそ、ちょっとミスったか！」

風の刃が、ナルガルンの突き出している黄色い頭の首の横を通過する。

外れた——そう思った瞬間、ナルガルンの黄色い首が裂け、血肉が飛んだ。

「ギャアアア！　ギァアアアッ！」

黄色い頭が痛みに耐えかねてか、首を我武者羅《がむしゃら》に振って苦しむ。ナルガルンは足を止めた。

「……あ、割とどうにかなりそう」

風の刃が押し出した風の圧力が、ナルガルンの首を抉ったようだった。タフだと聞いていたが、別段長期戦を覚悟する必要もなさそうだ。

馬車の揺れが止まった。馬が、呆然とナルガルンを見上げていた。主人であるエリアも同様にナルガルンを見て、口をぱくぱくとさせている。

「ギシャァァッ！」

青い首が鳴くと、黄色い首の血が収まる。黄色い首が苦しげにこちらを睨んで息を荒らげていたが、先ほどまでの痛みは緩和されているようだった。怒気と敵意を孕《はら》んだ目でこちらを睨んでいる。

エリアははっと気が付いたかのように、俺を振り返る。

「ナ、ナルガルンは、青い首から倒さないと駄目！　すぐに魔法で回復するから、こっちが消耗戦に……」

「風よ　刃を象れ」

馬車が止まったので、十分に狙いをつけることができた。風の刃は、こちらを睨んでいた黄色い首をあっさりと撥《は》ね飛ばした。ナルガルンの血が大きく飛び散り、頭がごとりと地に落ちる。主を失った長い首が、だらりと地へ垂れる。

「エリアさん、さっき何か言い掛けてたけど……」

「あ……うん、ごめん、なんでもない」

「「ギシャァァァァアアアアァァァッ!!」」

ナルガルンの残された青と赤の首が、狂ったように鳴き叫んだ。長く連れ添った頭がすっ飛ばされたんだから、色々と思うことはあるだろう。

「うし、後二つだな」

さっさと終わらせるか。そんなことを考えていると、ナルガルンの黄色い首の切り口が、突如禍々しい光を放ち始めた。

「……あれって」

光が凝縮されていき、やがてそれは魔法陣の術式へと変化した。魔法陣を描いていた光が変化し、失ったはずの首を象る。

「あ、あ、あ……そ、そんな……あり得ない」

エリアが口を手で覆う。

「ギシャァァアアァァアアアアアアッッ!!」

生え変わった黄色い首は、前代の意志を継いでいるのか、俺を睨んで怒り狂ったように咆哮を上げる。

「う、嘘……首が、元通りに……あ、あんなの、あり得るんですかアベル!? メア、聞いたことありませんよあんなの！」

「こ、これって……」

俺は言葉を途切れさせ、ごくり、思わず息を呑む。

「ナルガルンの首、集め放題じゃないのか？」

「「えっ……」」

メアとエリアの声がハモった。

魔法陣の形からして、ナルガルンの魔力を大きく消費しているようだったので狩れば狩る程価値は下がるだろうが、それでも何かと使い道という物はある。かなり危ない領域に踏み込んだ生体魔術なので、どこの地方にも拘《かか》わらずぶっちぎりで禁魔術だろうが、仕掛けたのは俺じゃないし、い

くら利用しても文句を言われることはないだろう。俺は再度杖を構え、怒りを露《あら》わにするナルガルンの黄色首へと杖先を合わせた。

「「「ギシャァァァァアアァァアアッ!!」」」

ナルガルンは三つ首をうねらせ、各々に咆哮を上げる。

目が、さっきまでとは違う。こちらを正式に敵と認識したようだった。ナルガルンの足音に、周囲が地響きを起こす。

「《風よ》　《刃を象れ》」

今度は二つ魔法陣を浮かべる。風の刃で十分だとわかったら、様子見はここまでだ。

大きな二つの風の刃が現れ、吸い込まれるようにナルガルンの首へと向かっていく。一つ目の刃によって、前方に突き出て牙を打ち鳴らしていた赤首が飛ぶ。二つ目の刃によって、灼熱の息を吐こうと後ろに逸らされていた黄首が飛ぶ。

勢いよく飛んだ二つの首が、木々を薙ぎ倒しながら転がって行く。

今度はなるべく自然破壊しない方へ飛ばそう。ここの木はいい木だからな。

ナルガルンが、こちらに二つ首の断面を晒す。ナルガルンは足を止めた。

「キ、キシャァァ……」

一本残った青首が、左右を見ながら小さく吠えた。

「や、やりましたか?」

メアが怖々と尋ねてくる。

「やったら困る。三つとも飛ばしたら、生えてこなくなるかもしれないからな」

「そ、そうですね」

俺は手を双眼鏡のようにして視界を狭め、ナルガルンの首の断面付近へと焦点を合わせる。ナルガルンの首が光り、大きな魔法陣が浮かび上がって二本の首が再生する。二本の首は、何が起こったのかわからないというふうにキョロキョロしていた。

俺はナルガルンの魔法陣を睨みながら、眉根を寄せた。

「アベル、何か、気にかかることでもありましたか？」

「……あの魔法陣、あんまり効率がよくないな」

「えぇ……」

正直、同じ魔術師として恥ずかしい出来だ。最初のパッと見であまり質がよくないのはわかっていたが、見れば見る程酷い。禁魔術扱いだから前例が少ないのは仕方がないが、それでももうちょっとやりようがあるはずだ。何が酷いって、一番酷いのは成体情報を二重に送っているところだ。なんかよくわかんないまま必死に過去の文献から引っ張ってきて混ぜたらギリギリ成功しました感が酷い。他にも粗が目立ち、元々ナルガルンを再生させるために組んだものではなく、他の魔獣に使おうとしていたものを中途半端なまま転用したということがわかる。

首が生え変わってはいるが、ナルガルンの能力、素材としての質をかなり下げている。生体情報の重複以外にも、不用意に魔力を循環させてナルガルンの魔力を無駄に消耗させている個所が多々見られた。というか、あれ、左端の奴明らかに独立してるよね？　機能してないよね？　いらないってすぐわかるよね？

「もし作成者に会うときが来たらたっぷり説教してやらないとな」

「えぇ……」

といっても、まずそのときは来ないだろうが。

恐らく、ファージ領の向こう側にあるリーヴァラス国での内紛に使用されていた魔獣だろう。戦争ともなれば、禁魔術だのなんだのいってても守らない連中はいくらでも出てくることは、歴史が証明している。

ただ、資料不足人材不足であんな欠陥品ができあがったのだろう。それが何かの拍子に山脈を越え、このファージ領までやってきた、というところか。

「改良したいけど……さすがにぶっちぎりで犯罪だしなぁ……」

露見したらまずディンラート王国内で指名手配されることは間違いないだろう。そのときはもう、リーヴァラス国に亡命して魔術研究部に配属してもらうしかない。

捕まったら某マーグスさんと並んで重要犯罪者として扱われ、縁があったらあいつの隣の牢屋に放り込まれるかもしれない。ゾロモニアの杖を即座に引き渡した身としては、今更顔を合わせるのは気まずいだけだから勘弁してほしい。

というより、最悪死刑まである。

「じゃ、じゃあ、もうこの辺りで止めるんですね！」

メアが嬉しそうに声を掛けてくる。

「いや、首だけ集めておこう。次はなるべく根元から行くか。劣化しても、硬度はなかなかのものだからな。使い道は何かとあるだろ。俺の計算では、あと二十本ちょっとは毟《むし》り取れるはずだ」

「あ……はい」

「「「キシャァァァアアアァァアアァァァァアッッ!!」」」

ナルガルンが俺達に背を向け、駆け出した。こっちへ向かって来たときよりも速い。最初から木気出せよ。

「エリアさん、あれ、追いかけてもらっていいですか?」

「ナ、ナルガルンが可哀相……」

エリアは唇に手を触れながら、小さくそう零した。

「あ、貴女も……ほら、そう思うでしょ?　どうにか彼を説得……」

エリアがメアへと声を掛ける。

「メメ、メアは……メアは……アベルの言う通りにするのが、いいと思います」

「……目を逸らさずにもう一度言ってみて?」

そうこうしている間にも、どんどんとナルガルンが離れて行く。

あれ、ファージ領の村がある方に向かってるんじゃ……とりあえず、足だけでも止めないとな。

「[illegible]《大地よ》　[illegible]《沼となれ》」

俺は呪文を唱え、ナルガルンの足許に大きな魔法陣を浮かべる。次の足をナルガルンが踏み出した瞬間、ズボォと足が沈み、ナルガルンの巨体が沼へと沈む。

「「「キシャアアァァァッ！」」」

ナルガルンの哀れな悲鳴が響く。ズブズブと沈んでいき、最終的に首だけぽっかり沼から三本生えていた。単に沈み切らないよう調整した結果だったのが、今の状況と合わさってほとんどただの処刑場だった。

足場の沼の粘度を上げて、完全に動けなくしておくか。

「キシャア……」

赤い頭と黄色い頭が沈黙して項垂《うなだ》れている中、青い頭が小さく漏らした。屠殺《とさつ》場の豚を連想させるような鳴き声だった。

「む、惨い……」

エリアが呟く。

「い、いえ、とりあえずファージ領の村へ行かないようにしただけで、別にそういうわけではないというか……」

——それから一時間後、合計二十五本のナルガルンの首が辺りに並んでいた。

ナルガルンの首が色とりどりに並んでおり、なかなかの壮観であった。俺は最後の方に切断した、他より一回り小さくなってしまっている首を手で叩いた。

「うん、まぁ加工すれば何かの使い道はあるだろ」

「……もう、お客さんが何をしても驚かないことにする」

エリアが若干引き気味にそう言った。

「メアは！　メアはアベルがどうなっても、絶対に一緒にいますからね！」

「え、ああ……うん、ありがとう？」

しかし、問題なのは運搬だな。アシュラ５０００に引き摺《ず》らせるのも、五本が限界だろう。縄は土や木から錬成すればいいから、さしたる問題ではないが。

「数本なら運べるだろうけど、全部は無理だな」

俺が言うと、馬車の馬が首をぶんぶんと振った。大丈夫、馬車に括《くく》りつけるような真似はしないから。

「とりあえず、今は放置して、ファージ領の人間に協力してもらって後で回収するか。少しでも早くゆっくり休みたいし……」

やっぱり俺みたいなインドア派からして見ると、何日も馬車というのはやはり堪える。

「……一本は持っていかないと、誰も信じないんじゃないかな」

「そう？　じゃあ一応、三本くらい持っていくか」

「でも、領主のラルクは欲深くて怠け者っていう評判だから、応援の要請も気を付けた方がいいかも」

「参ったな」

応援の要請をしたら、ラルクにつけ込まれる隙がその分増えそうではある。そもそも、領地内で捌くときにも既に税だなんだと言いがかりをつけて数割ほど持っていかれそうな予感がする。元々俺は貴族に目をつけられたくなくてガストンまで使っていたのに、こんなところで性悪貴族に捕ま

って は本末転倒だ。ラルクが欲を出して他所《よそ》に俺の名前を出し始めたら、マーレン族とドゥーム族がこっちまで押し寄せてきかねない。

「様子見ながら、慎重に動くしかないな……とはいえ、ナルガルンを丸々手放したくもないし……」

ファージ領以外に丁度いい場所がなかったとはいえ、なかなかこの先も苦戦を強いられそうだ。ラルクについては、ファージ領自体がナルガルンが出現する以前から、他の地との交流を積極的に取りたがらなかったこともあり、抽象的な評判以外はほとんど情報がない。ファージ領についたら、まずはラルクの情報収集から入った方がよさそうだ。領主であるラルクをどう攻略するかが、ファージ領で暮らす上での最大のポイントといえるだろう。

4

「ようやく見えてきたな」

馬車から外を眺めると、遠くに建物が並んでいるのが目に付いた。建物の前に麦畑らしきものが広がっていたが、雑草は生え放題で、肝心な麦は干からびて萎れているようだった。

「……結構まずいんじゃないのか、アレ」

閉鎖されている領地で、作物全滅は本当に滅びかねない事態だと思うんだけど……。あれが全部ではないのだろうが、だんだん不安になってくる。僻地ならなんでもいいやの精神でファージ領までやってきたが、思ったよりヤバイところに来てしまったのではなかろうか。

正直、このままUターンして見なかったことにするのも選択肢として考えておいた方がよさそうな気がしてきた。

領民を刺激しないよう馬車の速度を落としてもらい、ゆっくりと村へ近づいていく。左右が畑……というより、雑草天国になっている道を進む。

「これ……魔草の類だな」

先端が緑のツクシのような形状になっている草が大半であった。花枯らしと呼ばれる魔草に似ている。同じ性質の草だとすれば、周囲の植物の魔力を奪い、我が物とする性質を持つ。おまけに得た魔力ですぐに大量の胞子を作って飛ばしてしまうため、花枯らし本体にはほとんど栄養はない。なかなか厄介で強力な雑草だと、本で読んだことがある。

「そ、そこの者、何者だ！　どこから、どうやってこちらに来た！」

前方から声が聞こえ、二人の女がこちらへと走ってきた。声を掛けてきたのは、先を走っている短髪の女のようだ。片足を引き摺るように歩きながらも、物凄い速さでこちらに向かってくる。片手には、木製の模擬剣を手にしていた。

「ちょっとユーリス！　足、怪我してるんだから無茶しないで……」

俺は馬車から降り、ユーリスと呼ばれていた女へと頭を下げる。

「アベルと申します。訳あって、しばらくこちらの領地で暮らさせていただけないかと……」

「そっ、そんなことを聞いているのではない！　いただろう？　あの、三つ首の大竜が！　なぜ、平然とここに……」

「倒しました」

「ふっ、ふざけるな！　そんなわけがあるまい！　正直に吐け！　悪いが、戯れに付き合っているような余裕は、こちらにはない！」

俺はクイッと後ろを指差す。少し遅れてアシュラ５０００が走ってくる。身体に縄を括りつけ、ナルガルンの三本の首を引き摺っている。

「………」

ユーリスは黙って目を擦り、息を呑んで姿勢を正し、模擬剣を地面へと投げた。

「お、王都の使者でしたか、これはとんだ失礼を！　兵の方々はどちらに……」

「いえ、ちょっと実家と拗《こじ》れてしまったので、しばらくこちらで匿ってもらえないかなと」

「………」

ユーリスから情報収集しておきたかったこともあり、そこからはメアと共に馬車を降り、ユーリスと並んで歩くことにした。

因みにナルガルンの首を村内で引き回すと、舗装された道が潰れたり建物を潰したりしかねないので、村の外に置いてきている。

「……先ほどは、失礼致しました。私はユーリス、そちらの女はマヤです。共に領主様に仕え、日頃は魔獣の間引き等、領地の治安維持に務めています」

マヤと呼ばれた三つ編みの女は少し照れたように笑いながら手を振る。ユーリスに比べて大分軽そうだ。

しかし……最初に出くわしたのが、まともにラルクの手先だったとは。俺としては、下準備が整うまではラルクに会うつもりはなかった。最初はむしろ、ラルクに反感を持っている人間と会いたかったくらいだ。

「色々とお聞きしたいことはあるのですが……ひとまず、領主様に挨拶をしていただいてもよろしいでしょうか？　領主様も、ナルガルンには頭を悩ませておりまして……さぞお喜びになることでしょう」

ほら来た。凄いナチュラルに領主のところに誘導された。的確にこっちが避けたい部分を突いてくる。

「え……あ、ああ、うん。色々と忙しいでしょうし、別にそんな……」

「いえいえ、とんでもない！　領地の危機を救ってくださった方に礼を述べる以上に、大事な用事などございません！　遠慮なさらずに」

どうあっても引き合わせるつもりらしい。ここはもう、巡り合わせが悪かったと諦めるしかないか。下手に避ければむしろ尾を引くだろう。それにいくら悪徳領主とはいえ、領地の恩人に妙なことはしない……と、思いたい。

「しかし、どうやってあのナルガルンを……その、本当に倒したのですか？　あのナルガルンは……」

「生体魔術が仕掛けられていましたね。しかし、大分粗い作りの魔法陣で、発動すれば発動するほど本体に大きな負担を掛ける作りとなっていました。自分がトドメを刺したときは、ほとんど瀕死でした」

「……確かに、トドメを刺したときは瀕死でしたね」

　メアが口を挟む。

「なるほど……あのとき、青首を落とした時点で大分弱っていたのか。無駄では、なかったのだな」

　ユーリスは少し嬉しそうに言い、安堵の息を吐く。

「とと、すみません。私達が死力を尽くして敵わなかった相手を、たった三人で仕留めたとしたら、さすがに立場がないと思ってしまったもので……」

　討伐を試みたことはあったようだ。口振りから察するに、さっきまで態度に出してはいなかったが、大分気にしていたようだった。

　悪徳領主とはいえ、貴族に仕えている身だ。いや、むしろ、ラルクが悪徳領主だからこそ、立場を失くすような真似はまずいのだろう。上手く顔を立てられたようでよかった。俺も釣られて愛想笑いを浮かべたところで、メアがツンツンと控え気味に俺の肩を突《つつ》く。

「どうした？」

「……あの首の束、見られたらどうするんですか？」

「……あっ」

　首が切れたら身体能力が落ちるとはいえ、二十本以上の首がゴロゴロしているのを見たら、一本や二本落ちたところでさして変わらないことは明らかだろう。上げてから叩き落とす形になってしまう。


「何の話を……？」

「い、いえ、なんでもありません」

あの首……本当にどうしよう。

「そうですか？　そういえば、御者の方は純ノークスのようですが……貴方方《あなた》は、どこの国の出で？」

「ディンラート王国内ですよ。掟の厳しい田舎なもので、あまり集落から出ない人が多いそうですが」

「そうでしたか、失礼致しました」

やはり一目見てマーレン族とわかる人は、あまりいないようだ。とうに滅んだことになっているみたいだったので、それも当然か。ドゥーム族はマーレン族に比べれば有名なはずだが、メアは額の魔力結晶がないのでわかり難いのかもしれない。

標準的な容姿を持ち、数も最も多いノークスは、特に種族の違いに疎い節がある。さっきの質問も、どの種族か、というよりはどこの国出身か、ということを知りたかったようだ。実際、出身国がこの国であることを明かしたら、すぐにその話題を取り下げた。

何か他国を意識しなければならないことでもあったのだろうか。駄目領主に加えてナルガルンによる領地の封鎖、魔草による作物への被害。おまけに他にも悩みの種を抱えていそうに見えて仕方がない。よくもそこまで厄介ごとを抱えられたものだ。

……この領地、やっぱり地雷だったんじゃなかろうか。

5

ユーリスに連れられ、ファージ領内を歩く。エリアも馬車を停め、俺達の後をついて来ている。領民達がこちらを見て、ひそひそと噂話をしていた。怪しんでいる、というよりは単に興味を持っているようだった。俺もメアもノークスからしてみれば目立つ容姿だから、今まで領にいなかった人間だとすぐにわかったのだろう。

一人の男が走って近づいてきて、俺に声を掛けてくる。

「お、おい、お前、見たことのない顔だが、領の外から来たんだよな？　まさか、ナルガルンを切り抜けたてきたのか？」

「はい、平原の方に亡骸があるので、後で冒険者支援所の方に回収を手伝ってもらおうかと……」

冒険者支援所が機能していたら、の話なのだが。一応この地にも冒険者支援所は存在するはずだが、領の状況からして真っ当に役割を果たしているかどうか怪しい。

「亡骸……？　ナ、ナルガルンは、死んだのか？」

変に目立ちたくはなかったし、あまり言わない方がよかっただろうか。いや、じきに明らかになることだし、下手に隠す必要もないか。

「ええ、こう、プチプチッと首を捥《も》いで」

しゅっしゅと手を動かしながら、俺はナルガルンとの戦いをこの上なく簡単に説明する。

「よ、よくわからんが……ナルガルンは、もういないのか？　そうなんだな！」

男が俺の肩を力強く摑む。話を盗み聞きしていた連中がざわつくのが見える。

「ああ、うん、そうなんだけど……あの、ちょっと、あんまし力入れないで、外れそう」

「わ、悪い兄ちゃん……」

男が俺の肩から手を放す。一応肩を回し、関節に問題がないか試してみた。ごきりと嫌な音が鳴った。気のせいだと思うことにした。

「おい聞いたかお前らぁ！　ナルガルンはもういないらしいぞぉ！」

男は様子を窺っている他の領民達へと振り返り、大声で叫ぶ。

「も、もうラルクの言うことに従う義理もねぇのか！」

「ああ、そうだぁっ！　あの赤髪の馬鹿面拝まなくていいんだぞ！」

「わ、私達の前で、領主様を貶《おとし》めるような発言は……」

ユーリスが困ったようにオロオロする。

「うっせぇぞラルクの犬がぁ！」

「デカい顔できるのも、今日までだと思えよ！」

領民達の数人が、ユーリスの言葉に反発して喰ってかかってくる。……あまり穏やかではないご様子だ。

「でもあんなデカブツがそうそうくたばるもんか？　ナルガルンの死体を見るまでは信じられねぇぞ！」

「……あ、村の入り口の方にありますよ」

「「うおおおっ！」」

俺がナルガルンの亡骸の場所を伝えると、聞いていた領民達が我先にと駆けて行く。領民の中でも気性の荒そうな層が全員去り、騒ぎが落ち着いた。

……どうやら、本当にラルクは嫌われているらしい。この領地、内乱寸前なんじゃゃないだろうか。

ユーリスは引き攣《つ》った顔でしばらく棒立ちしていたが、俺と目が合うと思い出したように首を振るい、頭を下げてバツが悪そうに笑った。

「み、見苦しいところを見られてしまいましたね、ははは……。で、では、領主様の屋敷へ急ぎましょう」

「……やっぱり、挨拶は別の日にさせてはいただけないでしょうか？」

正直、どんどん会いたくなくなってくる。下手に関わったら、俺まで他の領民から目の仇《かたき》にされそうな気さえする。関わり合いになりたくない。俺まで犬呼ばわりされそうだ。

「い、いえ！　時間は取りませんので、安心してください！　本当に、顔を少し見せるくらいでもいいので！」

「…………は、はぁ」

……まぁ評判が悪かろうと、性格が悪かろうと、支持が薄かろうと、ここの領主には違いない。

向こうが無茶を言い出さない限り、友好的に接しておいた方がいい。問題があることくらい、ファージ領に目的地を定めた時点で、ある程度は覚悟していたことだ。わかった上で、ここならジゼルやドゥーム族に嗅ぎつけられるリスクも低いと判断したのだ。多少の苦汁は諦めて嘗《な》めよう。ただ付け上がられるのは嫌なので、その点には気をつけておきたい。ここの領主が第二のガストンとなるのはゴメンだ。

「ん、あれは……？」

ユーリスについて領内を歩いていると、広場に人が集まっているのが見えた。人集《ひとだか》りの中心には、糸目の優しそうな顔した男が立っている。淡い青色のローブを纏っており、首には三叉の槍を模した飾りのついたネックレスが掛かっている。

「あの飾りの槍、水神の持ってる奴じゃ……」

海を創り、世界に生命を与えたとされている、水の神リーヴァイ。その姿は三つ目の巨人で、身体は青く、鱗に覆われているという。

大抵三叉の大槍を持っている姿で絵に描かれる。槍は単に、『リーヴァイの槍』と呼ばれることが多い。ファージ領の奥にある、リーヴァラス国が主に信仰している。

「宣教師のリングスさんです。修行のためにリーヴァラス国を出て、険しい国境の山脈を越えてこの領地までやってきたそうです」

修行の旅というより、内部の戦争に耐えかねて逃げてきたんじゃなかろうか。いや、今は一応落ち着いているという噂だったか。

「へぇ、あっちの国の……単身で渡ってくるなんて、凄いですね。魔獣が多いって聞きましたけど」

「リングスさんは気配を消す魔術が得意なそうでして。それでも、かなり危ない道のりではあったそうですが……」

俺はリングスへと目を向ける。

「苦境にあるときにこそ、その人の本来の価値が試されているのです！　無暗に嘆いたり、他者を締めつけたりと、周囲に当たってはいけません！　それらはいずれ、自分に返って来るでしょう。リーヴァイ様が仰ったとされる言葉の一つに、こんなものがあります。『全ては循環する。水も、行為も、また同じ』と」

リングスは青い分厚い本を手に、領民達へとあれこれ、言葉に熱を込めて語り掛けている。聴衆達は、皆随分と熱心に見えた。

「リングスさんには助けられていますよ。あの方があぁして領民を諭してくれるお蔭で、領主様に暴力行為を働こうとする人も随分と減って……」

「……その口ぶりだと、今でもたまにいるんですね」

ユーリスはしまったというふうに口を押さえ、誤魔化すように引き攣った笑みを浮かべた。

「いつもありがとうございます、リングスさん！」

強面《こわもて》の男が、リングスへと頭を下げる。リングスは微笑《ほほえ》みながらその手を取る。

「いえいえ、皆様の宗派とは違うでしょうに、こんな話しかできずに申し訳ございません。ほんの少しでも、皆様の心の支えになっていればよろしいのですが……」

「そんな、謙遜なさらないでください！　リングスさんがいなかったら、この領はもっとギスギスしていたはずです！」

……ラルクと違って、あの宣教師さんは随分と慕われているらしい。苦しいときほど心の拠り所が必要なものだ。無能領主よりはよっぽど価値があるだろう。

6

ラルクの館は高い塀に囲まれていた。塀は所々塗り直された跡があったり、生ゴミが付着したりしていた。剝げてきたから塗装した、というわけではなさそうな気がする。今までの領内の様子を思い返すに、落書きでもされたのではなかろうか。

ここまでされても懲りずに悪評を重ねる辺り、相当根性の座ったお方らしい。どんどん会いたくなくなっていく。

「アベル、ユーリスさん……」

メアが目線で合図をしてくる。先を歩くユーリスがこちらの様子に気付いてか、複雑そうな顔をしていた。

「……あんまり見ないでおいてやろう」

俺が小声で返すと、メアが小さく頷いた。

門には武器を持った体格のいい短髪の男が立っていた。たまに襲撃があるというのは、どうやら誇張でもなんでもなかったらしい。これ、領主として成り立ってるんだろうか。

「ああ、ユーリス殿！　安静にしろと言われたばかりでしょうに、また打ち合いでもしていたのですか！」

門番の男は、ユーリスの持っている模擬剣を見つけると声を荒らげる。

なんで模擬剣なんか持っているんだと思っていたら、どうやらリハビリ中だったらしい。言われてみれば、足を庇《かば》うような歩き方だった気がしなくもない。

「そんなことよりも、こちらの方々を領主様の許へと連れて行きたい」

「……見慣れない顔触れですが、どなたですか？　いや、でも……領主様に会わせない方が……。ほら、領主様は気難しいお方ですから！　簡単な事情と言づけだけ聞いて伝えて、それでもしも領主様が会いたいと仰ったら、でいいのでは……」

門番は、遠回しに、領主との面会を避けるよう提案してくれた。もうここまで来ると、逆に怖いもの見たさで会ってみたくもなってきた。

「ナルガルンの息の根を止め、領地を救ってくださった方々だ。領主様から、一言の礼もなしというわけにはいくまい」

……別に、こっちとしてもできることならば会いたくないんだけどなぁ。とりあえず、余計なことは言わないように気をつけておこう。さっきの言葉で、悪行三昧で無能に加えて、気難しいということがわかってしまった。

「ナ、ナルガルンを!? そんなわけ……」

「先日に襲撃を仕掛けた際、どうやらナルガルンはかなり疲弊していたらしい。単に怪我を治すのではなく、首一つ生成するのだ。それ相応の代価が必要であった、ということだろう。我々のあの戦いは、無駄ではなかったのだぞ」

ユーリスが微かに笑みを浮かべると、門番が破顔した。

「は、はは……よかった、だよなぁ。よくよく考えてみれば、あれだけの手数を受けてなんともないはずがない! そういえばナルガルンも、かなり苦しそうだったように見えないこともなかったような気がする」

……あの首、やっぱり隠しといた方がいいのかな? いや、でも、上手く捌ければ一攫千金《いっかくせんきん》だしなぁ……。

金さえあれば、ここでの生活が落ち着いてから魔導携帯電話《マギフォン》開発にだって着手できる。あの首は手放したくない。

「領主様は、二階の執務室にいらっしゃいます。あ……! ノ、ノックは、絶対に忘れないように……!」

門番が付け足したように言うと、ユーリスはわかっている、というふうに頷いた。基本的なことだからわざわざ忠告するようなことでもないと思うのだが、ノックを忘れたら首を刎《は》ねて来かねないような奴なのかもしれない。

俺も妙なミスを起こさないよう、気を引き締めておかないと。いざとなればアシュラ5000を転移して大暴れさせ、逃亡する準備をしておこう。

館の中は、さすが領主様としか言いようのない豪華な作りとなっていた。曲り角の先が小さく見えるほど長い廊下、派手ながらに気品を醸す赤い敷物、魔鉱石とガラス細工を組み合わせて作られたシャンデリア。

廊下の隅には、箒を持ったエプロンドレス姿の少女がいた。使用人なのだろう。ユーリスに頭を下げた後、俺とメア、エリアを不思議そうに眺め、それから思い出したように慌てて頭を下げる。

「いいな～メアも、こういうお屋敷に住んでみたいです」

メアが目を輝かせながら、落ち着きなく廊下を見回していた。

「……お客さんの婿さんなら、その内お城の一つや二つ建てられそうだけど」

「メ、メアとアベルは、ま、まだ、そういう関係じゃないっていいますか……あ、あのアベル……」

「すげーな、あれ、何の魔鉱石だろ？　色からして、普通のレイルタイトじゃないな。三種くらい組み合わせているのか？　一度砕いて観察してみたいところ……」

「か、勝手に外さないでくださいね？」

ユーリスから念を押された。

そんなつもりはさすがになかったが、領主の前で素が出るとマイナス印象になりかねない。今から言動に気をつけておくことにしよう。

階段を上がったところに、大きな扉があった。

「す、少し待ってくださいね、ちょっとノックしますから、そこから動かないでください！」

「え……？　あ、はい」

俺が呆気に取られながら返すと、ユーリスはそそくさと扉の前まで移動し、背を屈《かが》める。

……ノックって、何かの隠語だったりするんだろうか。田舎育ちの俺には、悪いが通じないぞ。

ユーリスが扉に耳を近づけたとき、大きな声が部屋から響いてきた。

「だ、駄目です、駄目ですラルク様！　お止めくださいっ！」

「もう我慢できんぞぉ！　使用人如《ごと》きが、この私に刃向かう気かぁ！　黙ってじっとしていろ！」

「駄目、駄目です！　おお、落ち着かれてください！」

……これ、今来たら駄目な奴だったのではなかろうか。

「あの、俺達、やっぱり一度帰った方が……」

「ララ、ラルク様ぁっ!?　何をしているのですか！」

ユーリスが大慌てで扉を蹴破った。

開いた扉の奥に、領主ラルクと思わしき男の姿が見えた。噂通りの赤毛の男であった。ラルクは机の上に立っており、天井の中央にあるシャンデリアにくっ付けた縄にしがみついていた。縄の先端は円を象っており、丁度人の首一つ通せそうな大きさをしていた。

ラルクの背には、藍色の髪をした少女が抱き付いて必死に止めている。彼女も使用人らしく、エプロンドレス姿であった。

「うるさぁぁあい！　貴様ら、私のことが嫌いなんだろう！　知ってるんだからな！　私だって貴

様らのことが大嫌いだバーカバーカ！」

ラルクは怒鳴りながら縄をぐいぐいと引っ張り、シャンデリアを大きく揺らしていた。

「落ち着いてください領主様、私は、マリアスは何があっても味方ですからね？　ね？　だから、机から降りてください！」

使用人の少女が、半ば叫ぶようにそう言う。

「え、ええ……」

そのあまりに惨めな言動を見て、思わず素でドン引きしてしまった。

「なんでもかんでもっ！　私のせいにしやがって！　挙句の果てには、干ばつや不作、ナルガルンも私のせいだぁ？　私は神か何かか！　そんな力があったらなぁ！　窓に有精卵投げつけてきた奴、全員呪い殺してやるわ！　馬鹿にするのもいい加減にしろぉっ！」

……やっぱり落書きされていたのか。そりゃそうだよな、あれだけ嫌がらせと悪口散々喰らって平然としてる奴なんか、まずいないわな。食糧厳しいのに有精卵投げるって、どれだけ嫌がらせに命懸けてるんだここの領民達。食うか育てろよ。

「イカロスも言うこと聞かないで好き勝手やるし！　ポーグ（伝書を運ぶ鳥）をどれだけ飛ばしても何の助けも来やしないし！　私だってなぁ、やれることはなんでもやったんだぞ！　食事だって大幅に減らしてるんだぞ！　少しでも何かやってみようと思って試しに作物育ててみたら、壁よじ登って溝水《どぶみず》ぶっかけて枯らせたのは貴様らだろうがぁぁっ！」

挙句の果てには、自分より明らかに年下である使用人の少女に抱き付き、顔を埋めてわんわんと泣き始めた。机の上で。

「よーしよーし、大丈夫ですよ。ラルク様が頑張ってるのは、マリアスにはわかっています、わかりまくってますから落ち着いてくださいね」

子供か、ここの領主は。

俺とメアは引き攣った顔で、ラルクの丸くなった背を眺めていた。ラルクは時折嗚咽《おえつ》を上げ、肩を震わせていた。マリアスと名乗る、使用人の少女が先に顔を上げた。

「あの……ユーリス様、見ての通り、今は、取り込んでおりますので、後にしてもらえると……」

使用人の少女は、そこまで言って気がついたのか、睫毛《まつげ》の長い大きな目をぱちりと瞬きさせ、俺を見る。

「……あ、あれ、そちらの方々は？」

「ナルガルンを倒してくださった方々です。早急に領収様の耳に入れなくてはと……」

「ナ、ナルガルンを倒した……？」

マリアスは、信じられないものを見るような目で俺を凝視した。

「ええ、まぁ、私達が首を一度落とした段階でかなり弱っていたみたいですね。あの、先日に私達が一度首を落とした段階で……」

ユーリスも彼女のプライドがあるのだろう、声量をわざとらしく抑えながら、自分に言い聞かせるように二度言った。

マリアスはぽかんと口を開けたまま、俺とユーリスへと交互に視線をやる。正に狐に摘まれたかのような表情をしていた。

「ナナ、ナルガルンを倒しただと！　ほ、本当か！　嘘ではないだろうなぁ！」

ラルクがマリアスを払い退け、這《は》いながら机から滑り落ちた。後頭部を床に打ったらしく、鈍い音がした。ユーリスが駆け寄って手を差し伸べるのを無視し、そのままアンデッドのように床を這って俺へと距離を詰めてくる。思わず俺は「ひっ」と声を上げながら後ろへ退いた。

「え、ええ……はい……」

「おお……おお、ありがとう、ありがとう、助かった……本当に、助かった……」

ラルクは俺の手を握りしめ、その場に泣き崩れた。横を見ると、メアは無表情だった。俺もきっと、似たような表情を浮かべていることだろう。

7

「そ、そうだ！　確認をして来いユーリス！　ナルガルンの亡骸を、確かめて来い！」

ラルクは俺の手を握ったまま、ユーリスへと指示を出す。そろそろ離してくれないかと軽く引っ張ってみたが、びくとも動かない。俺は諦め、手をされるがままにしておくことにした。

「いえ、もう私が見てきたところです。三本綺麗に並んでいるのを確認しました」

「ならば、本当なのか！　本当に、ナルガルンが……あぁ、よかったぁ……」

……想定していたのと、全然キャラが違うぞ、この人。妙に門番が難色を示していたのはあれか、ノイローゼだったから領主の方を刺激したくなかったのか。悪評に関してあまり具体的な話が出てこないと思ったら、そもそも実体がなかったとは。まぁ、領民の不満が募れば特に悪いことをしてなくても吊し上げを喰らうのは領主さんだろう。

「それで……あの、そろそろ手……」

「おお、おお！　私としたことが、恩人に対し、挨拶がまだではないか。私はラルク・ファージと申す、このファージ領を治める領主だ。では、そちらの名を伺わせてもらっていいか」

仮にも貴族さんが凄い下から来たよ。どれだけ追い詰められてたんだ。俺は視線で手を放すよう促したが、気付く様子がなかったのでとりあえずは後に回すことにした。

「自分がアベルで、右からメア、エリアです。実は、しばらくこの領地に住まわせてもらえないかと……」

「ほう、ほう！　こんな領地でよければ、いつまでも滞在するといい。しかし今は、問題が多発しているものでな……」

ラルクは恥ずかしそうに言い、俺の手を握っていた手をようやく放し、額を押さえる。俺は解放された手についていた汗をさりげなく服で拭いた。

「食糧問題に魔獣被害、干ばつ……おまけに、盗難や喧嘩の件数も年々急激に増加している。対策も練ってはいるのだが、正直、あまり好転していない」

……そして加えて、領主の評判が致命的に悪い、だな。

新たに領主に身を保証してもらう立場としては、一部から妙な反感を喰らってもおかしくはない。

俺はナルガルンの一件で領民に恩ができた形ではあるが、この領地を守っている自警団ですら、ラルクの部下というだけで領主の犬扱いされていた。俺とて、どのような目で見られるかわかったものではない。……さすがに、あそこまで極端なのは少人数だと思いたいが。

「領主である私が言うのもなんなのだが、あまり勧められる状態ではなくてな。いや、君達の衣食住は勿論、私の身を削ってでも保障してみせるが。治安があまりよくないということは理解してもらいたくてな」

そこまで言われると逆に重いんだけど……。問題を抱えていることは来る前から承知していたが、ここまで遜《へりくだ》られると、こちらとしても話が進めづらい。

「いえいえ、そうご謙遜なさらないでください。ここはとてもいい領地ですよ。領民の人柄も……」

人柄……そういえばこの人、館に有精卵投げられたって嘆いてるところだった。領民の人柄がいいなんて領主に言っても、なんの世辞にもならないぞ。他にも色々と考えてみたが、ファージ領のいいところが、何一つ浮かばなかった。

「えっと……と、とにかく、ここはいいところですよ。今後、よろしくお願いいたします」

「う、うむ、そうか」

ラルクもこちらの心情を悟ってか、気まずそうに毛先を指で弄っていた。

「安心してくれ！　君達のために、豪邸を建ててみせよう！　五階建てくらいの、立派な奴を！」

「い、いいえ、事情があってすぐに去ることになるかもしれないので、宿か空き家で十分です！」

「……そ、そう？」

……なんでこの人はこうも極端なんだ。五階建てって、領主の館よりも遥かに高いし……そもそも、この領の状態でそんなことをしたら、ヤンチャな領民の方々から真っ先に目を付けられそうだ。

何はともあれ、領主への挨拶は済んだ。後は領地の雰囲気の確認がてらに、領民への顔見せか。冒険者支援所が機能しているのかも確かめておきたい。それからナルガルンをどうするか、だな。

その後は……魔獣の間引きでも、手伝ってみるか。冒険者支援所の機能状況によっては報酬はあまり期待できないが、これから住もうという場所の治安が悪いのは俺としても避けたいところだ。

多少なりとも目先の問題ごとが片付けば、領民達も大人しくなるだろう。

権力者と繋がりができて振り回されるようなことになるのは俺としてはゴメンなのだが、元々ここは他との交流の薄い辺境地である。領主であるラルクも、他領地との厄介ごとを引き起こしたがるタイプには見えない。多少繋がりができても、妙な争いに引っ張り出されることはまずないだろう。最悪逃げてしまえば追って来たり、他の領地に圧力を掛けて脅したり、なんてことをできる力もなさそうだ。

あれ……俺が仕えておくには、一番丁度いい所なんじゃなかろうか。上手く領地を盛り返せば恩を作れるし、魔術の研究費用の出資をしてもらうことだってできるかもしれない。

領地の利益に繋げるという名目さえあれば、信用さえ作っておけば、利益の見込みを前借できる。それればかりか技術や材料調達に手を貸してもらえる可能性もあるし、人員も確保してくれるかもしれない。将来的には、前々から作りたかった魔導携帯電話《マギフォン》の作製、魔力塔の建設、大量生産まで見えてきそうだ。

「アベル……アベル？　急に黙ってどうしたんですか？　なんだか、悪そうな顔してますよ？」

それに辺境地の領主の恩人ともなれば、屁理屈をつけて条例を好きに曲解して弄ってもらうことだっていずれは可能になるはずだ。つまりそれは、生体魔術に関する、複雑に雁字搦《がんじがら》めにされた規制をちょこちょこっと領主権限で取り払ったり、特別許可を出してもらうことだってできるということだ。

「ど、どうしたのかね、アベル君？　何か、私が気に障ることでも……」

「いえ！　自分、魔術の腕にはそれなりに自信がありまして！　ぜひこの領地の復興に、役立たせていただければ、と！」

「なんと、それは心強い！　あ……いや、しかし、私の名の下に管理している魔術組織があるのだが、そちらにも少し問題があって……」

……またかよ。どれだけ問題を抱えてるんだこの領地は。横目でメアとエリアの顔を確認すると、彼女達も同意見だったらしく、表情が死んでいた。ユーリスにもちらりと目を向けてみたが、無言で目を逸らされた。

「それで……だな、私としては、別枠で動いてもらいたいのだが……その、魔術で私に協力するという名目である以上、組み込まれることは避けられないだろう。あれは、その、私があまり、手出しできないというか……」

え、ええ……。今さっき、自分の管理下の組織って言ってたばっかりなのに……。

ま、まぁ、いいか。ここまで来たら、今更些事《さじ》だろう。

「……でしたら、そちらに配属させていただければ」

「い、いや！　もう少し様子を見てから、君が問題ないと思えば入ってもらって構わない！　もっとも、向こうから引き込もうとするかもしれないが……何にせよ、君から急いで足を運ぶ必要はない！」

……いや、貴方の管理下の組織なんですよね？　そもそも、この領地で一番偉い人なんですよね？　実は他に領主がいて、不満ぶつけさせておくためのスケープゴートかなんかだったりしませんよね？

第二話　悪魔ハーメルン

1

「……魔術組織に入ってほしくはないということでしたら、自分は治安維持組織の方に加入させていただいてよろしいですか？」

確か、ユーリスがそのような地位を自称していた。こっちはさすがにラルクが管理できていると思いたい。

「う、うむ……そうしていただけるとありがたい、とても助かる。本当に、本当に助かる……」

ラルクは弱々しく言い、その場に膝を突いて床へと頭を……。

「ちょ、ちょっと待ってください！　止めてください！」

俺は慌てて領主の肩に手を触れて頭を上げさせる。この人今、流れるように床に頭を付けようとしていたぞ。仮にも貴族じゃないのか。これまでどれだけ追い詰められていたんだ。

上げたラルクの目は、うっすら涙が滲《にじ》んでいた。俺は見なかったことにした。

「えっと……この領地周辺の、魔獣の状態はどうなっているんですか？」

なんとなく嫌な予感がするが、聞かないわけにはいかない。なんだかもう、聞きたくないような気もするけれど。

「あ……そ、それは」

　ラルクがしどろもどろに答え、目を逸らす。使用人のマリアスがラルクの横にそっと近づき、耳打ちする。

「隠しても、すぐに気付かれることかと……」

「う、うう……」

　ラルクが呻き声を上げながら、姿勢を正して口をもごもごさせながら俺を見る。

「その……ナルガルンが暴れていたせいで、私兵団達を魔獣の間引きに向かわせることができなくてな。森や平原の方は、今頃魔獣で溢れ返っていることだろう。これまでは領の近くにナルガルンがいたから、住居の方に踏み込んでくる魔獣は少数だったが……アレがいなくなったことで、逆に雪崩《なだ》れ込んでくることも考えられる。ナルガルンは、人里手前でウロウロしていたからな。ある意味、丁度いい魔獣への牽制になっていたのだ」

「……うわぁ」

「一応魔除けの結界も錬金術師団の方に張ってもらってはいるが、魔獣の数があまりに多いとなると、越えてくるものも出てくるだろう」

　凄い、息をするように問題ごとが湧いてくる。神様はこの領主のことをどれだけ嫌いなんだ。

「おまけにナルガルンが現れる少し前から、不自然な魔獣災害《モンスターパニック》が続いていてな。信憑《しんぴょう》性は薄いが、精霊獣の目撃情報まである。正直……これからどうなるか、あまり考えたくない……」

言い切ると、ラルクは両の手で頭をがしがしと掻いた。マリアスが宥《なだ》めるように背を撫でている。

精霊獣というのは、精霊が集合して魔獣のような性質を持ったもののことである。同じく精霊の集合体である悪魔との明確な線引きはなく、強いていうならば知力や魔力が悪魔に比べて数段劣り、獣の姿を取る傾向にあるというくらいである。故に、地方によっては単に下位悪魔と呼ばれることもある。だが、下位悪魔とはいえ、そこらのゴブリンやスーフィーよりはかなり手強《てごわ》いだろう。

しかし問題はそれだけには留まりそうもない。不自然な魔獣災害《モンスターパニック》の連続となると、厄介な高位悪魔がどこかに隠れている可能性が高い。魔獣の生態を狂わせるのは悪魔の得意分野だ。……どれだけ問題ごと抱えたら気が済むんだよ、ここの領地。

ただ悪魔にしても、妙な気がする。なんとなく引っ掛かりを覚えるというか……。

「魔獣の不自然な動きに、何か心当たりはありませんか？」

「月《ディン》のせいだろう。そろそろ月祭《ディンメイ》の日が来るという話だ。月《ディン》の魔力を帯びて、魔獣や精霊が活性化しているのかもしれない」

月祭《ディンメイ》というのは、月《ディン》が最も地上に近づく日のことだ。月《ディン》は五百年に一度だけ人間の住まうこの大地に急接近し、それからまた一定の距離を開くとされている。

月祭《ディンメイ》は確かにこの年内に起こる。起こるはずだと様々な書物で目にしてきたが……別に、他所《よそ》だとそこまで魔獣の活発化なんて問題視されていなかったと思うんだけどな。

ロマーヌの街の周辺でも魔獣災害《モンスターパニック》や悪魔（現アシュラ５０００）の発生はあったが、あれくらいなら稀《まれ》にあるものだ。実際どちらもさして尾を引く事件ではなかった。

前に起こったのが五百年前のことだから現存している記録が少ないだけなのかもしれないが、月祭《ディンメイ》による魔獣の活性化を嘆くような話も特に聞いたことがない。ただ月《ディン》が大きくて綺麗だったとか、遠視の魔法具が飛ぶように売れて成金が増えたとか、世界が終わると嘯《うそぶ》いて信者を増やしていた教祖が何事もなく月《ディン》が去って行った後にインチキ野郎と袋叩きにされたとか、その手のしょうもない話ばかり耳にする。

「あんまり関係ないいんじゃないですかね。えっと……例えば、誰かが裏で手を引いていて、この領地を滅ぼそうとしているとか……」

「それはない。もしもそうだとしたら、とっくに滅んでいるからな」

ラルクがいっそすがすがしいほどにきっぱりと宣言した。

「……ああ、そうでした」

今の領地は、崖っぷちを片足で跳ね回っているようなものだ。潰す気なら崖を削ったり風を吹かせたりするより、もう直接背中を押してしまった方が手っ取り早い。

「そういえば、冒険者支援所はどの程度機能していますか？」

ナルガルンの換金も、できることならそこでさっさと済ませてしまいたいところだ。とはいえ、あれだけあったら一か所で捌けば値は下がるし、他領地との流通が回復しきっていない今では特にその傾向は顕著に出てくることが予想できるので、その辺りの加減を考えながらにはなるが。

ナルガルンだけではなく、まともな買い取りが行えないのであれば冒険者支援所の運営側である領主の負担、冒険者の不満も上がるばかりだろう。

とはいえ、今後大規模な魔獣被害が見込まれるこの状態では、冒険者支援所の存在が不可欠だ。問題なのは、冒険者支援所がどの程度その権威を保っているのか……。

「……閉鎖した」

ラルクが小声で洩らした。

「えっ」

「……閉鎖した」

ラルクの声が更に小さくなった。

「思い切ったことをしましたね……」

「し、仕方がなかったのだ。元よりナルガルンのせいで手頃な魔獣を狩るということがほとんどできなくなってしまい、それればかりか無理をしてナルガルンに殺されるものまで出る始末だった。冒険者という形態では、情報の共有と規律ある行動が取りにくい。今のこの領地の現状では、散らばった戦力よりも、まとまった戦力が必要だったのだ」

「それはわかりますけど……でも……」

「魔獣災害《モンスターパニック》を目当てにこの領地に来ていた冒険者も多くてな。しかしその後のナルガルンの出現のせいで気軽に狩りに行けなくなり、帰ることさえままならなくなった。おまけに日が経つごとに領全体が貧しくなっていくのは目に見えていたから、領民が余所者《よそもの》に仕事をやるようなこともなかった」

ラルクは言いながら、ちらりと横目でユーリスを見る。彼女も元は魔獣災害《モンスターパニック》目当ての冒険者だったのだろうか。

「この領のために来てくれたのにそれはあんまりだとは思ったが、かといって私としても、無償で面倒を見てやるわけにも行かない。面倒を見てやるには、それだけ領民から税を取らねばならん。皆貧困で苦しんでいるのに、何もしていない者を支援するとなると、反発を買うだろう。そのため流れ者の冒険者への給金を出す名目を作るためにも、冒険者支援所から私兵団と錬金術師団へと、全面的に形態を変えることにしたのだ」

私兵団が治安維持組織、錬金術師団が例の問題アリの魔術組織か。完全に領主の下の組織として扱えば、魔獣討伐が効率よく進まなくても治安の維持、領の守護のための訓令という名目で養うことに反発が持たれ難くなるということか。冒険者達も、何もしていないのに生活を保障されていたら、怠けたり付け上がったりするものが出てくるだろう。真面目な者も真面目な者で、負い目を感じて腐ってしまうことも考えられる。

「その際に流れ者の中で戦えない者も館で雇い、他に仕事が見つかった元々領在住の使用人には館を出てもらったこともある。こっちの移動はほんの少数だがな」

この人、評判がボロボロだった割には、結構普通に考えて動いてるじゃん……あれ？　でも、さっき、領主の犬呼ばわりされていた人がいたような……。

俺は半ば無意識にユーリスへと視線を投げかけた。ユーリスはラルクの背後で、『黙っておいてほしい』とでも言いたげに、首を小刻みに横へ振った。

……これ以上余計な悩み事背負わせたくないもんな。反発がないということはないが、これでもまだ抑えられている方だろう。ちょっと悪戯《いたずら》を超える嫌がらせは多々あるが、内乱だけは起こっていないようだ。

私兵団への大規模な引き抜きにより、領主と領民の戦力差があるということもあるのだろうが。

ユーリスがナルガルン討伐の功績を気にしていたのも、私兵団の成果を示すことができれば、領民からの反感がいくらかマシになると考えてのことだったのだろう。

……あのナルガルンの首の山、どうしよう。

「ま、まぁ、そういった事情でしたら、冒険者支援所は閉鎖してもよかったのでは」

「……問題なのは、私の人望が思ったよりもなかったことだ」

「んん？」

「……私の直属に組み込まれることを嫌がった領民から猛反発を喰らってな。生活のためだと渋々来てくれた者もいるのだが、当然そうでない者もいる。私兵団のために財を割いてしまっていたし、ほとんど仕事のない冒険者支援所を維持する余力など、当然残っていなかった。結果として、多くの戦力を腐らせることになってしまった」

俺は指を折り、この領地の抱える課題を数える。ナルガルンが消えたことによる魔獣被害、精霊獣の目撃情報、存在が予想される高位悪魔、領民と私兵団の軋轢《あつれき》、冒険者支援所の閉鎖に伴う戦力の低下。……問題ごと、どれだけ増えたら気が済むんだ。

「おまけに本格的に魔獣の間引きを行うとすると、圧倒的に防具の素材が足りない。元々、この地では、金属やら武器やらは、そこまで必要とはしていなかったからな。ナルガルンとの戦いで消耗してしまった分が補いきれぬ……」

ラルクが顔を手で覆った。息をするように厄介ごとが増えていく。これに加えて作物の不作だとか、錬金術師団の不穏な動きもある。問題ごとを全部リストアップしたらどえらい量になるんじゃなかろうか。

「ア、アベル……やっぱりこの領地、まずいんじゃ……」

メアが半泣きで俺の袖を引っ張り、小声で言った。

「売る恩は、少しでも多い方がいいだろう」

俺は自分の手のひらを拳で叩きながら意気込む。

問題ごとがはっきりしているのはありがたい。だいたい片付けるべき順番は見えてきた。まずは信用を得て、領内でできることを増やして行こう。

「魔獣の間引き、手伝わせてもらいます。とりあえずは、自分の気紛れで私兵団に一時協力という形で大丈夫ですか？」

ただ旅人が気紛れで魔獣の間引きを手伝ったという名目ならば、錬金術師団に無理矢理組み込まれることもないだろう。しばらくは誤魔化せるはずだ。

「そ、それはもう、願ったり叶ったりだ！　今すぐというのは難しいが、ファージ家の名に懸けて、いずれ必ずこの恩は……」

よし、言質は取った。ここから領地回復に貢献することに成功すれば、魔術研究への支援や投資にかなりの期待ができる。

「ええ、わかっています。領地が持ち直して余裕ができてからで、大丈夫ですから！」

とりあえずは魔獣の間引きから入って信用を得て、それから領の重要な問題にも手出ししていこう。

2

その後の話し合いにより、俺とメア、エリアは、ラルクの館の客室に泊まることになった。

「……本当に、いいんですか？　あの、自分達普通の宿の方が慣れてますし」

「いやいや！　ぜひ、ぜひ泊まっていってくれ！　現状としては、この館もあまり裕福とは言えないかもしれんが……食糧庫の床を削ってでも、君達の舌に合う料理を用意してみせよう！」

「あ、あんまり無茶しないでくださいね……」

気を遣うし、普通の宿屋でいいやと思っていたのだが、ラルクが凄まじい勢いで勧めてくれたので、断るのも失礼だとありがたく泊まらせてもらうことにした。

……あんまり領主に優遇されてるように見られたら、俺も領民から石投げられたりしないよな？

「明日から早速、私兵団を動かしての魔獣の間引きに出る。全体の動きをそれまでにまた纏《まと》めておこう。そのとき、また手を貸してもらえると助かる」

「ええ、勿論任せてください。今回は、例の錬金術師団は動かさないんですか？」

魔術師の集まりなら、それなりの戦力になるはずだ。領地を守る大事な戦いなのだから、使わない手はないと思うのだが……。

俺の質問を聞き、ラルクは扉の方をちらりと確認し、それから声を潜める。

「……錬金術師団は現状、別の重要な任務についていてな。ナルガルン討伐の際にはさすがに動いてもらったのだが、そのときもほとんど安全圏から様子を見ているだけだったという。無理に連れて行っても、混乱を招くだけだろう。私兵団と連携を取ることができない以上、詠唱中の魔術師を守ることも難しいのだからな」

「あ……わかりました」

だいたい察した。要するに、他の仕事を言い訳に危ない場には出たがらないということか。

「リノア副団長の一派なら、或いは……いや、イカロスに潰されるのがオチか」

ラルクはぶつぶつと呟き、それから首を振った。よくはわからないが、そのイカロスとやらが錬金術師団のトップであり、ラルクを悩ませている元凶なのだろう。

「因みに、その任務というのは？」

「この土地の気候で育ちやすい特性を持ち、成長が早くて栄養価の高い作物を錬金術で開発する研究だ」

「なっ!?」

そんな楽しそうなことをやっているのか。俺もぜひ交ぜてほしい。

錬金術師団で和気藹々《わきあいあい》と、『○○ベースで組み直さない？』『そうすると高温に弱くなるから△△の性質を利用してみよう』『俺が読んだことのある文献では……』みたいな話をしながら開発したい。

「あ、あの、やっぱり、私兵団じゃなくて、そっちに自分も参加させてもらえま……」

俺が言い切るより先に、ラルクが壁を殴った。

「一進一退の研究を……かれこれ、二年近くも続けている。確かに、完成すればこの領地は救われるだろうが……そんな夢のような作物、数年で作れるものなら、とっくに昔の魔術師が作っているはずだと、私は思うのだがな。ましてやこんな、まともな書物もない辺境の地で……」

ラルクは床へと目線を落とす。その目は、苛立ち、呆れ、諦め、それから無駄だとわかっていながらも止められない自分への嘲りが籠っているように思えた。

「あ、はは、ははは……」

「とと、愚痴を零《こぼ》してしまって済まない。先ほど、何か言っていたか?」

「い、いえ」

切り出せる雰囲気じゃない……とりあえずは日を改めるか。錬金術師団に迂闊《うかつ》に飛び込むのは避けた方がいいだろうし、魔獣の間引きが終わってから下調べをして、大丈夫そうならまた折を見て話してみよう。

「そういえば、防具の素材に困っていましたね」

「ああ。魔獣相手に防具なしで挑むわけにはいかないが……しばらくは、どうにか既存の物で持ち堪えてもらうしかない。錬金術師団に回して修復してもらって時間を稼いで、その間に交易を回復させ、外部から防具を仕入れなければ」

「そのお金は？」

「少し連絡が途絶えてしまってはいるが、親交の深い領地がある。そちらに泣きついて、どうにか支援を受けられれば……」

金を借りられるかどうか、か……。あまり勝算があるようには思えないな。

出し惜しみしていると思われるのも嫌だし、切れるカードはさっさと切っておくか。

「ナルガルンの首と胴体の鱗を使えば、それなりの数の防具が出来あがると思いますよ。ここに加工技術があれば、ですが。緊急事態ですし、喜んで献上させていただきますよ」

「た、確かにあれがあれば！　君の狩った首が三本……それに、討伐隊の落とした首が一本！　胴体と、首が四本か！」

四本……？　あ、ああ、うん、そういうことになっちゃうのか。早めに訂正しておいた方がよかったかもしれない。まぁ、見たらわかることか。

「それだけあれば、一通りは賄うことができる！　あれの強度は、十分だろう？」

ラルクが振り返り、ユーリスへと目を向ける。ユーリスがこくりと頷く。

「ナルガルンの鱗の硬さは、私が保証します。そこらの金属鎧よりも硬く、そして軽いはずです。加工は難しいでしょうが、見かけに拘《こだわ》らなければ量産は容易かと。……しかし、魔力が強いため、その……ただの鎧にするのは、少し勿体ないかと」

ユーリスが途中から声色を落とし、言葉を選ぶようにゆっくりと言う。何を気にしているんだと思っていたら、目が俺の方を見ていた。ナルガルンの鱗に半端な加工をして価値を下げることを、俺が嫌がるのではないかと踏んだのだろう。

「そ、そうか……勿体ないのか……」

ラルクががっくりと肩を落とし、機嫌を窺うように俺を見る。

「人の命が関わっているんです。小金を惜しむような真似はしません。すべて使ってください」

「本当に、もう、何と礼を言ったらいいやら。申し訳ない、すべて終わったら、この礼は必ずさせてもらう」

ラルクが鼻をすすりながら俺に頭を下げる。

「頭を上げてください」

はいパトロンゲットォォォォオオッ！

恩も売れているし、信用も今後の復興活動に付き合えば十二分に得られる。この調子なら、支援金や投資金は勿論、魔法具の量産や販売も領地の名の許に行わせてもらえるはずだ。おまけに俺相手に足許を見るような立ち回りも取って来ないだろう。俺は内心小躍りしたい気持ちを抑えながら、なるべく表に出さないよう意識をした。

3

マリアスに客室へと案内され、荷物を置いてから領地の様子を見てみることにした。錬金術師団のこともそうだが、この領地には不安要素が多すぎる。情報収集をしておいて損はないだろう。

俺はエリアの部屋の扉をノックする。

「外、回ってみようと思うんですけど……どうですか？」

「……今日、色々あって疲れた。休んでる」

いつもの低血圧な調子の声が返って来る。ファージ領までの間、ずっと馬車の操縦をやってくれていたのだ。その分、疲れているのだろう。

メアと二人でラルクの館を出たところで、門の先に人だかりができていた。群衆の先頭に立っている男は、俺に気が付くと真っ直ぐに向かってくる。

「白い髪に赤い目……それから角ありの女の子……貴方《あなた》達が、ナルガルンを倒したという冒険者の方ですね！」

分厚い経典を腕に抱えた、青いローブの男。ラルクの館へ向かう道中、遠目から見た覚えがある。

「噂を聞いて、どうしてもこの領の英雄にお会いしてみたくなったものでして、居ても立ってもいられなくなってしまいまして……。おっと、失礼をいたしました。私はリーヴァイ教の宣教師、リングスと申します」

リングスは温和そうに目を細め、微笑《ほほえ》みながら自己紹介をする。どこか慇懃《いんぎん》な雰囲気の、整った顔の優男という印象だった。リングスの後ろに続く人の群れは、先ほど見かけたとき同様、リングスの話に興味を持って近づいている一般領民達だろう。

「……どうも、自分はアベルといいます。こっちの彼女はメアです。自分達を運んでくれた馬車の操縦者の方と、三人でここに来ました。しばらく滞在する予定ですので、よろしくお願いします」

てっきり人だかりを見たときは、例の錬金術師団かと思った。ラルクの話を聞いている限り、錬金術師団の団長であるイカロスという男は、領内でかなりの発言力を持ち、それをいいことに好き勝手やっているようであった。

イカロスの立場を考えれば、不確定要素である俺の確認は、真っ先に行いたいところだろう。

……錬金術師団とはなるべく接触したくなかったので、来たのが宣教師さんでよかった。もっとも、この人もこの人でちょっと胡散臭《うさんくさ》い感じがするので、どちらかといえばあまり関わりたくはないが。

「よくもまぁ、あのように強大な魔獣をたったの三人で！　凄い、素晴らしい！　よほど計略に優れているのですね、貴方達は！」

「計略？」

「いったいどのようにして、ナルガルンを討伐することができたのか！　そのお話をぜひ、お伺いしたいと……！　皆様も、気になりますよね！」

……正面から、力技で首飛ばしまくったというだけなので、計略も何もなかったのだが……。とりあえず、領主のときと同じ手法で場を濁しておくか。

「あーいや、以前に大掛かりな討伐作戦を行ったんですよね？　そのときに、ナルガルンが弱っていたのだと思いますよ。ほら、その際に首を一本斬り落としたとかで……」

「……い、いえ、その際に落とされた首は再生したと、討伐隊の方から直接聞きましたが？」

「首を再生するのに魔力の過半数を使っていたんでしょう。外傷はなくとも、魔力欠乏でほとんど死に掛けでした。あんな大きな竜の首を再生するのには、相応の魔力を消耗しますから」

　リングスの後ろでは、他の領民達が納得したように各々「なんだそうだったのか」と話し合っていた。ただ、リングスだけは薄く目を開き、俺の顔を睨んでいた。だがすぐに温和そうな糸目へと戻り、誤魔化すように笑った。

「は、ははは、そうでしたか、そういうことでしたか」

「ええ、ナルガルンに再生能力なんて持たせても、初見殺しでちょっと脅かすくらいの効果しか得られませんよ。昔の戦争でどこかの国が魔法陣を仕込んだのかもしれませんが、あまり賢い組み合わせではありませんね」

「……賢い組み合わせでは、ない？」

「まぁ、そういうこともあるでしょう。敗戦を目前に切羽詰まって、有り合わせでけったいな兵器を作った事案は多いそうですから、あのナルガルンもその一種だったのかもしれません」

　酷い話では、無理して生体魔術で大きな化け物を作って、それが暴走してそのまま滅びかけた国もあったと聞く。結局敵対していた国が戦争のために備えていた武力で化け物を討伐し、二国の間には平和が戻ったとされている。

「しっ、しかし、ナルガルンは元々複数の魔法を備えていますし、かなり魔力の高い魔獣ですから、組み合わせとしては間違いではないでしょう！　弱っていたというのには、他の理由があったのではないかと私は思いますがね」

　リングスは若干声を荒らげてそう言った。

　顔が赤くなっている。まずい。軽い冗談のつもりだったが、リーヴァイ国を馬鹿にされたように感じたのかもしれない。

　ナルガルンは山脈を越えてきた先にあるリングスの故郷、リーヴァラス国の魔術師が昔作った魔獣兵器の生き残りである可能性が高い。故郷が戦争時に作っていた魔獣兵器を他国の人間に貶《けな》されたら、直接的な関わりがないにしても、あまりいい気分にはならないだろう。宗教や歴史が絡む話に繋がる可能性もある。下手に触らないでおくべき部分だ。

　リングスのこめかみがピクピクと痙攣《けいれん》している。明らかにリングスは苛立っていた。お、尾を引かないといいんだけど。

「あ……はい、確かにそうですね。ナルガルンは、魔力が高いですし……再生の魔法陣を組み込むのには、持って来いですね。きっとそうです、間違いありません。機動力も高いですし、先陣を切らせればかなり有利に動けることでしょう。自分の浅慮でした」

　俺が気を遣ったのを察したらしく、リングスが口を手で押さえた。メアはそんな俺とリングスの気まずい雰囲気を落ち着きない様子で眺めていたが、何かを思いついたように顔色を輝かせ、口を開けた。

「あ！　そう言えばアベル、再生の魔法陣の作りが雑だとか、効率が悪いとか、作った奴は魔術の本質が理解できてないとか色々言っていましたね！　ナルガルンが弱ったの、あれのせいじゃないんですか？」

　一瞬、空気が凍り付いた。恐らく、気まずいのは意見が食い違ったからだと、メアは考えたのだ。ここで両者が冷静になったところで三つ目の案を出して、なんだそうだったのかはっはっはっで流れると踏んだのだろう。

違う、今、そういう援助は求めてない。空気を打開しようとしてだったのだろうが、助け舟のつもりが砲台のついた戦艦を押し付けてきちゃったよ。

「……リングスさん、どうしましたか？」

「体調でも悪いのですかな。近くに儂《わし》の家がありますので、少し休んで行かれては」

後ろについていた領民達が、彼の様子を案じて声を掛ける。リングスはそれを聞いて冷静に戻ったのか、小さく首を振って表情を戻す。

「ははは……少しだけ、眩暈《めまい》がしまして。日に当たりすぎたのかもしれませんね。ではご厚意に甘え、お邪魔させていただきます。で、では、この辺りで……興味深いお話を聞かせていただき、ありがとうございました」

老人からの誘いを言い訳にするように、さっと身を翻して俺から離れた。領民達がぞろぞろとその後をついていく。

「……ああ、そうだ。アベルさん」

そのまま去って行くのかと思いきや、途中でリングスは俺を振り返った。

「貴方、明日に予定している魔獣の間引きにも参戦する予定だと、噂でお聞きしましたが」

「え？　ああ、はい」

ラルクの館の客室で休んでいる間に噂が広がったのか。外部から来た人間が通路を遮っていた魔獣を倒したんだから、領民達の関心もそれだけ引いてしまうか。だからこそ、リングスが会いに来たんだろうし……。

「つまらないことで命を落とさないよう、お気をつけてくださいね。貴方は、この領地の英雄であり、希望なのですから。リーヴァイ様が仰ったとされる言葉の一つに、こんなものがあります。『希望なくば、虚構を掴むしかなし。それが水のように手中をすり抜けてしまうとしても』と」

それだけ言い残し、今度こそリングス達は去って行った。

「……なんだか、引っ掛かる言い方だな」

リングスが見えなくなってから、俺は小さく零した。

4

翌日、俺とメアは早速私兵団による魔獣の間引きに参戦させてもらうこととなった。私兵団の面々に続き、二人並んで歩く。

今回の魔獣の間引きの参戦人数は、全体で五十一人だった。一隊十七人の三つの隊に分かれ、各隊は前日に定められたルートで領地を見回りに動く。

予定では見回りの道中に魔獣を討伐、または避けながら動き、三隊は山沿いの崖壁前で合流する。合流したらその場で情報を交換し合い、各隊の戦力を考慮して帰還ルートを定める、という流れになっている。

「つまり、今回は魔獣の討伐よりも調査が主なわけですか？」

俺が尋ねると、ユーリスが頷く。因みに彼女、ユーリスは第一部隊の隊長である。

「ええ、そうです。魔法具で魔獣を早期発見し、安全第一で動くよう、他部隊の隊長にも命令しています。無論、討伐するに越したことはありませんが、調査がメインであり、深追いは厳禁です」

……戦力が足りないから、下手に大怪我してほしくないってことか。ナルガルン戦で負傷者が大勢出ているらしいし、その上、冒険者支援所が機能してないからなぁ。

ユーリスも、ナルガルン戦での傷が癒えていないのに無茶をして今回の魔獣の間引きに参戦したと、私兵団の隊員が話しているのを聞いた。ユーリスがいないと私兵団全体の士気が低下するので、身体を引き摺《ず》ってでも出てこざるを得なかったのだそうだ。

冒険者支援所を今更動かしても、領主に反感を持ってるあの領民達じゃ、素直に従ってくれるとは思えない。領主も十分な報酬を与えられるほど余裕がないだろうし、どうしても冒険者と私兵団の待遇を比較されてしまうだろうから、下手に動かしたら余計な反感を喰らうことまで考えられる。

私兵団の報酬は、領主の言っていた通り元流れ者達への生活支援の意味合いが強い。同条件で新たに領民から兵を募る余裕はないだろうし、実質的な活動が同じでは、差を付ければ不満が募るのは避けられないだろう。おまけに、協力を強要できるほど人望もない。

「そういえば、馬は使わないんですね」

ナルガルン戦では馬を用いていた、と聞かされていた。俺は乗馬の経験はないから徒歩の方がありがたいのだが。

「……ナルガルンと対峙した馬が脅えてしまい、ほとんど使いものにならなくなってしまったのです。回復には、もう少し時間を要するかと。しかし魔獣の間引きも、先延ばしできる問題ではありませんから」

だろうな。ラルクも言っていた通り、今はどれだけ魔獣がいるのか把握できていない状態だ。ナルガルンがいなくなったことで、ファージ領周辺の魔獣がどう動くのかにも変化が出てくるだろう。

「もっとも、馬が必要不可欠となるナルガルン戦のような立ち回りを必要とするような戦いになることはないでしょうが……馬がなければ、魔獣に囲まれれば、死ぬしかありません。それを防ぐためにも、安全第一でしっかりと遠くまで確認する必要があります」

今回は魔獣の数と動きの把握に徹して、他の兵や馬が回復してから本格的な魔獣の間引きに移るということか。そのときに馬を使うとしたら、俺……参加できないな。

「あ……と、そういえば、ナルガルンの首と胴体の回収は？」

「申し訳ございません。運搬には時間が掛かることが予想されるため、今回の魔獣の間引きにより、領周辺の魔獣状況を把握した後に作業へ移るということになりました。問題がなければ、明日の昼までには、村の内部へすべて運び込める手筈ですのでご安心を」

「そ、そう……」

結構量あるんだけど……果たして、明日中に全部運び込めるのだろうか。やっぱりこれ、伝えておいた方がいいよな。

「あの、実は、言いそびれていたっていうか、タイミングを逃していたっていうか……」

「む？　どうしましたか？」

「あ……いや、やっぱり、後でいいです」

　第二部隊が通るルートに、ナルガルンの亡骸があるし……その後に説明しよう。口で言っても上手《うま》く伝わらない気がする。

　メアは、遠視の魔法具だという筒を持って、嬉しそうに辺りを見回していた。領主の前で興味を示したら、その場で即座に一つ譲ってくれたのだ。

「アベル、アベル！　これ、凄く遠くまで綺麗に見えますよ！　アベルもちょっと見ますか？」

「……メア、無理してついて来なくてもよかったんだぞ。今回は魔獣の動向を探るのが主目的とはいえ、万が一ってことがないわけじゃないんだし」

「メ、メアだって戦えますもん！　ほら、アベルに作ってもらったシューティングワイバーンだってありますし！」

　メアが身体を捻り、背負っている鶯色《うぐいすいろ》の弓を見せてくる。

　……確かに上達してるとは思うんだけど、素人に毛が生えたようなものだからなぁ。いざとなったら乗り物代わりにアシュラ５０００を転移させて逃がすから、魔獣に囲まれるようなことはまずないと思うが。

「い、一度留守番したら、次からメア、ずっと置いてけぼりになっちゃいそうですし……。少しでもメア、アベルの役に立ちたくて」

　メアは俯き、魔法具を持つ手を下に垂らす。……気持ちは嬉しいが、今はどれくらい危険なのかも見当がついていない状態だ。どうにもメアは、いつも余計な考えを抱え込んでいるように見える。

「……メア、やっぱりいらない子ですか？」

「い、いや、そこまでは言うつもりはないけど……」

「フンッ、ガキの馴れ合いで出てくるとは、俺達私兵団も舐められたものだな」

隣を歩いていた私兵団の男が、馬鹿にしたようにそう言った。ユーリスが足を止め、男を睨む。

「クラーク、言葉を慎め。この方達は、ファージ領の英雄だぞ」

男の名前はクラークというらしい。クラークは金髪の若い男だった。二十歳前半程度だろう。

「隊長殿、先ほどから下手に出すぎでは？　偶然、魔術の副作用で瀕死だったナルガルンを仕留めたと、それだけのことでしょう。本当だったら全部、俺達の功績だったのに……」

クラークは眉間に皺《しわ》を寄せながら言い、それから俺を睨む。

「タイミングがよくて幸いだったな。俺達も、お前の強運に期待しておこう。ただし、領主様から持て囃《はや》されたからと、図に乗らないことだ。そこの女共々、出しゃばってくれるなよ」

「あん？」

さすがに少しイラッと来た。確かに首の数は言いそびれたし、謙遜して適当に理由付けもしたが、こうも露骨に敵意を向けられると腹が立つ。

「クラーク！」

ユーリスが怒鳴る。クラークは溜め息を吐き、俺へと向き直る。わざとらしい笑みを浮かべながら、仰々しい動作で頭を下げる。

「言葉が過ぎ、失礼しました。たった一人でナルガルンを倒したと宣《のたま》う、ファージ領の英雄様」

その下げられた後頭部へ、ユーリスの裏拳が入った。

「ぐっ!? な、何をするんですか! だいたい、普通に考えたらわかるでしょう! あんなの、二人ぼっちでどうにかなるわけないじゃないですか! 死にかけだなんて言ってますけど、そもそも、すでに死んでたのかもしれませんよ?」

「アベル殿が運んできた、ナルガルンの首の切り口を見たか? 綺麗なものだったぞ。お前がそこまで言うからには、一太刀で首を落とす自信があるのだろうな」

「し、しかし……しかし……」

「もういい、黙れ。周囲を見てみろ、任務前にこれ以上士気を下げてくれるな」

クラークが周りを見ると、他の隊員達はそっと目を逸らした。クラークが俺に声を掛けてきてから、第一部隊には気まずい空気が流れていた。出発前にはあった、意気揚々とした雰囲気がすっかり損なわれている。クラークは「うう……」と唸り声を漏らし、黙った。その様子を見て、多少は溜飲が下がった。今度機会があったら、ナルガルンの首を魔力で動かして、クラークの周囲を這《は》いずり回らせてやろう。

「……ど、どうせ、すぐに化けの皮が剝がれる」

クラークが最後にそう捨て台詞を残してから、隊は再出発となった。

5

高原に現れたゴブリンの群れ。それに対するは、討伐隊第一部隊の十七人である。

「逃がすな！　ゴブリンは、取り逃せばすぐに繁殖するぞ！」

「はいっ！」

隊長であるユーリスが叫ぶと掛け声が上がる。今回のゴブリンの群れは、四十体ほどである。

しかし数は多いが、大したことはない。ゴブリンは背が低く、力もない。一対一なら、新人冒険者単体でもどうにか狩れる程度の魔獣だ。

俺は木陰でメアに膝枕をしてもらいながら、ゴブリン達が狩られていく様を眺めていた。視界が薄れ、頭痛がする。

「大丈夫ですか？　しっかりしてください！」

「……体力、ついたつもりだったんだけどな」

……次からは何か、木馬でも作ってみようかな。後、日傘が欲しい。ここは木が少ないからダイレクトに日の光が当たるため、ロマーヌの森を歩いていたときよりも体力の消耗が激しい。おまけに、妙に日照りが強い。空を見渡しても、遠くまで雲が見えない。っていうかここ、雲から避けられてないか？　そういえば、干ばつだとか言っていたな。

「水……飲みますか？」

「……頼む」

メアが俺の口許へ、ヒョットルで水を僅かに流し込んでくれた。

「い、いいなっ！　絶対にアベル殿のところへ近づかせるな！」

ユーリスの声が聞こえてくる。迷惑を掛けたようで申し訳ない。

「だから俺は言ったんです！　だから俺は言ったんです！　あんなガキ、どうせ使い物になりゃしないって！」

クラークが苛立ちを露《あら》わにしながら叫ぶ。本当、何も言い返せない状態なのが物悲しい。正直、ちょっと調子に乗っていたかもしれない。バリバリ武闘派の連中と肩を並べて見回りなんてできるはずがなかったのだ。

「あ……ちょっとマシになってきた気がする、うん」

「本当ですか？　気分悪くありませんか？　離脱して、先に帰りましょう。メアが背負って行きますから、ね？」

「い、いや、せっかくだから最後までついて行きたいし……」

クラークに馬鹿にされたままでは帰れない。オーテムに乗ってでもついていってやる。

「そうだ、次から馬車で送ってもらおう」

「う、う～ん……そこまでしてもらえますかね……あ！」

混戦から逸れた一体のゴブリンが、俺達の方へと向かって来た。

「ゲアッ、ゲアアッ！」

群れのリーダー格なのか、体格が他のゴブリンよりもいい。大きな棍棒《こんぼう》を手にしていた。

「すみません！　すみません！　誰か、誰かこっち！　アベルの方に来てます！」

メアは言いながら立ち上がり、傍らに置いていたシューティングワイバーンを拾い上げて構える。

間の悪いことに、一番近いのがクラークだった。クラークは物凄く嫌そうに顔を引き攣《つ》らせたが、ユーリスから目で指示を受け、こっちへと向かって来た。

「え、えいっ！」

メアの放った一射目の矢を、ゴブリンは棍棒で受ける。続けて放った二射目がゴブリンの太股に刺さり、動きを止める。

「ゲ……」

「よ、よかった……当たった……」

ゴブリンは矢を引き抜き、素手でへし折る。再びゴブリンが棍棒を振り上げ、メアの三射目を叩き落とす。その隙を突き、クラークがゴブリンの首を飛ばした。

「ど、どうも……」

クラークは俺を睨み、地に伏しているゴブリンの背に剣を突き刺した。

「馬鹿にするのも大概にしろ！　俺達はなぁ、命張ってここに立ってんだよ！　任務に出て来たなら、自分の命くらい自分で守れ！　次に似たようなことがあったら絶対に手は貸さんからな！」

「……はい」

さっきみたいな言いがかりをつけられたら堪ったものではないと身構えていたのだが、びっくりするくらいに反論の余地なく普通に正論だった。

「ち、違うんです！　アベル、普段は凄いんです！　ちょっと体力がないだけなんです！」

「知ったことかぁっ！」

クラークはそう怒鳴り、ゴブリンとの乱戦に戻って行った。

……ゴブリン討伐後、俺はアシュラ5000を転移させ、その上に乗って移動することにした。

なんかちょっとみっともない気もするが、これ以上足を引っ張るわけにはいかない。討伐隊員達が奇異のものを見るような不審の目を向けてくるが、ここで折れるわけにはいかない。

「……アベル殿、体調が優れないのでしたら、その、帰還なさった方が。護衛もお付けしますので」

ユーリスが、言葉を選びながらそう提案してくれた。ユーリスの言葉を聞き、クラークが青筋を立てる。

「ご、護衛？　こいつらに？　ただでさえ、人手不足だというのに!?」

「もう、合流地点まで近い。ここまでゴブリンの群れに出くわした程度で、大した魔獣も見かけなかった。魔法具でも危険な魔獣は観測できなかったし、むしろ拍子抜けな程だ。緊急伝令が来ないところを見ると、他の部隊もそう差がないのだろう」

「合流地点に行くまでは、確証が持てないじゃないですか！」

クラークがユーリスに喰い下がる。

さっきの俺はマジで役に立たないゴミクズだったので、何も言えない。というか、擁護するのももう止めてほしい。恥ずかしくなってきた。

「い、いや、俺は大丈夫です！　本当！　次は戦えますんで！」

「……メア殿が、心配そうにしているぞ」

後ろを見ると、メアは人差し指を自分の唇に当て、不安そうに俺の背を見つめていた。

「だ、大丈夫ですっ！　本当に！」

「……もう合流地点まで近いし、ついて来てもらった方がまだ安全か」

ユーリスがクラークへちらりと目をやり、そう結論付けた。護衛が出せないのならば、一緒に行動した方が危険は少ないと考えたのだろう。合流地点である山脈近くの崖壁前まで、もう半時間も掛からないはずだ。

「……それからその、奇妙な丸太は」

「オーテムです。自分の集落では、皆毎日これを彫って暮らしていました」

「他の隊員達が怖がっているから、できればその、仕舞ってもらえれば……。いや、どうしても移動に必要だというのならば、構わないのですが……」

ユーリスが言いづらそうに口にした。

「……移動に必要なので」

「そ、そうですか。それは失礼しました」

ユーリスはまじまじとアシュラ５０００の六本のガシャガシャ動く腕を見てから、頭を下げた。

道中で、たくさんの足跡を見つけた。先に第二部隊か第三部隊が到着しているのだろう。

「他の部隊も順調、か。元々最長コースではありましたが、こっちにはお荷物がいたから、その分余計に遅れてしまいましたね」

クラークがわざとらしく、アシュラ５０００に乗る俺に目を向けながら言う。

「お、おい、よさないか、クラーク。ラルク様が大変気に入られている客人だぞ」

他の隊員がクラークを諫《いさ》める。

「それが気に喰わないと言っている。最近、あの方はひどく疲れている。だからナルガルンが死んだと聞いて浮かれて、あんなガキを大喜びで迎え入れてしまったのだろう」

ぐ、ぐぅ……。俺は悔しさを堪えるため、アシュラ５００の縁を強く摑《つか》んだ。

「しかし、やりがいのない任務だったな。わざわざ出張って、ゴブリンを斬っただけとは」

「何もないに越したことはないさ。魔獣も警戒しているのかもしれんな。ナルガルンが急に死んだのだから、ナルガルンより凶暴な魔獣がどこかにいるんじゃないかと。野性の知恵は、案外侮れんぞ」

隊員達は談笑しながら歩いていた。任務を終えた気分でいるようだった。

「先の方に第三部隊を見つけたぞ！　第二もその先にいそうな雰囲気だ」

遠視の魔法具で先を見ていた男が、声を弾ませながら言った。それを聞き、周囲から安堵の笑いが漏れる。

「あー……ただ、妙な霧が出てんな。ま、あれくらいなら、視界は十分確保できっか」

「霧？」

男が続けて言った言葉に、俺は首を傾げた。

「ああ、この山脈近くでは、たまに出るんだ。山が風を遮るせいで、日中は地面が温められやすくてな。そのせいで日が沈む頃になると一気に温度差ができて、霧が出るんだよ。とはいえ、雨がめっきり減ってからはあまり見ない光景だけどな」

「確かに日は落ちつつありますけど、まだそういう時間には早くありませんか？　そういうものなのですか？　それに、なんで雨が降らないのに霧が……」

「さぁ？　あまり頻繁に来るところでもないしな。あ！　もしかしたら、雨が来る予兆か!?」

見張りの男が嬉しそうに言う。俺はユーリスへと近寄る。

「……引き返した方が、よくありませんか？　魔獣か、もしかしたら悪魔の仕業かもしれませんよ」

「しかし、他の部隊が先に進んでいますから、ここで退くことは。伝令を出して移動するという手もありますが、霧だけだと根拠に欠けるかと……それだけでは、他部隊の隊長は、納得しないでしょう」

「そうですか……」

「それに魔獣の生態を狂わせる悪魔がいるというのなら、戦力が纏まっている今対峙することができれば、むしろ僥倖《ぎょうこう》でしょう。ここを逃す手はありません」

ユーリスはあまり深刻には考えていないようだ。

確かに、彼女の言うことにも一理ある。悪魔は極端に気紛れであったり、人間とは思考回路がかけ離れていたりして、動きが読みにくい。イーベル・バウンのように自己顕示欲ムンムンの奴なら発見は容易だが、高位の悪魔が気配を真剣に消せば俺でも見つけることは困難だろう。発見できる予兆を見つけられたのならば、逃げられるより先に仕留めた方がいい。

ただ、今回の主目的は、次回以降のための偵察であったはずだ。戦力が纏まってはいるが、全力でもない。それでも普段ならこっちから潰してやると意気込みたいところだが、今回に限っては、どうにも嫌な予感がする。

「伝令を飛ばして、集合場所を変えてもらえませんか？　どうにも妙です。それから話し合って動いても、問題はないでしょうし……」

「さっきから、いい加減にしろ似非《えせ》魔術師！　隊長殿のやり方に口を出すんじゃない！」

クラークが怒鳴り、俺に剣を向けた。

「おい、クラーク！」

「隊長殿も隊長殿だ！　こんなガキに好き勝手言わせてたら、それこそ士気が下がりますよ、そう思いませんか、ねぇ！」

クラークはさっきの意趣返しのように言った。ユーリスは隊員達の顔を見回してから、首を振った。

「……確かに、私が迷っていれば、不安を煽るばかりか。すみませんアベル殿、今回は進ませていただきます」

……さっきゴブリンとの交戦中に寝そべってたの、やっぱり響いてるよな、これ。

ユーリスの立場からしても、部下の前で俺の意見で判断を変えるわけにはいかなかったのだろう。クラークに突《つつ》かれて、立ち位置を明らかにされた後では尚更だ。

そのまま霧を突っ切り、集合地点へと進んだ。

霧は濃くはない。視界は悪いが、歩くのに支障が出るほどではなかった。霧から多少魔力を感じるが、それも強力なものではない。不審点はあるが、今から何かを言っても聞き入れてはもらえないだろう。

「……それに、日照りよりはずっとマシか」

霧のお蔭で涼しく、水気もある。そのおかげで、体調もそこそこ戻ってきた気がする。次に何か出て来たときは、俺も十分参戦できるだろう。さすがに体調万全とはいえないが。

じきに集合場所である、崖壁前のところへと到着した。先に第二部隊、第三部隊がついていた。

怪我人は見当たらない。どこも大した魔獣とは遭遇しなかったようだ。

ただ、第二部隊の様子が若干おかしい。全員顔を青くして、何か言いたげにこちらの様子を窺っている。

「……あいつだ、あの第一部隊の、白い奴」

「気をつけろ、機嫌を損ねたら首を刎《は》ねられるぞ。あのナルガルンみたいに」

「あれ何に乗ってるんだ？　地獄の化け物か？」

……何やら、物騒なことを口走っている。そういえば、第二部隊がナルガルンの亡骸が目視できる範囲に入るルートだったか。

各部隊の隊長達が前に出て、状況を伝え合う。

「第一部隊、隊長ユーリス。予定通り、東側ルートを通過した。交戦はゴブリンの群れのみであり、すべて討伐済みだ。他、気になる点はない」

「第二部隊、隊長コーカスだ。魔獣を追うため、少し予定ルートを逸れた。変更後のルートは、地図に記した通りだ。交戦はハウンドの群れだが、数体仕損じた。負傷者は見ての通りゼロ、報告すべき点は……その、帰還後にさせてもらう」

明らかにコーカスは、俺の方を見てから言った。とりあえず目を逸らしておいた。

「はいっ！　第三部隊、隊長マヤ！　予定通り、北側ルートを通過！　交戦はなし、遠視筒での魔獣発見はスーフィーの群れであり、規模は中！　距離があったため、移動を優先しました！」

部隊長達による大まかな報告が終わり、私兵団達に安堵が広がった。ゴブリンもハウンドもスーフィーも、すべて下位魔獣だ。大した脅威にはならない。それに、他の魔獣の群れもほとんど見つからなかった。

下位魔獣ばかりな上、遭遇頻度も低すぎる。あれだけ警戒していたのに、予想の十分の一以下の脅威である。隊員達からしてみれば、肩透かしというのが感想だろう。

しかし、だからこそ妙な気もした。ナルガルンに脅えて魔獣達が逃げていたなら、山付近であるここに魔獣が集中していてもおかしくないはずだ。元々それに備えての今回の見回りだったのに、都合がよすぎる。

「やっぱりなんか、おかしいというか……」

世界樹オーテムを転移で手許に寄せて、本格的な感知に取り掛かってみるか？

そう考えて杖を構えたとき、頭上から笑い声が聞こえてきた。魔鉱石を引っ掻いたような、耳につく甲高い声だった。

「হাসহি-হাহা-হাহা-হাহা-《キャハハハハハハハ》」

　笑い声と共に、濃密な魔力の気配が漂ってくる。一気に私兵団の人達は顔色を変え、辺りを見回し始めた。

「な、なんだ?」「こ、これ、もしかして悪魔か?」

「慌てるな！　俺達は、今五十人もいるのだぞ！　たかが悪魔一体に脅えることはない！」

　空を見上げると、それはいた。霧にとんがり帽子を被った、子供の影が浮かんでいる。

「認識疎外の結界の媒介にするため、霧を張ってたのか」

　だとしたら、なぜこんな大規模な霧を張っておいて、わざわざ先に大声を出して姿を見せたのか。その理由は決まっている。もう、目的を達しているからだ。

　子供の影が揺れ、霧に溶けてぐるぐると形を変え、黒い霧状の円になった。姿は平面的で、球ではない。そこから大きな目と口が開き、また大声を上げて笑った。

「হাসহি-হাহা-হাহা-হাহা-《キャハハハハハハハ》」

　ぐるぐると回り出す。目と口が、上下に位置を入れ替えた。

「あれ、ハーメルンじゃ……」

「ハ、ハーメルンだと!?」

　俺が零すと、他の部隊長と並んで悪魔を見上げていたユーリスが、目を見開いて俺を見た。ユーリスの声を聞き、他にも何人かの隊員達が身体を震わせて悲鳴を上げた。悪魔の中でも有名な部類なので、知っている人は多いだろう。ハーメルンのことは本で読んだことしかないが、外見の特徴が一致している。

ハーメルン自体にそれほどの戦闘能力はないが、恐ろしいのはその性質である。大昔の賢者アンゲルが作った負の遺産と呼ばれる魔法具、『アンゲルの魔鏡』に及ばずとも劣らぬ悪辣な力をハーメルンは持っている、といわれることが多い。

過去に一度だけ、ハーメルンを戦争に用いた精霊使いがいたと、歴史には残っている。そのときはたった一つの部隊が難攻不落の要塞を落として戦争がそのまま終結し、英雄となった精霊使いはハーメルンの力を恐れた権力者の手先に暗殺されたとされている。

俺が読んだ本では、ハーメルンについてこのように記述されていた。


知性の薄い悪魔の中では、ハーメルンほど悪辣な性質を持つものはいない。童の影か、黒い円の姿を取ることが多いとされている。

基本的に悪魔は魔獣の生態を操ることを得意とするが、中でもハーメルンはそれに特化している。一番恐ろしいのは、魔獣を指揮し、霧を用いて冒険者達を奇襲することである。

悪魔を人間同士の戦争目的で使役することは、どの国でも暗黙の内に禁忌とされている。それはハーメルンの存在によるところが大きい。ハーメルンを用いれば、個人が国家に匹敵する戦力を、その土地に潜む魔獣を利用して容易に作り出すことができるからである。アスピダ砦の襲撃は、そのことを全世界に広く知らしめた例である。

(引用：フォルク・フォークロア著作『悪魔と歴史』)

童の影、円形の姿。宙に浮かんで笑う悪魔の容姿は、本で見た記述と完全に一致している。そして、認識疎外の結界の媒介である霧。ハーメルンと考えて間違いない。随分とレアな悪魔が出て来たものだ。

「撃てっ撃ちまくれ！　あの不気味な奴を地に落としてやれ！」

ハーメルンに矢の嵐が飛ぶ。ハーメルンは矢が当たった後、わざとらしく大きく舌を伸ばしたかと思うと、霧の中で渦を巻きながら大きく移動し、別の位置で再び元の円形へと戻った。

「キャハハハハハハ」

その後、口の中から矢の残骸を吐き出す。

「効いてないぞ、おい！」「敵はたった一体だ！　怯むな、撃ち続けろ！」

いや、俺の予想だと、そろそろ来る。俺は、ハーメルンをとりあえず無視し、周囲を見回していた。霧に、大量の魔獣の影が浮かび上がった。

「ゲァッ！」「ゲア、ゲァッ！」

「グルァァァッ！」「ブゴォ、ブゴオオオッ！」

霧から現れたのは、百近い数の魔獣の群れ。完全に囲まれていた。ホブゴブリン、オーク、ガルム。中位クラス以上の魔獣がぞろりと揃っている。それらの奥には、更に大きな魔獣の影が見える。

「グァァァァッ！」

赤い大熊や、毒々しい色の大鰐《おおわに》。見覚えがないことを思えば、希少種か変異種だろう。

予想より遥かに多い。いくらなんでも、規模が大きすぎる。こんな人気の少ないところで魔獣を集めて、わざわざ待ち伏せしていたのか？

　私兵団がここを通ることを知っていたとしか思えない。この集合地点をピンポイントに狙い、それどころかすべての部隊が到着するのを待っていたのだ。それはなぜか。私兵団を壊滅状態に追い込むことが目的だとしか思えない。

　ハーメルンが持ち前の魔獣の指揮能力で進行ルートに弱い魔獣を配置し、私兵団の油断を誘っていた可能性まである。事前に魔獣の間引き計画、総動員数を把握していなければ、こんな真似はできない。間違いなく、ハーメルンを使役している精霊使いがいる。そしてそれがここまで露骨であるということは、自分の存在が私兵団の面子《メンツ》に露見してもいいと考えているということだ。

　――つまり、それは、一人も帰す気がないということ。崖壁沿いであり、面が少ないここで魔獣を引き連れて囲んだことからも、それは明らかだ。

「किकहा-हाहा-हाहा-हाहा-《キャハハハハハハハ》」

　俺の考えを肯定するかのように、ハーメルンが無邪気さと残酷さの籠った笑い声を上げる。

「やっぱり、誰かに狙われてたのか……」

　疑問は残るが、そう考えれば、これでもかというくらい災厄続きだったことの説明もつく。人為的に引き起こされたものだった可能性が高い。そうなると、かなり容疑者は絞れるが……今、そんなことを考えている余裕はない。

「なんで、なんでこんなことに！　ここに来るまで、まったく魔獣の気配なんてなかったのに！」

「無理だ！　に、逃げるぞ！」「ほ、包囲の薄いところはないのか！　破って逃げるぞ」

「馬もないのにか！　できるわけないだろ、馬鹿！」

「ならどうしろというのだ！」

完全に隊員達はパニック状態になっていた。俺もこんな数の魔獣を見るのは、生まれて初めてだ。

俺は自分で乗っていたアシュラ５０００を蹴っ飛ばし、背後に着地した。

「行け、アシュラ５０００！」

アシュラ５０００は六本の腕を振り乱しながら、一直線に突っ切って行った。噛みついてきたガルムの顎《あご》を粉砕し、ホブゴブリンを腕で巻き込みながら片っ端から踏み潰す。敵の真ん中に突っ込むと、腕を伸ばしながら高速で回転した。回りながらも、的確に近寄ってきた魔物を掴んで回転に巻き込み、ミンチにしている。魔獣の群れを大蹂躙《だいじゅうりん》し、包囲網に特大の穴を開けた。血と魔獣の残骸が辺りに飛び散る。

『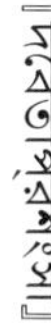《我を神と崇めよ》』

ついでに、アシュラ５０００から思念を飛ばさせてみた。魔獣達がアシュラ５０００へと強く敵意を向ける。魔獣の中には、うっすらとながら精霊語を理解できるものも多い。アシュラ５０００の尊大な言葉は、いい感じに敵愾心《てきがいしん》を煽ってくれるはずだ。

「なんだあれは！」「……天使？」「どっちかというと悪魔じゃ……」

「違うっ！　あの神々しさは神だ！　間違いない！」

「お、俺、助かるのか？」

「……あれ、ナルガルンを倒した奴が乗ってた乗り物じゃないのか？」

恐怖で狼狽《うろた》えていた隊員達が、勝機を見て冷静さを取り戻しつつあった。ユーリスは顔面蒼白で立ち竦んでいたが、周りの隊員達を見て、自らの頰を叩き、表情を引き締める。

「総員、あの木偶《でく》人形に続け！　いいな、逃げても、追いつかれて殺されるだけだ！　木偶人形を援護しろ！」

……いや、退いてくれた方がありがたいんだけど。

「神に続くぞ！」「うおおおおっ！」

「俺はこの戦いが終わったら、ファージ領を出て妻の許に帰ると決めてるんだ！　子供も生まれてるはずなんだ！　こんなところではまだ死ねないぞぉっ！」

まだパニック状態が抜けきっていない興奮状態の隊員達は、何ら疑うことなくユーリスの指示に従い、雄叫びを上げながらアシュラ５０００を追いかけて行った。

アシュラ５０００は崇《あが》められたお蔭か、なんだか普段より生き生きしているような気がする。生前の悲願を果たせて本オーテムも満足だろう。

「うわぁあぁあっ！」

後方から悲鳴が上がる。魔獣の長い舌で絡めとられた隊員が悲鳴を上げていた。

「ヴェエエエエッ！」

青緑の粘膜質の皮膚を持つ魔獣、大王フォーグだ。通常のフォーグが大型犬サイズなのに比べ、大王フォーグは象並みの身体を持つ。舌の射程は、最大で十メートル以上にもなる。

「《風よ　刃を象れ》」

俺が杖を向けると、風が大きな刃となって直進する。長い舌を切断し、同時に大王フォーグの身体を上下に分かつ。背後に佇んでいた他の魔獣をも切断し、地面に大きな傷跡を残して土煙を上げた。

「あぐうっ！」

舌から解放された隊員が放り出され、俺の近くに腹這いになって落ちてきた。クラークだった。土と粘液塗《まみ》れになっていた。口をぱくぱくさせながら俺を見上げる。

……たまたまだけど、一応借りは返せたな。次から突っかかってくることもないだろう。

「……この調子だと、ハーメルンを優先してる余裕はないな」

大王フォーグのように、遠距離攻撃を持つ魔獣も存在する。ハーメルンを優先していれば、魔獣による被害者が増える一方だろう。魔術で一網打尽にするにしても、これだけ隊員達が散っている今、どうしても巻き添えにしてしまう。

「魔獣を削りながら、隙を見てハーメルンを無力化するのが一番被害を抑えられるか」

俺はぐるぐると渦を巻きながら宙を舞う、ハーメルンを睨む。

「《キャハハハハハハ》」

ハーメルンは、興味深げに大きな一つ目を俺へと向けていた。

魔獣の数が多すぎる。この中から私兵団を避けながら確実に魔獣だけを狙うには、手段が限られてくる。一体一体、狙い撃ちして潰していくか。

「《運べ》」

俺の呪文に応え、腕の中に世界樹のオーテムが現れる。俺は両腕でぶん投げ、宙を舞う世界樹のオーテムに杖を向ける。

「《人形よ》 《踊れ》」

世界樹のオーテムが杖から出た光を受ける。

ここからが本番だ。ちょっとばかり集中力を要する。

俺は自分の周囲を覆うように、十三の魔法陣を展開する。増やそうと思えば十倍くらいいけそうだが、一発一発に絶対に私兵団を巻き込まないという精度を保証できるのはこの規模が限界だ。

世界樹のオーテムが光り、更に十三の魔法陣が展開される。世界樹のオーテムには、俺の行動に反応して魔術を扱う術式を組み込んである。これにより世界樹のオーテムを起動したとき、内部に組み込まれている術式の一部を発動したのだ。これにより世界樹のオーテムは、俺の魔術から現象の目標座標、魔力の位相をずらしてほぼ同時に再発動することが可能となる。無論こっちはこっちで制御がかなり複雑だが、今の状況なら高精度の魔術の同時発動数を倍に引き上げることができる。

これは二重詠唱と呼ばれる技術で、一昔前のマーレン族の奥義であったそうだ。相手の隙を突いたり、挟み撃ちしたりするのによく使われていたと、族長の書庫の書物には書かれていた。制御が難しいため、どちらかというと陽動目的に用いられることの方が多かったらしい。詳しい記述は残っていなかったため、俺が族長と協力して蘇らせたものだ。

「《風よ》 《槍を象れ》」

俺が呪文を唱えると、世界樹のオーテムの口ががくがくと動き、俺の声を真似て復唱する。

「〓〓《風よ》　〓〓〓〓〓《槍を象れ》」

総数二十六の魔法陣から白い線が飛び交い、魔獣を貫いていく。魔獣を貫いた風の槍はそのまま地面に突き刺さり、砂煙を巻き上げる。

「ギャァァァッ！」「グォオオオッ！」

あちらこちらから魔獣の悲鳴が上がる。

「何だ、どうなってるんだぁ!?」「今は何も考えるな！　一体でも多く魔獣を斬れぇっ！」

私兵団の人達も頑張ってくれているようだ。今のところ、誰それがやられたという話は聞かない。

魔獣は皆、怯んでいるようだった。

『〓〓〓〓〓〓〓《我を神と崇めよ》』

アシュラ５０００が、動きの止まった魔獣を容赦なく刈り取って行く。六つ腕が魔獣を千切っては投げ、千切っては投げを繰り返しながら突進する。まるでその姿は敵陣営を蹂躙する猛将のようであった。その後に続き、私兵団の連中が雄叫びを上げながら走る。

「どうにかなりそうだな……」

魔獣達の攻撃が止まった。これでようやく、ハーメルンへの攻撃へ移れる。

『…………』

ハーメルンは、ぐるぐると回りながら空へと上昇していた。暢気《のんき》に笑っていた口を閉ざし、凄い勢いで遠ざかって行く。

「〓〓《風よ》　〓〓〓《運べ》」

杖を振り上げる。風が巻き起こり、ハーメルンの身体を搦め取る。

『《ア》?』

魔力を帯びた風は、ハーメルンに纏わりついたまま急降下を始める。どんどんと俺の許まで落ちてきた。

『《アアアアアアアッ》!?』

「《炎よ》　《球を象れ》」

落ちてくるハーメルンへ杖を向けたまま、俺は魔法陣を六つ展開する。合計六の炎の球が生まれ、一つずつハーメルンへと直撃した。一撃当たるごとにハーメルンの身体から黒い霧が剝がれ、宙に消えて行く。悪魔を構成している精霊が擦り減っているのだ。六つ目が当たったとき、ハーメルンの一つ目玉が左右に裂けた。悪魔の悲鳴が森に響く。

「《人形よ》　《吸え》」

俺は世界樹のオーテムに杖を向ける。世界樹のオーテムの口が大きく開かれた。ハーメルンがその中へと吞み込まれていく。

オーテムの口の中から、黒い腕のようなものが数本伸びてくる。恐らく口から逃れようとしているのだろう。世界樹オーテムの口が無慈悲に閉じ、伸ばされた腕が嚙み千切られた。主を失った腕は、空気に混じるようにして消えて行った。

しばらくは世界樹オーテムの中で何かが暴れるように揺れていたが、じきに大人しくなった。ハーメルンが消えると、魔獣達は何かを察したように散り散りになって逃げて行った。アシュラ50

〇〇を先頭に、私兵団の連中が逃げる魔獣達を追いかけて行く。

「怯むなっ！　俺達には神がついているぞぉおおおっ！」

「うおおおおおっ！」

……多分、恐怖と混乱のせいで過度の興奮状態にあるのだろう。怪我をして残された隊員達が、冷めた目でその背を見つめていた。

「はぁ、はぁ……やっぱり、アベルはさすがですね」

メアが矢を握りながら、近くの木を背に座り込む。メアも矢を連続で撃っていたせいで、かなり腕が疲労しているようだ。それより、精神的な疲れの方が大きいのかもしれないが。

「アベルがあれだけ魔術を撃たなきゃいけなかったなんて……とんでもない悪魔ですね。そんなに頑丈だったんですか？」

「ん？　いや、丁度いい感じに弱らせたくて、その調整に」

「えっ」

俺は世界樹のオーテムを抱き上げ、頭を撫でる。

「希少悪魔だぞ、倒すなんて勿体ない。ハーメルンはまだわかっていないことも多いし、研究のし甲斐がある。数を撃ったのは、本体を消滅させず、かついい感じに精霊を剝がして弱らせたかったからだ」

「弱点っぽいの割れてませんでしたか!?」

「そんなことはない。ハーメルン自体は本来、不定形の悪魔だし」

「悲鳴上げてましたよね!?　メア、聞いちゃいましたよ!?」

餌は適当に俺の魔力をやっておいたら大丈夫だろう。あまり力をつけられて制御できなくなっても嫌なので、細かく調整しながらにはなるが。

世界樹のオーテムを陣取られていてはこっちが困る。他の入れ物……適当なオーテムにでも移しておくか。俺は世界樹のオーテムを撫でながら、どんな名前を付けようかと考えていた。

6

「生きてる……はは、あの数の魔獣を相手して、俺達生きてるぞぉっ！」

「よかった、これでようやく、心置きなくアッシムへ帰れる……」

私兵団の人達は互いの無事を喜び合っていた。

今回の戦いで死者は出なかった。魔獣の間引きは大成功といったところだろう。魔獣の多くは逃げてしまったそうだが、それでもかなりの数が狩れた。魔獣の数を減らすことができたし、魔獣の生態異常の原因を狩ることもできた。俺も大きな獲物が手に入ったので満足だ。

「負傷者は並んでくださーい。順に簡単に手当てしますから」

俺は近くの石に座り、私兵団の人達へと声を掛けた。魔獣の死骸に囲まれてへたり込んでいた人達が起き上がる。大男が手に持っていた斧を置き、代わりに倒れていた女を抱えて俺のところへと走ってきた。他の人達もそれに続く。大男は俺の前に座り、抱えていた女を丁寧に置く。

緩やかにウェーブの掛かった、長い金髪の女だった。倒れていた場所を見れば、剣が落ちていた。剣士らしい。彼女はどうやら、魔獣の爪で腹を裂かれたようだ。

幸い傷は内臓には達していない。苦しそうにはしているが、意識はある。

「頼んで、大丈夫なのか？」

大男の言葉に俺は頷く。メアからヒョットルを渡してもらい、中の水を傷口に掛ける。魔法陣を浮かべて呪文を唱え、水に菌や土を洗い流してもらう。

「う、うう……」

傷口に触れた水の感触に驚いてか、女が呻き声を上げる。続いて血小板を固めて止血し、腹部の治癒能力を高める。生命力を直接付加し、ついでに痛み止めの魔術も掛けておいた。

「あ、あれ……もう、動ける？　全然痛くない……」

女が身体を起こすと、様子を見守っていた私兵団の人達から「おおっ」と歓声が上がった。

「とはいえ、あまり派手に動かさない方がいいですよ。回復力よりも、身体に負担が掛からないことを優先しましたから」

「は、はいっ、ありがとうございます！」

地面に手をついて起き上がり、俺に頭を下げる。

「薬草も何も使わずに、魔術だけで止血と痛め止めまでできるのか！　お前さん、魔術ならなんでもできるんだな！」

大男が嬉しそうに俺の背を叩く。

「き、基本だけですけどね」

「いや、俺も正直な、少し疑ってたんだ！　ナルガルンをそんな、単身で倒せるわけがねぇって！　だがさっきの魔術を見て確信した。確かに、ナルガルンがちょっと弱ってりゃ、上手く不意を突ければお前さんなら仕留めちまってもおかしくねぇ！」

「へへへ……いやぁ、ちょっとタイミングよかっただけですよ」

俺が照れ笑いしていると、その後ろで声を潜めて話している二人組がいた。

「……ダンテは、第一部隊だったな」

「例の首塚を見てないからあんなことを言えるんだ」

二人組は俺と目が合うと、慌てふためきながら凍り付いた笑みを浮かべ、カクカクとした動きで離れて行った。……なんだか、不要な誤解を招いているような気がする。

その後も移動に支障が出そうな者の治療を続けた。列が消化してから顔を上げると、クラークがいた。髪や鎧は魔獣の粘液や泥に塗れている。おまけに大王フォーグの口臭が移ったのか、鼻を摘まみたくなるほどに溝臭《どぶ》い。眉は力なく垂れさがっており、目線はバツが悪そうに地へと向けている。整った顔も、こうして見れば不甲斐なく感じる。

クラークは大王フォーグの舌に搦め取られていた。俺が助けはしたが、その際に地に身体を打ち付けていた。どこか骨に違和感があるのかもしれない。

立場からして俺に治療を頼みたくはなかっただろうが、それを理由に避けて帰り道で使いものにならなければ、それこそ笑い者というものだろう。

早速、数々の嫌味を言われた恨みを返せるときが来た。まぁ俺は大人だから、そんな直接ぐちぐちと言うつもりはない。たっぷりと余裕を持った態度で接してやろう。それをどう受け取るかは本人の器量次第というものだ。

「ああ、クラークさん、どこに怪我をしたんですか？　それともフォーグの体臭の方でしょうか？　ある程度は抑えられますけど、ここじゃあ素材不足ですし、完全に消せるのは村に戻ってからになりますね。あー、しばらくはそのままでいてもらわないと……」

「……俺が、悪かった。移動中の様子を見ていると、どうしても信じられなかったのだ。いや、信じたくなかったのかもしれない。自分達が手も足も出なかった魔獣を、あっさりと倒せた人間がいたなんてよ」

　クラークは静かにそう言い、頭を下げた。……なんか俺、凄い小さい奴になってないか。

「あ……はい、お気になさらず。えっと、とりあえず減臭処置だけ」

「村に戻るまではこのままでいさせてくれ、少し頭を冷やしたい。腕も具合は悪いが、この調子だと帰り道に魔獣との戦いで人手不足に陥ることはないだろう」

「いえ、でも……」

「……俺にも意地がある。これ以上、恥を重ねさせないでくれ」

「…………」

　クラークはとぼとぼと歩き、俺から離れて行った。背中が酷く小さく見えた。よくよく考えてみたら、あの人最初からずっと普通にまともだったような気がする。俺は自分の小ささを噛みしめながら、そっと杖を降ろした。

隊員達が休んでいる間、各部隊長が詳しい状況を話し合い、帰還ルートを決定していた。

「逃げた魔獣の行方は気になる。危ない奴もいたはずだ。今回通らなかったルートより、そちらの捜索を優先した方がいいのではないかと私は考えているのだが」

「俺が聞いた限り、逃げたのは山奥へ入って行ったのが多いようだ。あちらは下手に手を出さん方がいいだろう。今は兵達も疲れているし、遠回りになるルートは避けた方がいい」

ユーリスと第二部隊長であるコーカスが話している横で、第三部隊長マヤがうんうんと頷いて相槌を打っている。三人とも仲がよさそうだ。なんとなく、普段からああいう感じなんだろうなというのが想像できる。

「うーん、山はもういいんじゃないかな。今日が最後だって人も多いから……なるべく危険なことはさせたくないし……」

「確かに彼らの心情を考えると、これ以上は酷だな……。魔獣達も、あの脅えようを見るに、こちら側へ降りてくることもないか……」

マヤとユーリスが、私兵団の人達について話し合っていた。

私兵団の中に、近い内に私兵団を抜けて出身地へ戻りたいと言っている者が多いようだ。私兵団の構成員は、元流れ者の冒険者が大半だと聞いている。長々とナルガルンのせいで辺境地に縛られていたのだ。帰りたいと思うのも当然だろう。

最後の大仕事も終えたし、今回の見回りで安全なルートも確認できた、といったところか。……

数少ないラルク側の人間だから、できればもう少し残っていてほしいような気もするんだけどな。

勿論帰りたい気持ちはわかるが、ラルクは元々いた領民から反感を買ってでも、流れ者の生活を保障してくれていたのだ。領地を持ち直すには今が正念場だろうし、もうちょっと力を貸してあげてほしい。

冒険者支援所も機能していない今、一気にごっそりと出て行かれるとこの先不便も増えるだろう。とりあえず私兵団は少数を残して解散し、冒険者支援所を復活させた方がいいんじゃなかろうか。

封鎖もなくなったわけだし、外部からの人間も来るはずだ。私兵団の連中が他の街に宣伝してくれれば、ファージ領を訪れる冒険者も現れる。人手不足も少しは解消されるだろう。

でもわざわざ他の領地ではなく、ド田舎のファージ領へ来てくれる冒険者がいるかどうかが……。

何か、冒険者寄せになるセールスポイントがあったらいいんだけどな。案がないこともないのだが、実用化には魔術師の人手が必要だ。

それに怖いのは、戦闘要員の帰省だけではない。今の状況だと、元からいる領民達が、後先考えず怒りに任せてファージ領を出て行くことも十分に考えられる。魔獣騒ぎにはだいたいケリがついたわけだし、そっちの方も整えて行かないと、この先どうなるかわかったものじゃあない。

そのためには領民達の不満をなくすための、ファージ領の改革が必要だ。具体的には干ばつや魔草問題の解決、それから制御できない我儘《わがまま》組織である錬金術師団の解体か。

7

各々魔獣を手に、私兵団は帰還した。

魔獣の群れはその多くが山奥へと撤退。魔獣被害によって今後の流通回復が妨げられることが危惧されていたそうだが、そういった心配もないそうだ。護衛をつければ、滅多なことがない限りは他の街まで移動することができるだろう。

村の前で三つに分かれていた部隊が集合し、集まってから村へと入った。入り口のところで整列し、ユーリスが一時解散を表明した。緊張の残っていた隊員達が大きく溜め息を吐き、互いの無事を喜び合っていた。

「本当に、何から何まで申し訳ありません」

解散後、真っ先にユーリスが俺の許へとやって来た。

「貴方がいなければ、領主様の私兵団は全滅していたかもしれません。今そんなことになってしまったら、この領地も……」

ユーリスは顔を青くし、言葉を濁した。口にするのも恐ろしい、といった調子だった。

「そうだそうだ！　お前さんは、俺達の英雄だな！　なんだ、ひょっとして都会の方じゃ有名な魔術師なのか？」

大男、ダンテが俺とユーリスの会話を聞いて近くへ寄ってきた。強面《こわもて》だが、気のいい人だ。

「いやぁ、田舎の少数民族出のもので……」

「お前さんだったら、イカロスの野郎だってぶっ倒せちまうんじゃないのか？　な？　な！」

イカロス……なぁ。イカロスの派閥の規模と、どれだけ組織として纏まっているかが知りたい。直接殴ってどうにかなる相手ではなさそうだ。

「……言い方に気をつけろ。イカロス殿と、敵対するわけにはいかない。我々の立場から言えるのは、もう少し協力的に動いてほしい、ということだけだ」

ユーリスがダンテを睨む。

「そりゃあ、そうだけどよ……でも、やっぱ腹立つじゃねぇか」

……話を聞いているに、領主も頭が上がらない相手だからな。ユーリスの様子を見るに、私兵団の中にもイカロス側の人間が紛れ込んでいるのかもしれない。権威を失墜させるのはかなり骨が折れそうだ。

俺とメアは私兵団の面子と別れ、領主の館へと戻ることにした。

この後は各部隊長がラルクへ報告し、手にした獲物についての話し合いを行う。それが済んでからは再び私兵団を集め、加工、保管の作業となるそうだ。この量だと、領民達にも手を借りることになるだろうと言っていた。

ただ俺はもう疲れきっていたので（主に移動によって）、このまま領主の館で休ませてもらうことにした。それにさっき手に入れたハーメルンの様子も見ておきたい。

なにせ希少悪魔である。調べたいことも山ほどある。それに上手く行けば、ハーメルンを使役して私兵団を襲撃した精霊使いを割り出すこともできるかもしれない。

「……アベル、足、大丈夫ですか？」

「生まれてから今日が、一番歩いた気がする……。休憩したりオーテムに乗ったりしてたから、まぁ三日くらい休めば完全復帰できそう……」

日照りも酷かった。魔術で雲を集めようかと思ったが列を止めるわけにはいかなかったし、あの魔術は無計画にやると天候が崩れてどえらいことになる。ちょうど干ばつに困っていたから別にいいとは思うが、天候を操る魔術は下手したら戦争の引き金にもなるといわれている。

領主と……後、この地に半年以上滞在している高位魔術師の意見を聞かなければならない。ディンラート王国にはそういう国法があったはずだ。

「お、思ったより深刻そう……。またメアがマッサージしてあげますねっ！」

「割とマジで頼む」

出発したときとは違う入り口だったので初めて通る道だが、領主の館までの道のりはすでにユーリスから聞いている。そう複雑ではなかったので、道に迷うことはないだろう。

「ん、あれ……何か建つんですかね？」

メアの声に釣られ、俺は彼女の視線の先に顔を向ける。

少し離れたところに、建設途上の建物があった。他の民家より一回り大きい。高さはあるが、二階建てではないようだ。

十数人の男が出入りし、作業を進めている。そこへ近づいていく、若い男の姿が見えた。見覚えのある青いローブ、鈍器代わりになりそうな分厚い経典。人のよさそうな、キレのある流し目。水神の宣教師、リングスである。

男の一人が彼に気が付き、作業を止めて駆け寄って行った。

「リングスさん！　どうですか？　なかなか形になってきたでしょう？」

「おお、素晴らしい……。貴方方の信仰心、情熱が見ているだけで伝わってきます」

リングスは壁へと手を触れ、慈しむように撫でる。

「へ、へへへ。リングスさんに褒めていただけて、光栄です！　俺から皆に伝えておきます」

男は照れたらしく、頭を掻きながら答える。

「ありがとうございます。他国での教会建設は、幼い頃からの私の夢の一つでもありましたから……本当に、貴方方と会えてよかった……」

「いえ、いえ！　そんな、御礼を言われることじゃあありませんよ！　助けられたのはむしろ俺達の方です！　もっと他の奴にも、リングスさんのお話を聞いてほしい……その一心で皆集まってるんですから！」

「私の言葉が、皆様の助けになるのなら、これ以上喜ばしいことなどありません。不安もありましたが……この地に来て、本当によかった。水神様の言葉通りです。『混ざれど濁れど、源流は一つ』」

水神リーヴァイの教会が建つのか。ディンラート王国の国教、クゥドル教は一部を除いて異教徒に優しい……というか関心がないので、問題はないとは思うが……。

「少々懸念がありましたが、そちらも片付きましたし……」

「懸念？　何かあったんですか？」

「おっと、いえいえ、なんでもありませんよ」

リングスはふっと笑みを浮かべ、それから俺の方へと身を翻した。

目が合った。その瞬間、リングスの動きが止まり、表情が凍り付いた。

「な、なんで……何が、どうなっている。参加してたはずじゃ……」

リングスはその場に片膝を突き、口を手で押さえる。

「リングスさん？　リングスさん、大丈夫ですか？　おい、誰か水持って来い！　リングスさんの顔色が悪い！」

男が慌てふためいて、作業中の他の者へと指令を出す。何か妙なものでも見たのだろうか。俺は振り返って自分の背後を確認してみたが、特に気になるものはなかった。

「アベル、どうしましたか？」

「まぁ、いいや……。今はとにかく、日の当たらないところで横になって寝たい」

俺は身体の向きを変え、止めていた足を再び前へと動かそうとした。

「クソがぁっ！」

リングスの吠える声と、鈍い打撃音が聞こえ、思わず再び振り返ってしまった。リングスは拳を固め、建設中の教会の壁を殴っていた。幼い頃からの夢じゃなかったのか。

「リングスさん？　リングスさぁぁん！」

「なんだ、リングスさんに何があったんだ！」

建設作業が完全に止まり、大騒動になっていた。すぐにリングスは冷静に戻ったらしく、息を荒らげながらも「私としたことが、取り乱して申し訳ありません……」と周囲に頭を下げていた。

「なんだ、喧嘩か？」

「……今、あの人、アベルの方見てませんでしたか？」

もう一度後ろを確認してみるが、何もない。思い返してみれば、俺じゃなくてメアの方を見ていたような気がしなくもない。ただ余計なことを考えている体力の余裕はなかったので、そのまま真っ直ぐ領主の館へと向かうことにした。

8

館に戻ってから、ラルクへの挨拶に向かった。重傷者が出なかったことだけ説明し、すぐにユーリス達が細かい報告をしに戻ってくるであろうことを告げた。

「特に問題はなかったのだな。いや、よかったよかった。どうにも災難続きだったから、また困ったことでも起こるのではないかと、もう、心配で心配で……」

ラルクはうんうんと頷き、胸を撫で下ろした。問題はあったが、その辺りはユーリスが上手く説明してくれるだろう。

「そう言えば、魔獣の間引き計画の細かいルートは誰が設定したんですか？」

これだけは確認しておきたい。絶対とは言えないが、ルートを提案した人間がハーメルンを唆《けしか》けた精霊使いである可能性が高い。

　三隊が集合した場所は、囲んで奇襲を行うのには持って来いすぎた。だからこそハーメルンを動かしただけかもしれないが、少なくとも間引きの計画の詳細を知っている人間であることには間違いない。

「細かいルートか？　何とも言えないな……。私兵団と錬金術師団の中から視野の広い者を集め、訂正し合って決定したものでな。必要ならばリストアップも可能だが……なぜそんなことを？」

「少し気になったもので。えっと、錬金術師団もですか？」

　参戦は断られた、という話だったが。

「ああ。イカロスは、経験豊富で頭も切れるからな……こういうときには、いつも知恵を借りることにしている」

　ラルクは苦々しそうに言った。優秀な人間であることには間違いないらしい。ただ、それをいいことに、危険なことやしんどいことからは徹底的に理由を付けて逃げているようだが……。

「集合場所を山付近に決めたのは？」

「え？　う〜ん、私……だったかな。位置的にも丁度よかったし、間違えることもないし……」

　……ここからは絞れそうにはないか。一応、ユーリス辺りにも聞いておくことにしよう。ルートを知るだけなら私兵団の人間から聞き出せば可能であるし、あまりアテにしすぎるのも危険かもしれない。

　ナルガルンによる領地封鎖、ハーメルンによる私兵団壊滅未遂、作物への打撃……これらを故意に引き起こせるならば、ファージ領を壊滅させることなど容易《たやす》かったはずだ。生かさず殺さずを維持するメリットがあるのは、ラルクの権威が完全に失墜した後、この領地を牛耳ることができる立場にいる人間……。

　そう考えると、おのずと容疑者は絞られてくる。怪しいと思っている人間はいるが、下手に口にできることではない。間違えれば犯人を警戒させるだけに終わるだろうし、当たっていても抵抗されれば信用を失うのはこちらだ。

　確固たる証拠を掴めないまま逃げられて禍根を残せば、こっちが居づらくなりかねない。それでは本末転倒だ。

　ラルクに警戒を促すに留めるという手もあるが、それで事態が好転するとも思えない。言っては悪いが今のラルクに取れる対応策などないだろうし、半端に意識されてそれが元で犯人に筒抜けになってはむしろマイナスだ。ラルクには領の回復……というより、権威の回復にだけ努めておいてほしい。切実に。

　どうやら、敵はかなり大きな相手のようだ。仕留めきれる確証が持てるまでは、泳がせておいた方がいいだろう。あまり気は進まないが、向こうが諦めて逃げるのを待つのも一つの手だ。

　ラルクとの話が終わってから、俺は自分の部屋へと向かった。メアも別室を貸してもらってはいたが、まだ就眠時間でもないので俺についてきた。

「さて、ハーメルンの様子を見ないとな」

　転移の魔術で世界樹のオーテムを呼び出し、床に置く。杖先をオーテムへと向け、再び呪文を唱える。

「[illegible]《人形よ吐き出せ》」

世界樹のオーテムから黒い霧の塊が抜けだし、床へとぼてっと落ちた。黒い霧はすぐに球状になり、小さなつぶらな瞳が二つ浮かんだ。

人の頭くらいの大きさがあったはずのハーメルンだが、今では手乗りサイズである。

『……[illegible]《きゅ》？』

ハーメルンは身体を傾け、ぱちぱちと瞬きをした。

「な、なんだか大分可愛らしくなってませんか？」

「力を削いだからな」

あのままではさすがに危険すぎたので、ハーメルンを構築している精霊をかなり引き剥がした。今後も精霊を集めて力を取り戻そうとしないよう徹底して管理する必要がある。

「目が二つになってるの、やっぱり目玉割ったせいなんじゃ……」

「不定形の悪魔だから関係ないはずだ、多分」

「ほ、本当ですか？」

ハーメルンはごろんと転がり、俺に腹を晒した。ひょっとしたら降伏のポーズなのかもしれない。腹を指で突くと、『きゅー』と呻き声を上げた。

ハーメルンに魔力を流し、反響する魔力で個体の情報を調べる。

「すでに召喚紋を切ってあるな」

「召喚紋ってなんですか？」

「精霊獣や悪魔が、気に入った精霊使いの身体に刻む印だ。召喚紋があれば、精霊使いは好きなときに精霊獣や悪魔を召喚することができる」

精霊使いにハーメルンの召喚紋が残っていれば、ハーメルンを疑わしい人間の前に連れて行けば確かめることもできた。ただ今のハーメルンは、魔力がどこかに繋がっている感じはしない。恐らく、特定されることを恐れて召喚紋を消したのだろう。召喚に失敗し、ハーメルンが囚われの状態にあることを察したか。

ハーメルンは知能の低い悪魔なので、元の精霊使いを聞き出すことも難しい。犯人探しも並行して進めるとして、今は領地を安定させることを優先するべきか。

ハーメルンはポテンと頭を床につけ、動かなくなった。細長い腕のようなものが五本ほど生え、だらんと力なく垂れる。小さな二つのつぶらな瞳が、パチパチと瞬きした。

「……やっぱりなんだか、不気味ですね」

メアが俺の背にそっと隠れる。

「そうか？」

腕も干からびているようだし、本体もげっそりしているように見える。かなり弱っているらしい。

あの規模の魔獣を引き連れるのに力を使いすぎていたのか、魔術でボコボコにしたせいか、世界樹のオーテムの内部があまり身体に合わなかったせいか……。ひょっとしたら腹が減っている……というか、魔力不足なのかもしれない。

魔獣の誘導と攻撃を受けて身体の維持に魔力を使い尽くし、その後に結界効果付きのオーテムに監禁されていて、魔力の補給ができない状態だったはずだ。

俺は指先に魔力を集め、ハーメルンへと近づける。あまりやりすぎて力をつけられても困るから、かなり少なめに抑えておく。ハーメルンは疑わし気に顔を近づけたかと思うと、数多の腕を伸ばし、俺の指を雁字搦《がんじがら》めにする。ガバッと大口を開け、俺の指へと吸い付く。くすぐったい。

「と、ここまでだ」

『আতআত《アーアー》！』

ハーメルンの身体が膨らんだのを見て、俺は指をさっと引く。ハーメルンが口惜しそうに俺の指を見つめ、腕を伸ばす。

「しかし、こうして見ると可愛いものだな」

ぐりぐりと腹を指で押すと、小さな細い腕を伸ばしてキャッキャキャキャッキャと燥《はしや》ぐ。案外触り心地もいい。

「メ、メアもちょっとだけ、触ってみたい……かな？」

影響されやすい奴め。俺が腕を引くと、ハーメルンががばっと身体を起こし、こっちへと目を向ける。もう終わりなの？　と問いかけてくるような目であった。

俺の陰に隠れていたメアが、そうっと腕を伸ばす。メアの指が触れる。

「あ……思ったより、柔らかい」

「だろ？　だろ？」

その後、しばらく二人でつつき合っていると、疲れたのかすごすごと世界樹のオーテムへと近づき、身体の形状を変えて口の中へと流れ込んで行った。……お前はハムスターか。

第三話　錬金術師団

1

翌日、魔獣の間引きのために歩き回った疲労が癒え切らぬ俺は、ラルクの館をブラブラとしていた。メアも魔獣の加工を手伝いに出かけたため、すっかり暇になってしまったのだ。

朝にユーリスがラルクへの報告のために館に来ており、立ち話になった。その時に話題が魔獣の加工作業のことに移り、俺が『自分も魔獣の解体とか加工ができたら、狩りに出るときも楽なんですけどね』と漏らすと、『メアが覚えてきますね！』と言い、そのままユーリスにくっ付いていってしまったのだ。あれこれと技術を身に付けてくれるのは嬉しいことだが、あの子、どんどん器用貧乏になって行く気がする。

体調が戻りきるまでは今後の計画でも練っておくかと思い、とにかく解消しなければならない問題をリストアップするためにも、ラルクと話し合うことにした。壁に掛けられている絵を眺めながら廊下を歩いて執務室の前へと移動し、扉をノックする。

「マリアスか？　入っていいぞ」

扉の奥から聞こえていた羽ペンを動かす音が止まり、ラルクの声が聞こえてきた。使用人だと勘違いしたようだ。ラルクはマリアスと妙に仲がよさそうだったし、開ける前に確認を取っておいた方がいいな。使用人には見せられても客人には見せたくないものもあるだろう。

「自分です、アベルです」

ラルクが慌ただしく椅子を倒す音が聞こえ、続いて足音が近づいてくる。ラルクが裏から扉を開く。

「おお、君だったか！　さ、どうぞどうぞ」

「い、いえ、そんなに気を遣ってもらわなくても大丈夫ですよ……」

むしろもうちょっと威厳を持ってほしい。

「今現在ファージ領の抱えている問題を改めて聞いておきたくて。やっぱりこれから自分の住むところですし」

「それもそうだな、ちょっと待ってくれ。えっと、錬金術師団からの申請用紙の控えと定期報告書は……」

ラルクは資料棚を漁り、ファイルを数冊机の上へと並べて行く。

「いえ、簡単に口頭だけでいいんですけど……」

ラルクは俺の言葉を聞き、ファイルを元の位置へと戻していく。その間暇だったので部屋内を見回していると、机の足許に、親先ほどの大きさをした小さな白い彫像のようなものが落ちているのに気が付いた。俺は近づいて拾い上げる。王冠を被り、玉座に座っている像だ。

「見当たらないと思ったら、そんなところに落ちていたのか。見つけてくれてありがとう。それはリルス盤という遊びに使う駒でね。お互いに一手ずつ動かし、駒による模擬戦争のようなことをやるのさ」

　ファイルを片付け終えたラルクが、俺に近づいてくる。リルス盤……チェスのようなものか？

こっちの世界にもあったとは。

「行商人だったマリアスの父親が、たまたま手に入れたものらしい。これを広めたら、領民の不満も多少紛らわせるかな……なんて思ってたんだけど、なかなか上手《うま》くいかなくてね」

「費用ですか？」

「それもあるが、ルールもかなり複雑なものでね。このファージ領でルールを完全に把握しているのは、私とマリアスくらいのものだ。駒は簡略化できるが、ルールの調節はそうもいかない」

　木に役職名を彫っただけの将棋形式なら簡単に作ることができるだろう。ルールもそんなにリルス盤が複雑なら、いっそのこと簡易チェスにしてしまえば……。いや、でもそれなら別にリルス盤に拘《こだわ》らなくても、もっと単純で大衆受けしそうなものがある。

「なら神託札なんてどうです？」

「神託札？」

「ええ、自分の故郷で流行《はや》ってたんです。複数人で和気藹々《わきあいあい》と楽しめるので、不満を紛らわせるにはこっちの方が向いているかと思いますよ。それに紙ですから、費用も安く大量生産できます」

　故郷っていうか、故世界だけど。

「おお、それはいい！　よければ一度見せてくれないか！」

「部屋にあるので持ってきますね」

ラルクから見た問題ごとの一覧を知りたかったんだけど、話が脱線してしまったな……。まぁ、後で聞けばいいんだけど。

俺が扉に手を触れようとすると、ノックの音が鳴った。俺は扉から離れ、ラルクの対応を窺うためそちらの方へと目をやった。

「戻ったか、マリアス……」

「残念ですがあの小娘ではありませんぞ、領主殿よ」

低い男の声が言葉を遮り、次のラルクの返答を待たずに扉が開けられた。

入ってきたのは、壮年の男だった。整った口髭《くちひげ》と顎《あご》髭。深く刻まれた皺《しわ》に睨みの利く目つき。

「……イカロス殿」

ラルクが苦虫を噛み潰したように言う。……やっぱり、こいつがイカロスか。

「そこの生白いのが、例の魔術師で？」

イカロスは俺を睨みながら言い、ずいっと顔を近づけてきた。息が臭い。加齢臭がする。思わず俺は半歩退いた。

「若いのに、素晴らしい魔術の腕を持っていると聞いている。ナルガルンを倒し、先日の魔獣の間引き作戦においても貢献したのだとか。いや結構、結構」

顔の皺を伸ばして笑い、わざとらしく手を叩く。

「は、ははは……あ、ありがとうございます……」

それからラルクの方へと目をやり、呆れ気味に溜め息を一つ。顔を険しくし、声高に叫ぶ。

「それに引き換え、私兵団のなんたる無様か！　総動員してもナルガルンを討伐することができず、泣き喚《わめ》きながら逃走する始末！　魔獣の間引きにもロクに役に立たず、それどころか領民の血税を啜《すす》って悠々と暮らしておいて、封鎖が解けたからと元の街へ帰るため支度を整えているのだとか！　領民の間でも、噂になっております！　領主殿に仕える身として、我らにまで火の粉が飛んでいる！　あの役立たず共を、そろそろどうにかしていただきたい！」

な、なんだこのオッサン。

「か、彼らは常に全力を尽くし、戦ってくれている！　侮辱するような物言いは、イカロス殿だとしても看過できんぞ！　それにナルガルンの討伐作戦においては、魔術部隊の主力は下がったまま最後まで動かなかったと報告を受けている！　よくもイカロス殿の口からそのようなことが言えたものだ！」

さすがのラルクもカチンと来たらしく、少し顔が赤くなっている。イカロスは大きく息を吐き、首をゆっくりと揺らす。

「違う、違う、違う。な一にもわかっておりませんな、領主殿は。私兵団員から構成された近接部隊が、そもそも真っ当にナルガルンの気を引きつけられていなかったから、こちらとしても部下に動けと命令は出せなかったのだ。下手に動かしていれば、負傷者の数は跳ね上がっていただろう。戦闘の素人である領主殿の口を挟むところではない。そうであろう？」

「…………」

「聞いているのですよ、領主殿。黙っておられてもわかりませぬ。不満があるならお聞きしますが？」

「……もう、いい。余計なことを言った」

ラルクが引き下がると、ニマリと口角を上げる。屁理屈で煙《けむ》に巻き、都合の悪い話を隠すのがイカロスの手なのだろう。

「ああ、もう少し近接部隊がしっかり動いてくれていれば、我らの魔術で十分仕留められたであろうに！　挙句の果てに、こんな少年に尻拭いをさせる羽目になるとは！　近接部隊が、無能でなければ！　所詮冒険者など、使い潰し前提の烏合《うごう》の衆だというのに！」

イカロスは芝居掛かった調子で叫ぶ。聞いているだけで苛立って来た。悪口を言いに来ただけだとは思えないが、だとしたら何が狙いなんだ、結局。というか領内でラルクと私兵団の悪口をばら撒いてるの、ほぼ間違いなくこいつじゃなかろうか。

「……私も忙しいのでな、本題に入ってくれないか。今日は何の用で来た、イカロス殿」

「いやいや、ナルガルンの首を、錬金術師団へとすべて流してもらおうと思いましてな」

……ナルガルンの首を、錬金術師団にすべて流す？

あれは元々、俺がラルクへと渡したものだぞ。何勝手なことを言っているんだこいつ。俺の視線に気づき、イカロスが口許を隠して笑う。

「そちらのアベル殿から領主殿へと譲渡されたことは、すでに聞いている。ナルガルンの鱗を役立たずの私兵団の鎧にするなど、なんと勿体ない！　ナルガルンの鱗の価値を知らないからそのようなことが言える！　俺ならばもっと有効活用し、この領地の復興に役立たせることができる！」

　こ、こいつ、さっき私兵団を悪く言っていたのは、私兵団の落ち度を理由にナルガルンの首を回収するための布石か。性格の悪さと面の皮の分厚さなら、ノーマン（ノズウェルの父親）も超えるんじゃないのか。

「……このままナルガルンの首をあの元冒険者共の防具にするというのならば、この件を知った領民達から、領主殿は無能だとまた誹《そし》りを受けるのでは？　大人しく俺に引き渡してはどうか？」

「いやあの、自分が渡したのは領主さんであって、貴方《あなた》じゃないんですけど。防具の資源不足だと聞いていたからこそ渡したものでもあるので、使用用途が変わるのならば、考え直させてください」

　俺は手を挙げて、会話に割り入る。ラルクはあまり気の強そうなタイプには見えないし、このままだと押し切られかねない。

「……アベル殿は、無償でこの領地のために、価値のあるナルガルンの鱗を譲渡されたと、領でも美談となって噂になっている。いや、立派なこと！　しかし、それを欲に目が眩《くら》んで取り消したとなれば、評価は真逆に一変するだろうが……」

　……適当に色を付けて悪評を撒くつもりか。この先ここの領地で暮らしていくことを思えば、できることなら避けたいが……しかし、その代価にあれをすべて持っていかれるとなると、さすがに惜しい。何よりこいつの手に流れると思うと腹が立つ。

　ラルクは髪を掻きながら呻き声をあげていたが、絞り出すように言った。

「い、一週間……いや、三日、時間をくれ……」

イカロスはハッと馬鹿にするように笑う。

「領主殿よ、いい返事を期待しています。それでは」

そう言い残し、踵《きびす》を返して執務室を出て行った。イカロスが去ってからしばし無言が続いた。

「すまない、本当にすまない……」

沈黙を破ったのはラルクの謝罪だった。

「……どうしたいかは、君が決めてくれ。今更私が領民から顰蹙《ひんしゅく》を買う要因が増えようと大して変わりはないし、ナルガルンを倒した英雄である君を、つまらない理由で詰《なじ》るほど愚かな領民もそうはいない……はずだ。それに、私も全力で庇《かば》わせてもらう」

愚かな領民もそうはいない……なぁ。でも塀登って泥水掛けたり有精卵投げつけたりしてくる領民はいるんだよな。

「そんなに好き勝手できるほど人望あるんですか、アレ」

「悔しいが、ある。様々な問題を抱えるこのファージ領において、錬金術師は希望の光だ。そのトップであるイカロスは、私なんかよりもよっぽど領民からも圧倒的な支持を得ている」

そういえば水神の宣教師であるリングスも言っていたな。

『希望なくば、虚構を摑むしかなし。それが水のように手中をすり抜けてしまうとしても』

ある意味、錬金術師団は領民達にとっての宗教のようなものなのかもしれない。いつか領地を救ってくれると信じていれば、今を嘆かなくて済む。

「しかし口だけで結果が出せていなければ、不満も向けられるはず……あ」

言ってから気が付いた。

「……そうだ。イカロスは不満の矛先を逸らして、私や私兵団にすべて向けている」

……い、いつもご愁傷さまです。

「まぁでも、目標は見えましたよ。余計な噂を撒かれず、かつナルガルンの首を渡さなくて済む方法を思いつきました」

「な！　ほ、本当か!?」

「約束の日が来るより先、三日以内にイカロスを落としましょう」

イカロスの支持を奪ってしまえば、こちら相手に強迫的な交渉手段を取ることもできなくなる。

「み、三日でイカロスを……そんなことが、できるのか？」

イカロスが支持されている土台はわかった。領地の問題にかこつけ、領民の不安に付け込んでいるだけだ。ならば領地の問題がすべて解決されれば、後には終わってみれば何もしていない、無能の錬金術師という結果だけが残る。

三日以内に、ファージ領の抱えている大量の問題ごとにケリをつける。そうすれば最大の厄介者であるイカロスも自動的にお払い箱となり、この領地での俺の平穏は保障されたようなものだ。

2

イカロスが去ってから、ラルクとファージ領の抱えている問題について話し合って洗い出し、纏《まと》めることにした。何らかの理由でファージ領を狙っている者がいたとすれば、問題ごとを一つずつ潰して安定させてしまえば手出しはできなくなるだろうし、急《せ》いて尻尾を出してくれることも考えられる。以下がラルクと話し合って纏めた、ファージ領の抱えている十項目の問題ごとである。

・再生術式付きナルガルンによるファージ領の閉鎖。（討伐済みだが、故意に嗾《けしか》けられた可能性あり。）

・魔獣の異常繁殖、及び変異種の発生。（元凶である悪魔は回収済みであり、魔獣の大幅な間引きも達成済み。）

・武具の素材不足。（ナルガルンの鱗により暫定的に達成済みだが、イカロスの横槍が入ったため動かせない状態にある。）

・冒険者支援所の閉鎖と私兵団団員の帰省による大幅な戦力不足と、それによって予想される治安の悪化。

・干ばつ、魔草による作物への被害による食糧不足。

・領民の不満を紛らわせるための娯楽の開発。

・領民と領主の不仲、及び私兵団への不信感。

・錬金術師団の長であるイカロスによる足の引っ張り。

・異国の宗教の急成長による、内部での対立の危険性。

・何者かによるファージ領への工作。

上記十項目が、現在ファージ領の抱えている課題である。ナルガルンによる領地の封鎖は解けたものの、流通はまだほとんど回復していない。まだ安全が保証しきれるわけではない以上、あまり活発にも動けない。

とりあえずポーグと使者を面識のある貴族や王都に飛ばしたそうだが、元よりナルガルンに対して何の対抗策も取ってくれなかった彼らが特に手助けをしてくれるとも考えられない。

魔獣の間引きもハーメルンの性質のお蔭で纏めて数を減らすことができたとはいえ、まだ取り逃がした凶悪な魔獣は多く存在する。これから減って行くであろう戦力で対抗しきれるかどうかは怪しい。

俺も協力したいが、アシュラ５０００からどうにかこうにか逃げおおせた魔獣達は、全員かなり臆病になっているはずだ。ハーメルンの魔法による興奮状態もとっくに解けているだろうし、野を駆け回って追いかけるというのは残念ながら俺の不得意分野である。ハーメルンを利用すればどうにかなるだろうが、あまり遠くまで行かせればそのまま逃げられる可能性もある。捕まえたハーメルンを野放しにしたとなれば、かなりの重罪である。

治安の維持にも手が足りてない以上、魔獣の間引きだけに俺が手を貸しても仕方がないことだ。今の領地は、絶望的に人手が足りない。治安の維持に徹するのならば私兵団員の方が動かしやすいだろうが、復興に力を入れたい今、私兵団の増強はどうしても費用が掛かりすぎてしまう。冒険者支援所の機能の回復を優先するべきだろう。

武具の素材にしても、ナルガルンの鱗はイカロスの言いがかりによってしばらく動かせない状態にある。一日でも早くあの品のない魔術師崩れには引退してもらわねばならない。それも周囲の支援によって簡単に立ち直れないよう、なるべく大きめの恥を掻いてもらう必要がある。死んでもらうのがベストだが、俺としてはそういう手は好まないし、支持者からの反感も大きいだろう。

「酷いですね……いや、改めて見ると本当に酷いです……」

俺はラルクが書き纏めた紙を見て、思わず呟いた。失礼だと思い直したのは、完全に口に出した後だった。口をさっと手で覆ったが、ラルクも力なく首を振るばかりだった。

「……返す言葉もない、本当に」

「す、すみません……なんだか、すみません……」

「……謝らないでくれ。酷いのは事実であるし、おまけにその原因は、すべて私の手腕にある。君には、本当によくしてもらっている。感謝してもしきれない。もう、何度この地はお終いだと思ったことか……」

さすがにそれだけじゃないと思うけどな……。この一大事に派閥作って妨害しまくってたイカロスがいなければ、それだけでかなりマシだったはずだ。あのオッサンはもう、打ち首にされても文句言えないレベルだろう。

因みに項目の九つ目、異国の宗教とは勿論水神リーヴァイ教のことである。水神リーヴァイは土神ガルージャ、火神マハルボ、空神シルフェイムに並ぶ、四大創造神であるといわれている。（デインラート王国が讃えているクゥドル神は四大創造神には含まれないが、法神として五大神とするケースもある。）

しかし水神リーヴァイは少なくともクゥドル聖典においては四大創造神の中では最も力が弱く、クゥドルが手加減して放った炎で大聖堂ごと身体の八割を蒸発させられ、残った二割は聖杯に注いで呑み干されたと記述されている。

リーヴァイ教を国教とするリーヴァラス国も弱小国であり、おまけに聖典の解釈で割れていくつもの宗派に細かく分かれ、内戦を繰り返していた。なので、はっきりいって、リーヴァイ教の中には胡散臭《うさんくさ》い宗派もかなり多いはずだ。枝分かれした宗派のいくつかは、聖職者崩れが都合のいい奴隷欲しさに立ち上げたものがあってもおかしくない。

リングスの宗派がどの程度正式なものなのかもわからないし、表立っては出さなくてもリーヴァイ教の中にはクゥドル教を敵視している連中もいると聞いたことがある。このまま順調に力をつけていったらいつか厄介な事件を起こさないとも限らないと、ラルクは危惧しているそうだ。

ラルクも領主の立場として規制すべきか悩んだが、宣教師であるリングスは物腰柔らかで優しい性格であり、何よりラルクへ挨拶に来たときにはすでに領民から好かれていた。領民達の過激な行動を抑えるきっかけにもなると思い話をするだけならと許可は出したが、いつの間にか教会が建設され、どんどん規模は大きくなっていく。ファージ領に深く根を張りつつあり、今更追い出そうとすればそれこそ反乱の引き金になりかねない。まさかとは思うが、万が一を思えば今一番警戒したい相手でもあるそうだ。

「う～ん、宣教師さんの問題は俺には無理ですね。下手に触ったら大反感喰らいそうですし……ここまで大きくなってしまったのなら、後回しにしてまずはラルクさんの領主としての信用を回復させた方がいいのでは」

「周囲の反感が怖いのは、イカロス相手でもそう変わらないのだがな……」

……厄介な相手ばっかりだな。直接魔術でねじ伏せるだけなら自信はあるが、まず土俵にまで引っ張り出さなければならない。イカロスはかなり悪知恵が利きそうだし、ナルガルンの首の回収期限を考えるとあまり猶予もない。

「イカロスとぶつかるには、錬金術師団の副団長であるリノアに相談するのがいいかもしれない。錬金術師団はイカロスと共に甘い汁を啜っている者が大半だが……リノアの一派だけは、私に協力的な面を見せてくれている。ナルガルンの討伐隊を組んだときも、イカロスの傍観命令を無視して動いてくれたそうだ」

「わかりました。じゃあ、話だけ通しておいてください」

「わかった。私からリノアに、君のことを紹介しておこう」

「あ……と、それから、制限魔術の行使許可がほしいんです。明日にはもう動き始めたいので、今日中に印鑑もらっていいですか」

「確かに、領地問題に関わる魔術は、その土地の責任者の許可が必要なものが多いとイカロスも言っていたな。君の要請とあれば、私の権限で許可を出せるものなら何でも出そう」

よし、これならどさくさに紛れて変な要請を交ぜても通りそうだな。

「えっと、じゃあ三十八枚ほどいいですか？」

俺がそう口にすると、ラルクは表情を引き攣《つ》らせた。

「三十八枚!?　え、もう枚数も決まってるの？　今ついでみたいに言ったけど、かなり頭の中で纏まってたんじゃ……？　ちょ、ちょっと待ってくれ、あの、やっぱり少しだけ考えさせてほしいというか……」

「あまり時間もありませんから、早速纏めてきますね！　領主様、お互い領地復興のために頑張りましょう！」

俺はぐっとガッツポーズをかまし、そそくさと執務室を抜け出した。

よかった。領地改革にかこつけて大規模な生体魔術の実験もできそうだし、領地問題が終わってからも好き勝手できそうだ。領地の足を引っ張るような真似はしないから、これくらいの役得は見逃してほしい。

3

翌日、早速俺は錬金術師団の副団長、リノアと会ってみることにした。

ラルクの話によれば、恐らくリノアは村を出たすぐのところにある丘で、雨雲を集める魔術を行っているはず、とのことだった。メアと二人、リノアのいる丘へと向かった。

歩きながら俺は、魔術の行使許可申請書を眺める。三十八枚中五枚、領主の判子がもらえなかったのだ。ちょっとごねてみたが、さすがに今すぐには許可を出せないと頭を下げられてしまった。

この五つには俺も危険性に対するいい感じの言い訳が思いつかなかったので、今は諦めておくことにした、今は。

「どうしたんですか、アベル？　そんなに難しい顔をして？」

　メアがひょいと首を伸ばし、申請書を覗き込む。書かれている内容を見て眉を顰《ひそ》めた。

「な、何が書いてあるんですかこれ……？」

「生体魔術の行使許可の範囲と目的について。ちょっと複雑めに書いておいたら誤魔化しが利くと思ったんだけど、ピンポイントにキツめの申請書が弾かれちゃったな」

　俺は頭を掻きながら答える。確かにちょっと間違えたら領地が滅びかねない魔術ではあるが、上手くいったらファージ領に大きく貢献できるはずだ。しかし、やっぱり領主の立場からしてみれば慎重にならざるを得ないか。もちろん、俺はそんな大失敗を引き起こさない自信はあるのだが。

　ナルガルンの鱗に関する問題ごとが片付いたら、本腰入れて申請書を書き直して全力で誤魔化しに掛かってみよう。恩人補正もあるし、無下に扱われることはない。

「しかし、この一枚で怖がらせちゃったせいか、臭いところ全部保留にされちゃったのが辛いな。まぁ基本的な部分にはオッケーもらえてるから、後は応用と抜け道で制限の裏を掻きながら動けば似たようなことはできるか。痛いのは生体魔術くらいだな」

　生体魔術は人から嫌悪されやすいためか、研究もかなり遅れている。国法による制限や、領地の責任者による監視の目も強い。昔じゃ過激な宗教団体が生体魔術の書物を焼いたり、その道で有名な魔術師が暗殺されたりと、色々事件もあったようだ。

　しかしその分、夢に溢れた魔術でもある。偏見を取り払って正式な制限を設け直し、その範囲内で生体魔術を自由に扱うことができれば、ディンラート王国全体の生活が今よりもずっと裕福なものになるだろう。生体魔術の研究を行うとしたら、辺境地にあって閉鎖的なこのファージ領が最も適している。今すぐとはいかずとも、ゆっくりと制限を誤魔化し……緩和していきたいものだ。

俺は用紙を折り畳んで懐に仕舞う。

「メアには今の紙、さっぱりだったんですけど……。領主さん、魔術の心得あったんですね」

「一応は錬金術師団の雇い主なんだし、ある程度は必要だったんだろうな」

正直、いい面だけ強調して書いておけば、どうとでも誤魔化せると思っていた。ちょっと舐めて掛かっていたかもしれない。

村外れにある丘では、黒い簡素な服の上に、赤色のローブを羽織った六人組が並んでいた。中心にいるのは、大きな杖を抱えた少女である。

それなりに歳のいった人が多い中、彼女の幼い外見は浮いていた。だが、位置や周囲の雰囲気の中から、六人組のリーダーであることが察せられた。事前にラルクから聞いていた容姿とも一致している。副団長、リノアで間違いないだろう。

リノアはローブのフードを外して背に垂れさせており、綺麗な三つ編みが露《あら》わになっている。エルフほどではないにせよ長い耳が、髪を掻き分けてぴょこりと伸びていた。あの耳と外見年齢から察するに、ノークスではなくノワールか。ノワールは一定年齢から歳を取らないため、生涯を子供の姿で過ごす。ノワールだとすれば、あの外見年齢で副団長の座についていることも納得がいく。

「……はぁ」

リノアが手をぷるぷると震えさせながら持ち上げていた大杖を降ろし、溜め息を漏らした。口をへの字に曲げ、細い指で大杖を神経質そうに擦っている。どうやらあまりいい機嫌ではなさそうだ。

「副団長殿、もう止めにしませんか？」

「いくらやっても、駄目なものは駄目ですよ。こんなことで魔力を浪費するよりも、領民達に水を配った方が……」

リノアの部下らしき魔術師がそう声を掛けるのを聞き、彼女達が雨乞いのために丘に出ていたという話を思い出す。ふと顔を上げてみる。空はド晴天だった。どうやら雨乞いは難航しているようだ。遠くへと目をやれば、ファージ領に差し掛かる手前で雲が停滞しているのが見えた。

成功までの道のりは長そうだ。

「……馬鹿団長の妨害入るの、わかるでしょ？　元々この仕事をあーし達に投げたの、自分に反発してる人間の信用を纏めて貶《おとし》めたいからだろーし」

リノアが言うと、彼女の部下はがっくりと肩を落とす。

話は読めてきた。あの連中が副団長派の、イカロスに反発している錬金術師団の少数勢力か。イカロスは難航していた雲寄せの仕事を彼女達に丸投げすることで、副団長派の発言力と周囲からの信用を削いでおく腹積もりらしい。他に槍玉に挙げるものを作ることで自分の信用が落ちるのを抑えつつ、邪魔な相手を動けなくした上に信用を貶める。

さすが領地を裏から牛耳っているだけのことはある。保身と嫌がらせに関しては超一流だと認めておいてやろう。

「領主様には悪いけど、ここらが限界かも。問題だったナルガルンもいなくなって、この領地に留まる意味もなくなっちゃったしー」

リノアは大杖を置き、小さく首を振る。口調は軽いが、疲れが見えた。この手の嫌がらせは他にも山ほど受けてきたのだろう。

「…………そう、ですね。これ以上、できることもありませんし」

副団長一派には暗い空気が流れている。今後もこのまま時間が経てば真面目な連中が去って行って、イカロス勢力がどんどん大きくなっていくのだろう。複雑な気持ちで様子を窺いながら近づくと、リノアの耳が微かに揺れ、こちらを振り返った。

「ん、誰……」

俺の顔を見ると、ぽんと腕を叩く。

「首狩りの人……」

リノアに続き、他の魔術師達も「首の……」「あの、首斬りの！」と各々に口にする。背の高い痩せ型の男魔術師が俺に近づいてくる。

「一度会ってみたかったんですよ！　聞いていたより普通の顔ですね。もっと恐ろしい、気狂いのような容貌だと……」

……なんか、勝手なイメージ飛び交ってない？　なんで首で通じてるんだ。

「……あの、ラルクさんから副団長さんに手を貸してやってくれと言われてきたんですけど」

「ん……悪いけど、雲寄せの魔術に専念するように言われてる。あーし達は、身動き取れない状態。

気持ちはありがたい。でも、今手伝ってもらっても、こっちに組み込まれて動けなくなるだけ。悪いけど、別口で動いてもらった方が……」

「ロマーヌの街でいくらか本を読んだが、雲寄せは長い時間を掛けて行う魔術であると、ディンラート王国では知れ渡っているようだった。しかしディンラート王国で広まっている雲寄せの魔術に比べ、マーレン族のオーテムを用いた天候への干渉方法は効果が高く、結果も早く出やすい。従来よりも短期間で雨雲を引き寄せることができるはずだ。

「いえ、こういうのは得意なんでぜひ手伝わせてください」

俺が再度そう言っても、リノアは首を振るだけだった。

「……反発力、感じる。雲、あのラインまで来てから、急に進退を繰り返すようになった。こういうこともあり得なくはない……けど、違和感ある」

……予想はしていたけど、やっぱり干ばつも人為的に引き起こされたものだったか。

雲避けの魔術。それも、雲寄せが来ても弾けるくらい強力なもの。当然、それなりに大掛かりな魔術になる。魔力も相応に要求されるはずだ。

これだけやって、未だに正体どころか存在の有無さえはっきりとは摑《つか》ませないとは。ファージ領の災難のどこまでが人為的に引き起こされたのかはわからないが、ナルガルンによるファージ領の孤立と、ハーメルンによる魔獣災害《モンスターパニック》は少なくとも同一人物の仕業と見ていいだろう。

かなり周到に計画を練ってファージ領を潰しに掛かってきている。これ……思ったより遥かにヤバイ奴を相手にしてるんじゃなかろうか。

「……下手にこっち手伝ったの、イカロスにバレたら動きづらくなる。早く戻った方がいい」

リノアは俺に対して信用しきれていない面があるのか、はたまた雲寄せの魔術を妨害している何かに不穏なものを覚えてか、俺が参加するのを認めてはくれなかった。

雲寄せの魔術に関しては扱いがややこしいため、ラルクから俺への直接の許可はもらっていない。形式としては、錬金術師団の団長であるイカロスが、雲寄せの魔術を行使する指揮権限をリノアに譲った形になる。だから俺が単独で雲寄せの魔術を行う、というわけにもいかない。リノアに協力する体裁を取る必要がある。

辺境地にあるファージ領においては完全に形式の問題なので、事後承諾でも目を瞑《つぶ》ってもらえそうな状況ではある。あるのだが、下手を打ったらイカロスに弱みを握られかねない。ちょっとでも隙を見せたら粘着質に責めてきそうだ。ここはどうにか信用を得てリノアから許可をもらうという、正当な手続きを踏んでおきたい。

「雲寄せに用いている魔法陣を見せてもらえますか?」

俺が頼むと、リノアは目を細めて数秒ほど思案していたが、すぐに無言でさっと杖を振った。魔法陣が俺と彼女の間に展開される。かなり大きめだ。見やすいようにと拡大してくれたのだろう。

「この魔法陣、魔力減衰が激しいですね」

「……ん?　そう?」

少しプライドが傷付けられたのか、リノアがむっと口を歪《ゆが》ませる。

「簡単なところで言うと、略化できる術式部位があることですね。当然それに伴い、全体のバランスも整える必要がありますが。しかし何より、この型の魔法陣ですと雲への距離がネックです。そこを念頭に置いて、別の術式をベースに組み直した方がいいのではないですか。気流も、従来の流れをもっと利用した方がいいですし。アーシファ式の魔法陣ベースならその辺りの問題は補えますし、現状雲寄せの魔術が上手くいかない原因となっているかもしれないと推定できる要素も、いくつか潰せますよ」

「アーシファ式ベースに、組み直す？　でもそれ、ほとんど一から……。確かにアーシファ式から組めたら、欠点は補えるかもしれない……けど、魔法陣、組み直せるので？」

「二日もらえれば、確実に。順調に進めば一日でできますよ」

俺の発言に対し、リノアの部下達から「おおっ」とどよめきが上がる。リノアも俺の言葉を聞いて気持ちが揺れたらしく、手を口の前に当てる。勿論、俺としてはこんなところで二日も掛けたくはない。イカロスのタイムリミットに引っ掛かる。今のはあくまで、使っている魔法陣の欠点を具体的に指摘してリノアを納得させ、自分が魔術に精通していることをアピールするのが目的だ。

「因みに、自分の故郷でやっていた木偶《でく》人形を使う雲寄せの魔術なら、今すぐ実行できますよ。魔法陣を組み直すより効果があると思いますけど、試してみませんか？」

「…………！」

リノアは目を見開く。俺がこの順番で話した意図に気が付いたようだ。リノアは後ろにいる部下達の顔を目線で追って確認をした後、向き直ってから頷くことで俺の案を受ける意思表示を示した。

「……わかった。この場での指揮権限を、一時的に預ける。指示、出してほしい」

「いえ、別に俺一人でも……」

必要なのは、俺がリノアに協力したという体裁だけだ。雲寄せ自体なら俺一人でも可能だし、言ってては悪いがそっちの方が多分効率もいい。世界樹のオーテムを手許へ転移させようと杖を構えたが、そこでふと一つの考えが頭を過《よぎ》った。

「あ……ではまず、小刀を村の方から集めてきてもらっていいですか？　あと、鑢《やすり》と塗料も」

「……小刀？」

リノアとその部下である魔術師達が、揃って首を傾げた。

一時間後、村へ戻っていた道具調達班の魔術師達が帰ってきた。大きな道具袋に、小刀を始めとした様々な道具が入っている。その間に残りの魔術師達には木材調達班となってもらい、木を風魔法で切って用意してもらっておいた。

なんのためか。勿論、オーテムを彫るためである。ファージ領の木は、なかなかオーテムの材料として質がいい。放置しておくには勿体ない。じゃんじゃんオーテムとして活用するべきである。

さすがにマーレン族の集落に生えている木ほどではないので、できることは色々と限られてくるが……基本的なオーテムを彫るだけならば、十分である。マーレン族の技術を外部に漏らしている形ではあるのだし、むしろ劣化版くらいがちょうどいい。教える部分も、その辺りには気をつけて絞っておこう。

慎重に考えて判断しなければいけない部分だ。

「これで早速その、オーテムとやらを彫ればいいのですかアベル殿？」

魔術師の一人が俺に尋ねる。

「ええ、そうです。今日は作り直しをしてもらう時間的な猶予がないので、一発で作ってもらうことになります。最低限機能する形にまでは持っていってもらわなければ困ります。細かい指示を出すので、慎重に動いてください」

声を張り上げる俺の背を、つんつんとメアが突《つつ》く。

「どうしたメア？」

「……アベルなら、六つくらいすぐに彫れるじゃないんですか？　教えたいだけだったりしませんよね？」

メアが声を潜めて言う。

「い、いや、それだけじゃないぞ」

「やっぱりそれもあったんですね……」

教えたかった、というのは否定できない。確かに俺は蘊蓄《うんちく》を傾けるのも講釈を垂れ流すのも大好きである。しかしオーテム技術の伝承が上手く行けば、イカロスの派閥を切り崩すのにも役立ってくれるかもしれない、という望みもある。

ファージ領においてラルク陣営に欠けているのは人望、つまり支持者の数だ。イカロスの派閥を崩すのには、錬金術師団が領を救うと信じている一般領民は勿論のこと、イカロスを慕っている錬金術師団の魔術師も引き抜く必要がある。

技術伝承は、派閥の形を大きく変える。マーレン族でもカルコ家が香煙葉《ピイープ》の技術伝承を独占していたお蔭でのし上がり、他家をいくつか傘下に入れて派閥を作っていたくらいだ。

オーテムで雨を降らせた実績を作れば、イカロス陣営から数人は裏切る人間が出てもおかしくないはずだ。魔術に熱心な人間ほど、オーテムの技術を逃したくはないだろう。俺が逆の立場ならば、絶対にそうする。

六人の魔術師が、俺の指示に従ってオーテムを彫り始める。なかなか皆、熱心に取り組んでいる。この調子なら、ファージ領をオーテムで埋め尽くせる日も遠くないかもしれない。

「ああっ！　あの、腕の位置の比率は、先に示した通りにお願いします！」

俺はオーテムを彫っていた魔術師の一人に駆け寄り、そう伝える。大雑把でいいとは言ったが、さすがに比率くらいは守ってほしい。

「え……でも、ほら、言われた通りですよ！　ほら！」

魔術師が自前のオーテムを前に突き出す。俺は彼らがオーテムを彫っている間に作った、木の板に目盛りを刻んだものをオーテムに押し当てる。

「……1：1・48、残念ながら規定外ですね」

「そ、そんな！　でも、作り直しはしないいんじゃ……」

「特例として認めましょう」

「特例なのに判断早くありませんか!?　でもほら、俺がずれてるのなら、あいつのもズレてると思います！」

そう言って、他の魔術師を指で示した。指の先にいた魔術師は、自分の彫っていたオーテムを抱えて隠す。俺は歩み寄り、無言で手の指を曲げ、出すように催促した。

「こ、これだが、別に問題ないよな？」

オーテムに先ほどの木の板を押し当てる。

「作り直しでお願いします」

特例二件目である。

「あんまり最初から厳しくしない方がいいんじゃないかなって、メアはちょっと思ったり……」

「いやでも、結構ズレてたし……」

「小数第二位まで読んでませんでした？」

4

思ったより時間が掛かりはしたが、ついに六人の魔術師全員が自作のオーテムを持つことができた。辺りには失敗作の残骸が転がっている。失敗作の中には、恨みがましく顔に縦に線を引かれているものもある。

途中で一度、多少歪んでいても妥協しようかとも悩んだ。しかしやっぱり後のことを考えると最初にきっちりと指導しておいた方がいいなと思い、作り直して最低限のラインには持っていってもらうことにした。二人どうしても不器用な人がいたので、その人達の分は結局俺とメアが彫ることになった。

他の五人がオーテムを抱えて達成感と焦燥を交えた表情で座り込んでいる中、一人平然とした様子のリノアが近づいてくる。

「……これで本当に、雲を寄せられるので？」

リノアが手にしたオーテムを小突きながら、尋ねてくる。彼女は、六人の中で唯一オーテムのチェックを一発合格している。そのため疲弊も少ないのだろう。

リノアのやや長い耳が、かすかに風に揺れる。彼女の種族であるノワールは、手先が器用で意外と力が強いと聞く。オーテム彫りも初めてにしてはなかなかのものだった。

こういう人材がほしかったのだ。俺はオーテム彫りこそ自信があるが、それも世界樹の木彫ナイフがあってのことである。力が必要となる金属や鉱石の加工となると、手も足も出ない。今回の騒動で領地に恩を着せた後、ゼシュム遺跡の残骸を彼女に加工してもらうのも悪くないかもしれない。何を作るか、どのように設計してもらうか。拾ったその日からいくつか案は頭の中にあったが、具体的に詰めておこう。

「アベル、顔、緩んでます……」

メアがぼそりと俺の耳に囁く。我に返って意識を戻すと、リノアが不審そうに俺を見ていた。

「えっと……今から何を作るかという話でしたっけ？」

言ってから、思考と口に出した言葉がこんがらかったことに気が付く。へばっていた魔術師達が俺の言葉を聞き、また何か作るのかと絶望を露わにしている様が視界の端に映った。

「このオーテムの実用性」

リノアは首を振り、短く答える。俺は咳払いをして気を取り直す。

「間違いなく……と言いたいところですが、不安要素はありますね」

　俺は雲が、ファージ領近くに差し掛かる辺りから微妙に回避するような動きをしているのを目で追う。流れはゆっくりであるし、ごくわずかな違和感でしかない。しかし何かをされていることは、ほぼ間違いないと見ていいだろう。

　リノアは俺の言いたいことがわかっているらしく、空の雲を睨んだ。魔術師達は自作のオーテムを淀んだ目で眺めながら、溜め息を吐いて肩を落とした。俺の言葉を予防線だと解釈し、あまり自信がないと判断したのだろう。

　雲寄せ自体には絶対の自信がある。しかしこういった魔術は、基本的に先手が優位である。後手に回った身としては、向こうさんが雲散らしの魔術を維持するのに使っている媒体を破壊するか、じっくりと敵の魔術を見極め解析するのが正しい。今回はこんな場面に時間を掛けてはいられないので、不利承知で挑むしかない。

　オーテムの素晴らしさを知ってもらうため、俺は最初は参加しないことにした。上手くいかなかったときにのみ参戦させてもらう。それでも失敗した場合、そのときの手は考えてある。最悪の場合はその辺に魔術で穴を掘って水を雪崩《なだ》れ込ませ、大きめの貯水槽でも作ればいい。

「まぁ、ここまでやって試さないという手もないでしょう」

　六人とも俺の指示に従い、円形に並んで座ってくれた。前にはオーテムが置かれている。

「では、俺の指示した通りの魔法陣と呪文でお願いします！」

　俺が言いながら手を叩くと、六人が杖を振ってオーテムに向ける。

「[illegible]《人形よ雲を集めよ》」

六人の魔術師が同時に唱える。

杖から放たれた魔力の輝きがオーテムに入り込み、オーテムの目の穴がカッと光を放つ。

「な、なぁ、アベル殿、何も起きないんだが……」

一分ほど経ってから、魔術師の中の痩せた男が不安そうに言い、オーテムから顔を逸らして俺を振り返る。

彼はリノアから、ジャガーと呼ばれていた。集中力が少々欠けており、オーテム彫りが上手くいかなかった二人の内の片割れである。

魔術師達の会話から察するに、ジャガーは魔術の腕もあまりいい方ではないらしい。オーテム彫りは、集中力や空間把握能力など、魔術師としての腕が問われる面もある。俺も幼少期はオーテム彫りで魔術の基礎を鍛えてきたほどだ。ジャガーは最初は私兵として雇われていたが、錬金術師団の内部にリノア側の人間を増やす意図でこちらに回されたらしい。

「黙って、集中」

ジャガーの言葉に俺が答えるよりも早く、リノアが彼を注意した。ジャガーは申し訳なさそうに頭を下げ、再び杖をオーテムへと向ける。

俺はジャガーが自分のオーテムを光らせたのを確認してから、空の雲を再び観察する。ファージ領に向かってくる雲の流れが、だんだんと早くなってきている。フラフラとファージ領に差し掛かる手前で進路を曲げていた雲が、どんどんファージ領に集まってくる。魔術で人為的に介入されていたせ

いで、今までファージ領から離れていた雲が一気に押し寄せているのだろう。目に見えて、四方から雲の群れが近づいてきていた。

「お、おお、おお……！」

ジャガーが杖を手から落として立ち上がり、向かってくる雲を見て涙を流す。

「来てる……今まで、近づいたら同じだけ離れていたあのクソ雲共が、ファージ領に来てんぞ！ほら、みんな！」

他の魔術師達も同じ気持ちらしい。顔を輝かせて手を取り合っていた。その目には、今後の領地回復の様が映っているかのような、希望に満ちた笑顔であった。

「これで、これで一番の問題だった水不足は解消されるはずだ！　イカロスのクソ野郎にもひと泡吹かせられるぞ！」

「よかったぁ！　彫ってよかった！　彫り直してるときはなんかムカつくデザインしてると思ったけど、今見返すと天使に見えてきましたよ！」

魔術師達が手を取り合って喜び合う。リノアは目を細め、彼らを諌《いさ》めるように見回していたが、ふっと毒気が抜かれたかのように笑みを漏らした。大方、魔術の再開を急かそうとしたのだろうが、今は喜びに浸らせておこうと考え直したのだろう。

「アベル殿、空！　空！　はは、こんな凄いことになるなんて……！」

ジャガーがはしゃぎながら天を指差す。

「……確かに、物凄いことになってますね」

「え？」

俺が言葉を返すと、ジャガーは天を振り返って表情を曇らせる。

白と青。空が、二つに割れている。そう錯覚するような光景だった。雲が露骨にファージ領の近辺を避けているのだ。ある境目からまったく寄り付かない。ぽっかりと、まるで楕円でも描くかのような人工的な形で、雲と空の境目が線を引いていた。雲が集まれば集まるほど、それは露骨に浮かび上がっていく。

今まではあのラインに差し掛かる手前で後退していたので、ここまで露骨になったことはなかったのだろう。反発力を押し退けて進んだ結果、雲を弾いている結界がくっきりと可視化されてしまった。恐らく雲散らしの魔術を組んだ人間も、こうなることは望んでいなかったし、予測もしていなかったはずだ。

「な……なんだよ、あれ……絶対におかしいだろ……だって、あんな……」

ジャガーが声を震わせ、力なくその場にへたり込む。雲は、一切境界線を越せていない。人為的な介入がなされていることは間違いない。リノアも唇を嚙み、幼い顔つきに嫌悪を浮かべて雲の壁を睨んでいた。

「おかしいとは、あーしも思ってた。でも、まさか本当に……」

「かなり大掛かりですね」

俺なら別のアプローチで、もっと上手くカモフラージュしつつ単純な術式で熟《こな》してみせる自信がある。こんなにあからさまに露呈されては、俺が領地に害をなしている人間がいると摑んでいることが、術者にも筒抜けになってしまいかねない。せめて誤魔化すための自壊術式でも組んでいてくれたらよかったのに。そういう意味では一本取られたかもしれない。

「……こんなに複雑で大掛かりな魔法陣、あーしも、見たのは二度目。一度目は、ナルガルンの再生の術式」

リノアが悔しそうに零《こぼ》す。

「ん?」

発言を別の意図で拾われた気がする。

「な、なぁ、あれ、どういうことなんだ? 副団長殿達は、何か掴んだんですよね? その様子だと、ね? そうだ、魔法陣に何かミスがあったとか……」

ジャガーが、顔を引き攣らせながら声を掛けてくる。これはそんな大袈裟《おおげさ》なことではなかったのだ、ちょっとした手違いなのだ。そう自分を必死に誤魔化そうとしているかのような言い方だった。

「……アベル殿、よくやってくれた。今あーし達にできるのは、この件を領主様にきっちりと報告する、それだけ」

リノアはジャガーの言葉に対し、首を振って否定する。

「そ、そんな! 俺達が今まで苦心してやってきた、雲寄せの魔術はなんだったんですか? あの、あの壁はいったい……?」

「わかってるはず。あれは、結界。それも、かなり高位の水魔術。この領地は狙われている。ラルク様に、このことを報告……」

「あんなデッカイ結界で覆って今まで隠し通して来たような奴を相手に、どう抗《あらが》えって言うんですか！」

ジャガーがヒステリックに叫び、杖を地面に叩き付ける。

「イカロスの奴に散々利用されて！　領民からも白い目で見られて！　それでも、それでも、必死に試行錯誤していたら、どうにかなるって信じてたから！　もう無理だ！　あんなの、ラルク様にどう報告しろって言うんだよ！　知ったからどうにかできるもんじゃねぇだろうが！」

ジャガーは地面に膝を突いて、土を指で摑む。嬉し涙に濡らしていた頰を、別の要因で流された涙が覆って行く。その場にいたリノアを含める他の魔術師達も、彼に返せる言葉が思いつかないのかただただ俯いた。

「ジャガー……」

リノアがぽつりと彼の名を漏らす。

「……無駄だった、全部。あんな苦労して必死になってたのに、阿保らしい。もう、黙ってここを去るしかねぇだろ、ナルガルンだっていねぇんだから。何もできやしねぇだろうよ、俺がいても、副団長殿がいてもよぉ。どう足掻《あが》いたって、ここは滅ぶに決まってる」

ジャガーが恨み言を吐く。場の空気が重くなっていく。恐らくジャガーも、冒険者としてファージ領に来ていた流れ者であり、ラルクに助けられた内の一人なのだろう。本音としては、彼もラルクに恩を返したかったはずだ。

「ア、アベル……あれ、あれって、あれってなんなんですか一体？」

メアも空の異様さに恐怖を覚えたらしく、俺の袖を強く握り締める。俺は小さく頷き、袖を摑まれているのとは逆の手でメアの肩に触れる。

「大丈夫だ、安心しろ。あれくらいならどうとでもなる」

「あ……はい」

メアは俺の言葉に強い説得力を感じたらしく、こくりと頷き、俺の袖からそっと手を離す。俺はオーテムを彫ってもらうための見本に用意していた世界樹のオーテムへと近づき、杖を向ける。

「アベル殿、もう、いいじゃありませんか、もう……」

魔術師の一人の女が、疲れ切ったように言った。俺は適当に苦笑いを返してから、杖を振った。

……ちょっと、力入れとくかな。敵さんも大分気張ってるみたいだし。

「《人形よ雲を集めよ》」

世界樹のオーテムの目から、眩《まばゆ》いばかりの光が溢れ出す。その場にいる全員が目を手で覆った。

ずおぉおおお！

雲が、結界へと押し寄せる。空間がせめぎ合うかのような低い音が、ファージ領全土に響く。

「《竜を象れ》」

世界樹のオーテムを介し、雲へと魔術を掛ける。雲が渦を巻いて固まり、長い胴を持つ竜を象《かたど》った。竜は大きな口を開けながら結界へと飛び込む。不可視の結界が、甲高い音を立てて崩れ去る。

竜を象っていた雲は分散され、ファージ領の上空へと流れ込んできた。

「お、行った行った」

……ちょっと来すぎか。しばらくは雲の流れを制御する必要がありそうだ。

「「「え？」」」

魔術師達が、呆然とした顔で空を見る。ジャガーは地面に這《は》った姿勢のまま、首だけを大きく曲げて空を注視し、あんぐりと口を開けている。

「アベル殿……あなた、人間ですか？」

さっき俺の行為を止めようとして声を掛けてきた女の魔術師が、感嘆というよりは畏怖の窺える顔色で言った。

辺りに雲の影が落ちる。ぽつりぽつりと、雨が降り始めていた。

5（sideリングス）

リーヴァラス国からファージ領へとやってきた宣教師、リングス。彼はこの日、ファージ領の長老ロウブの家の居間を借り、演説を行っていた。

聞きにやってきたのは十五人である。これ以上の人数は、ロウブの家には入らないのだ。規模を広げるためには、教会の完成を待たねばならなかった。屋外で演説を行うときもあるのだが、そのときは本当に宣伝が目的である。領内の不安要素に疲れている領民達を聞こえのいい言葉で励ますだけだ。

今回は、少し目的が異なる。屋外では行いづらい理由があった。

「こうして我が祖国リーヴァラスは、近年に至るまでの数百年に渡って不安定な時代が続いていました。いくつにも分かれたリーヴァイ教の宗派は互いを認めずにいがみ合い、長くなれば長くなるほど対立は深まり、リーヴァイ様のお言葉の真意も時代の流れという霧の中に消えてしまい、どんどん掴めなくなっていく……。もう、誰にも収拾がつかなくなってしまったのです。誰もが、誰もが、平和を望んでいたというのに、です！」

リングスは、ぐっと拳を掲げながら領民達へと呼びかける。領民達も自分とは離れた場所で起こった出来事でありながら、リングスの熱の籠った言い方に、つい感情を移入して話にのめり込んでいた。

リングスは演説を行う際、意識的に気をつけていることが数点あった。その内の一つは、ネガティブな言葉は小さく、ポジティブな言葉は大きく話すことである。今回であれば、『平和』という言葉を意識して大きく声に出していた。こうすることで、『いいことを話している』という刷り込みを、ごくごく自然に行うことができるからである。

リーヴァラス国では、この手の手法は常套《じょうとう》手段であった。

「そんな混沌のリーヴァラス国に、四人の救世主様が現れたのです！　彼らの年齢や性別、生まれに一貫性はありませんでした！　ただ夢でリーヴァイ様のお告げを聞き、身体にリーヴァイ様の紋を刻まれていたという共通点を持っていたのです！」

リングスが話せば、領民達がごくりと息を呑む。

この話を聞いたのが数度目の者もいるが、それでも何度聞いても衝撃的な話であった。何せ、リーヴァイを含める四大創造神は、すべてクゥドルに滅ぼされたと、ディンラート王国の神話ではそう伝えられているのだから。

　今日、初めて屋内での演説に参加した者達は驚きは勿論のこと、戸惑いの色も顔に浮かべていた。屋外ではずっと今まで宗教色など出さずに、ただ人の在り方や世の理不尽さへ対抗する心構えについて説いていたのだから、抵抗感を持つことに無理もないだろう。ただ、リングスがじっくりと育ててきた信者達が、空気を乱すことを許しはしない。

「四人は当初、利益のために作られた新興派だと疎んじられていました。しかしリーヴァイ様からお借りした力を用い、枝分かれしていたリーヴァラス国の宗派を、あっという間にまとめ上げてしまったのです！　彼らはやがて四大神官と呼ばれるようになり、その中の一人であるサーテリア様は、新教皇となられました！　これによりリーヴァラス国は、平定を取り戻したのです！」

　椅子に座っていた領民達は揃って立ち上がり、拍手をした。座っていた新顔達もリピーターに釣られ、恐る恐ると立ち上がり、戸惑いながらも拍手に交ざる。

　こういったとき、閉鎖的な空間が役に立つ。今のリングスは、多少の疑いの目を向けられてもどうとでもできる立場にいた。

　干ばつ続きのファージ領がここまで何とかなっているのは、錬金術師団が魔術で水を生成して領民に配っているから、という面が大きい。十分までにはいかないとしても、ないよりはずっとマシである。錬金術師団の団長であるイカロスが、領地が不安定になってから急速に権力を強めているのも、領民への水の補給を行っているからである。

水魔術が得意であったリングスもこれに協力しており、そのお蔭でファージ領に深く根を張ることに成功した。直接は口に出さずとも、水の配給の優先順位をちらつかせることで領民に機嫌を窺わせることができるからだ。だから本心からでなくとも、友好的にしておいた方がいいと考えてリングスに擦り寄ってくる者は多かった。

(行ける……順調だ。雨雲を止めている限り、ファージ領における私の地位は揺るがない。教会さえ完成してしまえば、一気に計画を進められる)

計画の核であった、領地を封鎖するためのナルガルンが倒されたと聞いたときには、リングスも眩暈《めまい》がした。ナルガルンに魔法陣を仕込んだのは、生体魔術に傾倒して牢に繋がれていたリーヴァラス国の賢者、ボンジェである。彼はリーヴァイに見込まれて紋を刻まれて以来、多くの生体兵器を造り上げて宗派の統一に大きく貢献し、今では四大神官とまでになった。信仰心よりも探求心の方が強く、四大神官となった今でもそれは変わらない。根っからの研究者である。再生ナルガルンは『不滅の多頭竜』とリーヴァラス国でも恐れられ、賢者ボンジェの最高傑作とまでいわれていた。

それを何も知りもせず、散々ケチを付けてくれたクソガキ共は必ず八つ裂きにしてやろうとリングスは心中で深く誓っていた。リングスにはアベルが言っていたことがどこまで正しいのかはわからなかったが、争いの中で成長してきたリーヴァラス国の魔術は一級品である。その頂点である賢者ボンジェの魔法陣に対して、ガキがパッと見て上から目線で説教垂れられるわけがないのだ。

間違っているのは、あのガキの方に決まっている。ナルガルンが死んだのは、きっと何か事故のようなものだったのだ。そうリングスは結論付けていた。

しかし不気味なことには違いなかったし、話を聞いている限り、まったくの偶然だったとも思えない。不安の芽を摘むため、私兵団諸共ハーメルンに処分させることにした。

私兵団の団員を殺す理由はなかった。しかしハーメルンを持ち出して狙った場所で奇襲を掛ける以上、裏で糸を引いている人間が存在するという事実が、明るみに出かねない。アベルの死を、野性の魔獣との接触による戦死として扱うための犠牲であった。

そのはずだったのに、あっさりと全員生還した。

悩みに悩んだ。撤退した方がいいのではないかとも思った。ストレスで体調が狂い、領民からも急に老けたと心配される始末である。

しかし、領地に深く根を張ることには成功している。目標の達成までは、後もう少しなのだ。リングスの信仰している神、リーヴァイの意向に沿うためには、なんとしてもファージ領を押さえる必要があった。これは試練だと、乗り越えられる波なのだと、リングスはそう自分に言い聞かせていた。

天候も領民も領主も、すべて制御下にある。この地に長年滞在している魔術師イカロスも、目前に利益をちらつかせれば面白いように領地の足を引っ張り、領民の不安を煽ってくれる。いずれは利害の対立が生じるだろうが、その前に消せばいい。

問題は、急に降って湧いてきた天災アベルである。アベルを倒す手立てはあるが、万が一取り逃がした場合、こちらの正体が完全に露見することとなる。そうなれば、苦労を重ねて築き上げてきた領民との信頼がすべて台無しとなる。あくまでも最終手段としたい。

ナルガルンに大規模結界による天候操作、作物病魔、魔草の持ち込み、その他内部工作。ここまでしてファージ領の篭絡を狙っているのは、ディンラート王国内にリーヴァラス国の拠点を作るためである。

それも国を刺激して警戒させない、緩やかな支配。リーヴァラス国からディンラート王国へ攻め入る際、障害となるのが国境を隔てる山脈である。そのために国境外側の領地を宗教的に支配し、ゆくゆくは兵を休めさせるための拠点を作るのが最終的な目標である。

それが水神リーヴァイにより、リーヴァラス国が賜った使命であった。絶対にしくじることはできない。だからここまで過剰にお膳立てをしてきたのだ。

(下手な動きを抑え、計画の進行を遅らせるしかないか……。いずれ、再び何らかの手段によって、ファージ領とディンラート王国の交流を断たねばならない。あのアベルとかいう魔術師からの妨害を避けられる形で……)

天候を支配している限り、自分の地位は揺らがない。長期的に見ればいい。なんなら、魔術師を数人殺せばそれだけでファージ領におけるリングスの重要度は跳ね上がる。

と、外から領民達の騒ぐ声が聞こえてきた。リングスは何気なく、自分の背後にある窓を見た。閉塞感を出すためにカーテンを閉めてはいたが、外が時間にしては暗くなっていることに気が付く。耳を澄ませば、ぽつ、ぽつと、わずかながらに雨音も聞こえてくる。

「嫌な天気ですね。大雨が来そうな……」

何も考えずにそう言った後、自分の言葉に頭を金槌でぶん殴られたような衝撃を受けた。

「はぁあっ!?　雨!?　はぁぁぁあっ!?」

　厳かな雰囲気が保たれていた室内が、リングスの発言で騒めき出す。

「あ、雨ですと！」「本当だ、外が暗い！」

「リングスさん、少し様子を見てみます！」「わ、私も……」

　皆次々と、希望に満ちた顔で外へと駆け出していく。リングスは一人呆然と立ち尽くしていたが、我に返って家を飛び出した。空を見て、驚いた。雲が、四方から押し寄せてくるところだった。

「な、なんで！　なんで……嘘っ！　なんで！」

　ぽつり、ぽつりと雨が降り注いでくる。それはどんどんと威力を増していき、周囲の者達は喜びの声を上げて笑いながら屋内へと逃げて行く。

　リングスは土砂降りの雨の中、ただただ一人突っ立っていた。力なく膝を突くと、泥で膝がひどく汚れた。

「………なんで？」

　ぽんと、誰かが肩を叩いた。

「いやぁ、凄いですね。これも宣教師さんが、水神様とやらにお祈りしてくれたお蔭に違いありません！　さぁ、早くロウブさんの家に戻りま……」

　ハッハッハと、領民の青年は快活な笑みを浮かべる。あまりにも軽い言い方で、それは極限状態にあるリングスの神経を綺麗に逆撫でしてくれた。

「んなわけあるかぁっ!?」

目を血走らせ、襟首を掴んで首を絞めながら持ち上げる。

「せ、せ、宣教師さん……や、やめ、ぐるし……」

青年を地面に叩き付け、リングスは息を荒らげる。

「はぁー……はぁー……クソ、なぜ、なぜこんなことに！」

リングスは怒りを抑えるため、自分の人差し指を噛んだ。血が滲《にじ》み、第二関節が砕けるような音が鳴り、激痛が走る。それでも噛むのを止めなかった。その痛みの分だけ、どうにか冷静さを取り戻すことができた。遠くにある建設途上の教会を睨み、自分に言い聞かせる。

（教会の建設まで来たんだ……私ならやれる……これだけ基盤があれば、私ならやれる。落ち着け、リーヴァラス国と違い、平和ボケした馬鹿ばかりだ。なんとしてでも、信仰を繋いでみせる。あのアベルだって、直接対決という手を取らなくても、適当に籠絡するという手もある。もう少し領民達の教育が進めば、誘導していびって追い出すことだってできる……信仰さえ繋ぐことができれば、時間はいくらでもある）

6

「アベル、アベル！　大丈夫ですか!?」

「な……なんとか……」

メアが俺に呼びかける声を聞き、俺は必死に意識を保つ。周囲で停滞している雲が予想外に多く、雲寄せの効果がありすぎたせいで、集中豪雨となってしまった。魔術でどうにか散らして調整はしたのだが、それでも大雨の勢いが止まるまではもう少し時間が掛かりそうだ。

　リノア達は傘を用意しており予備の分を貸してくれたが、雨が凄まじすぎて完全には防ぎきれない。大粒の雨を受け、身体から熱が奪われていく。冷気が確実に俺の体力を蝕んでいた。メアが肩を貸してくれなければ、雨粒に打ち倒されていたことだろう。

「さ、寒い……マジで寒い……」

　俺とは違って、魔術師達はなんとも元気なことだった。

「雨だぞ！　うはは、本当に雨だ！」

「イカロスの奴、さぞ悔しがるだろうなあ！　戻ったら真っ先に顔を見てやらなくちゃ！」

　……なんであの人達、あんなに元気なんだ？　魔術師ってもっと身体弱い人ばっかりだと思ってたんだけど、俺だけなのか？

　俺は空いているスペースに向けて杖を振るう。

「ঔ《運べ》」

　魔法陣が浮かび、大きな黒いオーテムが現れる。毎度お馴染みのアシュラ５０００である。俺はメアから腕を外し、アシュラ５０００の口へと入り込む。アシュラ５０００の内部にはちょっとした空きスペースがあるのだ。ここならば、雨風は当たりはしない。

「アベル……？」

「বাধাসতৃজা《結界展開》」

アシュラ５０００が、暖かな光を纏う。それに伴い、内部の温度も上昇していく。

俺だけ完全防備で悪いが、この状態で帰らせてもらう。アシュラ５０００をそのまま自動モードにし、錬金術師団と共にファージ領の村へと向かった。濡れた身体で生ぬるいオーテムの中にいるのはなんとも気分が悪かったが、この大雨の中を出歩くよりはずっとマシなはずだ。ガタゴト揺れるのも合わさって、あまりいい心地ではなかったが。次は地面を擦って等速運動をするオーテムを彫っておこう。

「……ああ、リノアさん」

帰路の途中、俺はアシュラ５０００の内部からリノアを呼んだ。

リノアが近づいてきて、やや警戒気味にアシュラ５０００の口から俺を覗く。

「なに？」

リノアはやや顔を顰《しか》め、「生温か……」と小声で続ける。

「いや、外部からファージ領に何か仕掛けてる人間がいるかもしれないってこと、できればあんまり広めないでほしくて」

俺は他の人に聞こえないよう、声を潜めて言う。リノアは、雲寄せの魔術に対する妨害があることに、うっすらと気が付いていたようだった。あの露骨な雲の動きを見て、完全に裏付けられただろう。

「あの空見たら、勘のいい領民なら気付き始めててもおかしくないけど？」

「なるべく誤魔化す方向で動いておいてほしい。個人的に俺が疑ってる奴がいるんだけど、もしも当たってたら、ちょっと厄介なんだ。下手に追い詰めたら、何をするかわからない位置にいる。泳がせて自発的に逃げてもらうか、仕留めるなら一気に仕留めたい」

「……誰？」

「俺が個人的に疑ってるだけだし、外してて下手に広まったら大変なことになるから、まだ話したくはない。あと……領主さんにも、黙っておいてほしい」

どういう過程かは特定できないが、領主と私兵団の間で決めた作戦が、事前に漏れていたことに間違いはない。だからこそ、集合地点をハーメルンに狙われたのだ。たまたま漏らしてしまっただけかもしれないが、領主側の人間の中に敵が潜り込んでいると俺は睨んでいる。

「…………」

リノアは少し黙ったが、「わかった。あーしから、団員にもそれとなく伝えておく」と返してくれた。さっきの実績で、多少は信頼を得たのかもしれない。

村に戻ると、領民達が傘を差して集まっていた。雨は調整の効果が現れ始めてマシにはなってきているとはいえ、よくもこの天候の中これだけの人数が揃ったものだ。皆、表情は一様に明るい。

「リノアの一派が戻ってきたぞ！」

「やっぱりあいつらが降らせたんだな！　ついにやったんだな！」

外の様子はよく見えないが、歓声があげられており、その中にはたびたびリノアを讃える声が混じっている。イカロスが散々リノア達に雨乞いを押し付け、責任逃れのために広めてくれたおかげで、逆に成果を挙げたのが誰なのかわかりやすくなったのだろう。

「この人の協力で……この人……」

リノアが、言い掛けた言葉を途切れさせる。困惑というか、何か迷っているようだった。外の様子が見えないので、何を悩んでいるのかいまいちわからない。何が起こったのだろうと思い、俺は身を屈《かが》めてアシュラ５０００から首を出そうとする。

「人……？」「人っていうか……え、人？」

「なんだあの不気味な人形」「あれは俺の命を救ってくれた戦神様だぞ！」

……だいたい察した。俺はそうっとアシュラ５０００から身体を出した。

「あ……誰か、傘持ってきてもらえます？」

俺の呼びかけに応じるかのように、大きな人影が他の領民達を押し退けて前に出てくる。その乱暴な手つきに倒された領民が文句を言おうとするが、その人物を見て口を手で押さえて黙る。

俺にとっても見覚えのある男だった。錬金術師団の団長、イカロスである。

大分機嫌を損ねているのではないかと思っていたが、顔に皺を浮かせ、満面の笑みを作っている。気色悪いほどに。取り巻きの魔術師達を後に連れながら、ズンズンとこちらへ近づいてきた。

「おお、おお！　素晴らしい！　あれほど難航していた雲寄せの魔術を成功させてしまうとは！　流れ者が一人加わっただけで成功させてしまうとは、いやいや……私の教育不足が浮き彫りになってしまったようで、不甲斐ない……そう思わないか、リノア副団長？」

イカロスが大きな声で言う。先ほどまで明るい雰囲気であった領民達も、水を差されて空気が悪くなっていく。

「もっとも、あれほど干ばつ続きだったのだから……雲の流れからしても、そろそろ何もせんでも降る頃だとは思っていたが……や、そんなことは関係ない！　めでたいことに違いはない！」

　この場を支配していた熱は、ほとんど冷めきっていた。イカロスの魔術の腕は見たことがないのでなんともいえないが、とりあえず嫌がらせは一流だということはよく再認識した。この雨乞い騒動だけで決着がつくのではないかと甘いことを考えていたが、これくらいではイカロスを退かせるにはまったく足りないようだ。こいつを短期間で引き摺《ず》り下ろすのは、思ったより苦労しそうだ。

　強引に動けば、死なば諸共と盛大に禍根を残していってくれそうだし……成果を出そうにも、毎回こうやって潰されていては堪ったものではない。領民の大半は魔術に関する知識が浅いから、結局権威のあるイカロスに後付けで誤魔化されてしまう。

　せっかく人が集まっているこの場だ。何か、付け入る隙を作っておきたい。

「……よく言いますね、今まで責任を被るのが嫌で、リノアさんに押し付けていたっていうのに」

　俺はアシュラ５０００から這い出ながら言う。雨が身体に当たる。メアがそそくさと俺の横に移動して傘を差してくれた。

「んん？　俺がリノアに、押し付けた？　ははは！　そんなふうに聞いていたのか！　いいか、俺は魔術での領民への水の供給と、新たな作物の開発で忙しいのだ。こっちの方が、急を要するからな。だというのに、散々ヘマをやらかした挙句……俺が押し付けたなど、そんなことを言っていたのかリノア殿は！　いや、感心せんなぁ……」

　イカロスは言いながら、取り巻きの魔術師達を振り返る。彼らもイカロスの言葉に相槌を打ったり、嫌な類の笑いをリノアに向けたりしていた。リノアの部下の魔術師達は俺を見て、必死に手振りで下がるように指示を出してくる。

「アベル殿！　気持ちはわかりますけど、ここは退いた方が……」

確かに、イカロスの屁理屈オヤジに口で勝つのは難しそうだ。しかしここで布石を置いておかなければ、短期決着は望めない。

俺は口惜しさを堪えきれないと言わんがばかりの表情を作って唇を嚙み、再び突っかかる。

「そ、そんなに時間が掛かるものなんですか！　その……作物の、開発は。自分は、そっちの方面には明るくはないので、よくはわかりませんけど……」

最初は意気込み、途中からやや語調を弱める。一瞬イカロスの口許が緩んだかと思うと、次の瞬間には怒りの形相へ変化していた。

「よくわからないのなら黙っておくがいい！　俺を侮辱しているのか？　作物の開発に、時間が掛かるのがおかしい？　はぁ？」

イカロスは俺の言葉を恣意《しい》的に曲げて繰り返した。俺は、おかしいなどとまでは言ってはいない。

「そんな簡単に効率よく育つ作物が開発できれば、とっくに世界中を埋め尽くしておるわ！　魔術によって、新たな種を生み出す……神の領分をも侵す、錬金術の極致だぞ？　貴様は、神か何かにでもなったつもりか！　魔法術式に関してだけではなく、自然界についての深い知識も必要とされる！　賢者と称される俺の知識を以《もっ》てして、ようやくスタートラインに立てはする！　だが、膨大な知識の中から更に膨大な仮説を立て、そこからあらゆる結果を考えての試行錯誤の繰り返し！

植物は育つのも遅いため、結果を知るのにもまた時間が掛かる。こういった錬金術の困難さは、歴史書から魔術書、様々な書物で言及されているというのに……」

イカロスが大声を立てて怒鳴る。俺は驚いて言葉を返すのも忘れ、唖然《あぜん》と聞き入る。

「それを……それを、時間が掛かるのがおかしいだと？　おかしいのは貴様の頭だ。貴様、本当に魔術師か？　というか、これまで何をして生きてきた？　ああ……こんな、こんな……はぁ……。ナルガルンの首を拾って来たし、魔獣の間引きでも貢献したというから多少は腕の立つ者かと思っていたが……浅い、浅い、魔術への認識も、そもそも根本的な地頭も悪すぎる……はぁ……」

首を拾って来た、という言い方が、暗に『倒したのではないだろう？』とでも言いたげなふうだった。自分が疑っているというよりは、領民達の考え方をそういった疑惑へと誘導することが目的のようだった。

「い、いえあの……」

「ああ、もういい、もう、もういい、喋るな。はぁ……」

イカロスは領民達に見せつけるように落胆を示し、身体を翻して去って行く。その後に続き、取り巻きの魔術師達もついていく。

「いや、同じ魔術師として恥ずかしいですねイカロス様」

「魔術といっても、魔法陣を好きに調整できる賢者と、そうでない魔術師では大きな開きがあるが……いや、いっそここまで無知とは……」

最後の最後まで、嫌味を残していってくれた。領民達の視線が突き刺さる。この場の最悪の空気、どうしてくれようか。

リノアの部下の魔術師の一人、ジャガーが俺の肩へと軽く触れた。

「アベル殿よぉ……腹の立つ気持ちはわかるけど、あれを言い負かすのは絶対に無理ですぜ。反論したって、こうなるのがオチだ」

ジャガーも経験があるのか、苦々しそうに口を歪めた。

「ああやって、嫌味の応酬で隙を作ってから怒鳴ってペースを奪うのが常套手段なんだよ」

やっぱり、あのわざとらしい怒鳴り声は演技か。弱気を装ったら口許が笑ったから、怪しいとは思っていた。

「……本当に、嫌な奴でしたね。でもアベルにしては、早めに引きましたね。メア的には、アベルは魔術のことだったら、もうちょっと怒りそうな気がして……いえ、粘ってほしかったわけじゃないんですけど」

俺も抑えた。

というより、さっきの場は、イカロスから言質を取るため、敢《あ》えて隙を作った。あそこまでことぞとばかりに叩き込んでくるとは思わなかったが、言われれば言われるほど都合がよかったので、さして腹は立たなかった。

「無駄ではありませんでしたよ。言質はしっかり取りましたから」

「ああ？　言質……どういうことだ？」

口で勝てなければ、負けることを前提に動けばいい。勝ち筋が見えれば、それが地雷だと思わなければ、突っかかってくるはずだと考えていた。

俺は先ほどの言い争いで、わざと魔術での新たな植物の開発にまったく知識がないように振る舞った。それに対してイカロスは、ここぞとばかりに如何《いか》に魔術で新たな種を作ることが難しいかを熱弁してくれた。

「明日中に、イカロスのグループより先に新しい作物を開発しましょう」

作物開発はイカロスの権威を保つ最後の砦である。ラルクも確か、そういうふうに言っていた。領民の希望である作物開発という課題を抱えているからこそ、これまでの振る舞いがすべて容認されてきたのだ。この点を崩せば、イカロスの派閥や支持は崩壊するはずだ。

ナルガルンの首を引き渡す約束の日付は明後日である。それまでにイカロスの権威を奪うには、明日中に作物開発を熟すしかない。言い逃れの目も潰すため、イカロス自身の口から散々作物開発の困難さについて述べてもらい、ついでに対立関係もはっきりと示してもらっておいた。俺もまるっきり腹が立っていないと言ったら大嘘になるし、せいぜい自分の言葉で苦しんでもらおう。

「な、なぁっ!?　明日中に!?」

俺の言葉を聞き、リノアの一派の魔術師達が、皆声を揃えて驚く。とりあえず領民達の視線と雨が気になる俺は、そっとアシュラ５０００の口へと入って隠れることにした。

7

リノアとその部下の魔術師を引き連れ、ラルクの館へと戻った。リノアが執務室の扉を叩く。

「む、すまぬが少し……十分ほど後にしてくれ」

ラルクからの返事が聞こえる。

「今は忙しいみたいですね」

俺が声を出すと、中から騒々しい物音が聞こえる。ラルクが椅子から立ち上がり、扉へ近づいてきているようだ。リノアが扉の前から退くのと同時に扉が開けられ、ラルクが現れた。

「リノアと……おおっ、君か！　うむ、やはり合流していたのだな！」

……一応領主なんだから、もうちょっとどっしりと構えていてほしい。俺の機嫌を損ねないか気を遣っているのだろうか。だとしたら、居心地が悪いからやめてほしい。

執務室の中を覗くと、扉近くにユーリスが立っているのが見えた。恐らく机を挟んで二人で話をしていたところ、ラルクが扉の方へと歩き始めたのでユーリスもその後を追いかけたところだったのだろう。

「……あの、先客がいたのでしたら、後にさせてもらいますけど」

「あ、ああ、だったら助かるのだが……えっと……」

ラルクがそうっとユーリスの顔色を窺うように振り返る。

……この人もそういや、元冒険者で今は私兵団のトップを務めていて、ファージ領の危機をどうにか遅らせてきた最大の貢献者だって聞いたな。ユーリスにも頭が上がらなかったりするのか。

「わ、私はその……別に、そこまで大事な用ではありませんでしたから……」

ユーリスはラルクから目を逸らし、視線を床に落とす。

「え……いや、でも……」

「いえ、お気遣い、ありがとうございます……」

やや早口に言って礼をし、そそくさと出口へと向かう。俺達と顔を合わせると礼をし、早歩きで去って行ってしまった。

「……何の話をしていたんですか?」

尋ねていいのか悪いのか判断がつかなかったが、好奇心に負けてそのまま疑問が口に出た。

「ああ、いや……私兵団員の多くが、一度ファージ領を出たいと口にしていて……それはまぁ、予想していたことなのだが。そのことについて私が不安がっていないか、様子を見に来てくれていたのだ。自分は何があっても残るから、安心してくださいと言ってくれてな」

ラルクは赤毛の髪を人差し指で掻きながら、ユーリスが走って行った方へと目をやる。俺も同じ方へと目をやった。すでにユーリスの姿はない。

……や、やっぱりタイミングが悪かったか。

ラルクがユーリスを気遣う素振りを見せていたり、ユーリスの言葉がややぎこちなかったりした意味もわかった。話を区切り難い空気であったことが容易に想像できる。え、ていうか、ひょっとして恋仲だったり……。

「あそこまで恩を感じる必要などないのだがな。ユーリスに助けられたのは、私の方だというのに」

ラルクがしみじみと言う。その言い方に特に含みは感じなかったので、あっさりと俺の仮説は崩された。ユーリスの方はともかく、少なくともラルクにはまったくそういう意識はなさそうだ。

「領主さんもそうですけど、ユーリスさんも幸薄そうですね……」

俺と同じことを考えていたらしいメアが、小声で洩らした。ラルクには気付かれないよう、小さく頷いた。

「……あれ、そういえばマリアスさんは？」

使用人にしては、館を出ている頻度が多いような気がする。最初に会ったときはラルクの自殺を全力で止めていたりと、大分仲がよさそうに見えたのだが。

「ん？　え、ああ……マリアスには、買い出しを中心に、外出の用事を任せるようにしているんだ」

顔を赤らめ、照れを隠すように苦笑いを浮かべる。ユーリスの話のときとはえらい違いである。

「そ、そうですか……」

「……あの娘はナルガルンのせいで、父親を亡くしていてね。まだ気持ちの整理もついていないようだから、なるべく墓参りの機会を作ってあげたいんだ」

本人のいないところで勝手に広めるような話ではなかったね、とラルクは口許を押さえる。マリアスが外出の用事の合間に、父親の墓場に寄れる時間を作ってあげているのだろう。……その気遣いを、もうちょっとだけでいいのでユーリスさんにも回してあげてください。

廊下での話し合いもなんだと執務室の中へ移動し、ようやく本題に入ることができた。

「実は、以前保留になった申請書に判をもらえないかと」

俺が切り出すと、ラルクの顔がわかりやすく引き攣った。どうにか笑みを象ってはいるが、心中での葛藤がうっすらと窺える。

俺は以前、三十八枚の申請書をラルクに提出し、その内五枚に保留の判断をもらっている。三十八枚中のたった五枚とは思うかもしれないが、魔術に関する大事な部分が多く、イカロスとの短期決戦を目指すに当たり、やや足枷《あしかせ》になっている。

「…………」

「何も全部、とは言いません。多分、この申請書を見て、警戒してこっちの許可を出すのも怖くなっちゃったんですよね」

一枚の紙を五枚の中から抜き取ってラルクに見せる。

「……あ」

図星だったらしく、紙を見ながらぽつりと言葉を漏らす。俺は更にもう一枚、やや危なく見られかねない申請書を外す。

「この三枚……今、この場で判をもらえませんか？　実は先ほど領地に帰ってきたとき、つい熱くなってイカロスと揉めてしまい、やや立場を悪くしてしまいまして……。どうしても、早急にこちらの許可が必要になってしまいました」

「でもアベル、わざと受け身になって煽らせたって……」

俺はメアを振り返り、目を見ながら小さく首を振った。メアは何かを察したように黙った。

「……は、半日ほど考えさせてくれないか？」

「今は一刻を争います。それだと、領地復興の大きな障害であるイカロスを取り除く機会は、多分半年ほど先延ばしになるかもしれません。ナルガルンの首も持っていかれてしまいます」

「う、うう……そう、だよなぁ……」

ラルクは頭を押さえ、肘を机に置く。俺から三枚の申請書を受け取り、目を細めて中身へと目を通す。

「う、う〜ん……」

内容の再確認は時間稼ぎで、今の間に答えを出したいと、そう考えているようだった。

ラルクが悩むのは想定済みである。そのためにリノアを連れてきた。

「その三枚に関しては、まず問題はない。アベル殿の滞在日数の浅さが気になるなら、あーしの方に主導権限を出してもらえれば」

リノアが手を挙げて言う。

「アベル殿は単純な威力だけじゃなく、複雑な魔術に関してもあーしより遥かに理解がある。信頼してもいい」

「なるほど……リノアがそこまで言うのなら……」

ラルクが俺へと手を伸ばす。よし、憂いは取り払われた。俺は心中でガッツポーズをしながら、ラルクへと三枚の申請書を渡す。

「因みに、リノアさん的にはこっちの二枚は……」

また援護射撃がもらえないかと、期待の眼差しを向ける。無言で首を振られた。

「これは何について書いてあるんですか？　やけに勿体ぶった書き方で、よくわかりませんけど……」

リノアの部下の魔術師が、俺の申請書を覗き見て首を傾げる。

「一歩間違えたら、戒律違反で王国騎士団が領地ごと焼き払いに来る」

リノアが言った瞬間、執務室内中の視線が俺に突き刺さった。ラルクもそこまで酷いものだとは理解していなかったらしく、判を持っていた手を止めて顔を青褪《あおざ》めさせる。

も、もうちょっと信頼してくれても……。

8

ラルクからの許可をもらったところで、作物開発に取り掛かることにした。

リノアに連れられ、彼女の自宅地下にある研究室に移動した。イカロスの嫌がらせを受けないため、ラルクから地下室のある空き家を譲ってもらったそうだ。

地下室の壁は石造りであり、壁に設置された棚には薬品やら魔術の触媒やらが瓶に詰めて保管されていた。イカロスの目を盗んで密かに集めていたそうだが、無理難題をよく押し付けられていたため、実際にここを使って開発へと取り掛かる時間はほとんどなかったらしい。

「自分に任せてください。故郷で似たようなことを熟していましたから、経験がないわけではありません」

オーテムの上に座り、彼らにそう説明する。雲寄せの魔術での活躍を目前にしたばかりだからか、どこか心酔さえ窺える様子だった。

「オーテム彫りは、あらゆる魔術の下地となる訓練ですからね。魔力を秘めた自然と触れ合うことで、自身の魔力の向上に繋がります。更には空間把握能力、集中力を高め、魔術の精度、魔術への理解を深めることができます。オーテムを俺と同じくらいの時間彫り続けていれば、これくらいにはすぐ到達できますよ！　多分！」

ここぞとばかりにオーテムの有用性を売り込んでおく。彼らとて魔術師、自身の魔術の向上に興味がないわけがなく、ごくりと唾を呑むものもいた。

「一応、自分の故郷の秘術ですからすべてを……というわけにはいきませんが、余裕ができましたら、一部だけでもこの地に広めさせていただこうかと考えています」

おおっと魔術師達から、喜びの声が上がる。摑みはオッケーだ。別段隠してたわけではなく単に他所《よそ》との交流が薄かっただけだけど、まぁ嘘ではないだろう。これで希少性のお得感をちょっとでも煽ることができたはずだ。

イカロスの地位を貶めた後は、オーテムを利用してイカロス派の魔術師を取り込む。そのための基盤をリノア一派内で築き上げておかなければならない。

「明後日までには、イカロスと決着をつけなければいけません。明日中に、なんとしても新たな作物を開発しましょう」

　魔術師達は明日中という言葉には引っ掛かりを覚えている者が多いようだが、実績を作ったばかりであることと俺の自信を見てか、横槍を入れる声は出てこなかった。

　リノアが数枚の紙を懐から取り出す。

「それは?」

「……イカロスの作っている、作物開発の研究報告書の写し。これを改良した案を出して、どうにか目に見える結果を用意することができれば、イカロスの発言力を貶められるはず」

　既にそういったものを用意していたのか。手の内もわかっているのならば、かなり有利に動くことができる。俺はリノアから研究報告書を受け取り、目を走らせる。

「……これ、報告書ですか?」

「……一応」

　報告書は、かなり雑な省略が所々になされていた。敢えてぼかして書かれているようなところも多い。俺もラルクを誤魔化すためにちょっと複雑めに書いた部分はあったが、あれは報告書の体裁を保っていたという自信がある。これは保っていない。独自の記号や省略も多く、報告書というよりも私的なノート状態だった。

「あーし達は開発には触らせてもらっていないから、詳しくはわからない。でも、何度か目を通して理解はしようとしたから、部分的な説明ならできるはず……」

「いや、それは別に大丈夫ですよ」

「ん？」

リノアが首を傾ける。

「だいたいわかったんで、大丈夫です。そんな大したことは書いてなさそうですし……」

「そ、そう……」

リノアは、少しがっかりしたように肩を落とす。

イカロスの報告書は、ファージ領で元々育てていたラッズ芋を改良し、干ばつや魔草に強く、従来種よりも大きく、早く育つイカロス芋の開発を目標としているようだった。名前はどうよと思ったが、開発が成功した暁に自分の功績をアピールするのに、これほどシンプルかつ強力な方法はないだろう。こういうところは本当にちゃっかりしている。

イカロス芋には、干ばつと魔草に強い利点を持たせようとしていたようだ。この領地に合わせた利点だ。従来種よりも大きく、早く育つ……とも書かれているのだが、こちらは報告書を読んでいる限り、開発の進行が滞っているために生じた領民達の不満を誤魔化すため、適当に付け加えただけのように思える。そっち方面に具体的な開発の着手を行っている部分が見られないのにやたら誇張しており、頻繁に言及している。

そして肝心な種芋に組み込む魔法陣はぐっちゃぐちゃのめちゃくちゃである。見ていられない。錬金術関連の魔法陣を、部分部分半ば勘で繋いでいるだけである。これに何か意図があったのなら教えてほしい。こんなのをわざわざ作って植えて育てて結果を待っていたら、一万年掛かってもまともな作物を開発できないことは明らかである。そりゃ膨大な時間が掛かるわと。

「うわ、こっちのに至っては術式途切れてる……うわ……メア、見てみろよこれ。あいつ、こんなの堂々と提出しといて、よくも人前であれだけ言ってくれたよ。何だこの術式？　芋から光線でも放つつもりだったのか」

「メ、メアに見せられても全然わかりません……ごめんなさい……」

俺がメアに報告書の写しを見せびらかすと、メアが申し訳なさそうに身を縮める。少し気まずくなったので、俺はそそくさと報告書の解読へと戻る。一通り見終えてから、リノアへと報告書の写しを返す。

「……参考に、なった？」

リノアが不安そうに聞いてくる。役に立たなかったとも言いづらいので、俺は言葉を探りながら話した。

「……被って因縁つけられるのも嫌ですから、まったく違うのにしましょうか。今は干ばつも解消されましたから、魔草に強い作物を作ればいいだけですし」

「…………」

リノアも俺の本音は察したらしく、それ以上は何も言わなかった。

「幸い、自分が昔暇潰しに考えたことがあった作物があります。頭の中に記録は残っているので、それをベースに考えて行きましょう。必要になりそうなものを集めたいので、この領地に生息している魔獣や植物を教えてください」

今回の作物開発において一番優先しなければいけないのは、さっさと目に見える成果を出せることだ。成長速度で目を引くとしたら、作れる型はかなり限られてくる。とりあえず明後日だけ取り繕って場を凌ぐという手もあるが、イカロスが今後起き上がる隙を作ってしまいかねない。できればここで完全にイカロスを仕留めてファージ領を攻撃していた人間への本格的な対策を行って追い出し、じっけ……領地開発に専念したいところである。

9

リノアの地下研究所で作業を進め、早くも十時間近くが経った。時刻はとっくに夜になっており、他の魔術師達は皆、げんなりとした表情で作業を行っている。

俺の目標は、ヒデラという魔草と、ファージ領にある既存の作物の配合である。ヒデラという魔草は、異常な成長速度と消化器官の所持という、二つの特徴を持つ。地面や壁を這うように成長していき、テリトリーに入った獲物を花弁で包み込み、消化して根へと栄養を送るのだ。

個体によって大小は異なるが、大きいものならば子供くらいなら丸呑みすることができる。自分より大きい相手も蔓で雁字搦《がんじがら》めにし、囲んで消化液をぶっ掛けて溶かして喰らうこともある。

魔草ではあるが、冒険者支援所などで討伐要請が出ることもあり、場合によっては魔獣と称されるケースもある。機動力がないため、だいたい遠距離から焼き払われてお終いとなるが。

ヒデラと作物を掛け合わせれば、頑丈で成長性の高い作物を作ることができるはずだ。族長から昔借りた書物と俺が自分で書いたメモ帳、ファージ領の書物を総動員させ、ヒデラと作物を組み合わせる方法を探っているところである。

今のところ、パーキン（カボチャに似た、橙色《だいだい》のごつごつとした瓜）とヒデラの相性がよさそうだと俺は睨んでいる。

リノアとその部下達には、オーテムを用いたヒデラの栽培を行ってもらっていた。オーテムの内部を彫り抜いて植木鉢のような形状にし、底に俺が錬成した特殊な土を薄く敷き、そこに種を植える。後は適度に餌をやったり、術式に沿って魔力を供給したりする、というのが全体の流れとなる。

これによりオーテムを媒介にして展開している結界と土の魔力によって成長度合いが調整されるため、ヒデラの花が小さく、大人しくなり、安全に種を回収できるはずである。

まずは種を増やしてもらわねば困る。何せヒデラは、ファージ領内には存在しない。手持ちの種を切らしたら、開発は中断となってしまう。

ロマーヌの街にいた頃、興味本位で買った『ヒデラの種』（一袋18粒入り、25万G）がたまたま荷物の中に残っていただけである。人気のないやや寂れた通りで、優しそうな老人が一人で経営してる店だったことをよく覚えている。少し値は張ったが、ここを逃すと手に入らない気がしたので思い切って奮発してみた。

……勘が当たったというか、次に訪れたときには魔法具店に衛兵達が鞘《さや》に手を当てながら入っていくのが見えたので、怖くなってあそこへはもう一度も出向いていないが。

因みに地下であり光が届かないため、強烈な光を目と口から放つ人工太陽オーテムを部屋の中心に置いている。ヒデラはいくら栄養があっても、光の当たっている間しか成長や自家受粉を行わない性質を持っているためだ。

「……そっちの方はどうですか？」

俺はノートに仮説を書く手を止め、魔術師達へと尋ねる。

「…………」

返事がない。皆虚《うつ》ろな顔で、一心にオーテムへと魔力を注いでいる。それだけ役割に没頭しているということだろう、感心感心。俺も魔術の修行中は、よく父やジゼルの声に気付かなかったときがあったものだ。

リノアが丁度ひと段落ついたところだったらしく、黒く縮んだ花弁を剝がし、中にある種を瓶へと詰めているところであった。持ち上げて揺らし、カラコロと音を立てる。

「……ヒデラ、ちょっと危ないんじゃ？」

「いえ、しっかり管理してるから大丈夫でしょう。うっかり外の土に撒いたら大惨事になりかねませんけど。ヒデラは魔獣ではなくて、魔草ですから。魔術学の分類上では正式にそうなっています」

魔獣に生体魔術を施す場合は規制が多いが、魔草の改造についてはかなり緩い。一応規制がないこともないのだが、ラルクへ提出した魔術行使の許可申請書にも隙を見つけて捻じ込んでおいたので、抜かりはない。責められるようなことは何もしていない。

「しかし、思ったより難しいな……いや、間に合わせるけど……」

俺はメモを見返しながら自分に言い聞かせ、瞼《まぶた》を擦る。なんだか妙に身体が重い気がする。

「アベル、大丈夫ですか？　目の隈《くま》、凄いですよ？　ちょっとくらい休憩した方が……」

横で俺の様子を見守っていたメアが、声を掛けてくる。

「時間がないからな。それに、こういうのは慣れてるから」

俺は脱法アベルポーション（ファージ領の条例に合わせて調整した合法仕様）を荷物から取り出し、一気飲みする。

「あー、頭冴えてきた……うん、視界がぼやけない、はっきりしてる」

「さっきまで視界ぼやけてたんですか!?　やっぱり休んだ方がいいですって！」

そういうわけにはいかない。開発が遅れれば、それだけイカロスをのさばらせてしまう。俺があれだけ言いたい放題言われても耐えられたのは、後で全部イカロスにそのままそっくりお返しできると考えていたからである。一秒でも早く撤回させたいのが本音だ。もしも開発が明日に間に合わなければと思うと、正直気が気ではない。

「そうだ、このポーション、皆さんいりませんか？　集中力向上、眠気や苦痛の撤退、魔力上昇、様々な効果がありますよ。ちょっと副作用がしんどいかもしれませんが」

「本当にアベル、大丈夫なんですよね!?　ね!?」

メアが俺の肩を摑んで揺らす。

「大丈夫だって、そんなに心配しなくても……」

そこまで喋ったとき、何かが鼻へとせり上がってくるような感覚がした。俺がつい言葉を途切れさせると、メアが不安そうに俺の顔を覗き込む。

「アベル……？」

「ひゅっ……くしんっ！」

俺は下を向き、くしゃみをした。

「やっぱり、あんまり体調よくないんじゃ……」

「……大丈夫、だとは思うが一応病魔避けのオーテムを彫っておくか」

雨のせいで少し身体が冷えたから、体調が狂ったのかもしれない。こんなときに不要なタイムロスを負うわけにもいかないし、病魔避けのオーテムで適当にどうにかするか。どうとでもなるだろう、これくらい。俺も昔ほど病弱というわけでもない。

10

研究室に籠ってから丸一日近くが過ぎ、時刻は昼過ぎとなっていた。研究室内はすっかり蔓塗《まみ》れになっている。壁に身を埋めている蔦もあれば、箪笥《たんす》を貫いている蔦もある。ヒデラに嚙まれて治療所へ運ばれた魔術師もいたが、まぁ問題はあるまい。

多くの失敗作を乗り越えた成果があり、ついにヒデラの成長性を持ったパーキンを作りだすことに成功した。オーテムの頭から垂れた蔦が床へと伸びて周辺を覆い、真っ赤な花をいくつもつけている。赤い花のすぐ下の茎はぷっくりと丸みを帯び、赤紫に変色している。この部分に瓜がつくのだ。

「できましたよ錬金術師団の皆さん！　ついに、完成しました！　とりあえずはこれでいけるはずです！」

俺が付きっきりで魔力を供給すれば、五分と経たぬ間に種から花をつけるまでに至る。土地の魔力だけに任せても、種から花をつけるまでに一時間もあれば十分だろう。

なにせこの領地には、花枯らしと呼ばれる魔草が蔓延《まんえん》している。花枯らしは土を経由し、周辺の植物の魔力を奪って枯らしてしまう性質がある。これは領地の不作の問題の一つとなっていた。

しかしこの特製パーキンは、周辺の小さい虫や雑草を根ごと喰らって自らの糧にしてしまう。ヒデラの食肉植物としての特徴を残し、調整しておいたのだ。特性パーキンが大々的に育てられるようになれば、文字通り根こそぎ花枯らしを喰らい尽くしてくれるはずである。パーキンの餌がなくなったときには花枯らしも滅んでいるという寸法だ。

「…………」

ようやく完成したというのに、皆押し黙るばかりで、反応が乏しい。不気味に思って振り返ってみると、錬金術師団の魔術師達は、虚ろな目で自分の担当しているヒデラの様子を記録しながら、ぶつぶつと小声で何かを呟いている。

「ちょっと……リノアさん、大丈夫ですか？　何かあったんですか？」

とりあえず、近くにいたリノアの肩を摑んで揺さぶってみる。

「もう……無理……」

リノアは手からノートを落とし、その場に仰向けになって倒れた。ばたんと、大の字に腕が開かれる。

「メア、何か妙だぞ。イカロスに何か薬でも盛られてたんじゃ……」

俺は横にいるメアへと声を掛ける。

「多分……寝不足だとメアは思いますけど……」

メアが目を擦りながら、力なく言う。目の下にはうっすらながら、隈ができていた。

「おかしいな……ちゃんとポーション配ったのに」

完成が間に合うかどうか不安だったこともあり、俺のお手製ポーションを錬金術師団の皆に振舞ったのだ。あれさえ飲めば、一日やそこらで倒れるはずはないんだが……。この領地で許可されている薬草や魔草を調べ、急ごしらえで作って用意したものなので、想定していた効能を十分に発揮できなかったのかもしれない。

「集中力が限界だったんじゃないですか？　魔術って、かなり神経使うんですよね？」

確かに魔術には集中力を要するし、それ相応に神経をすり減らすこともある。メアには序盤はオートテム彫りを手伝ってもらい、中盤以降は錬金術師団の魔術師が取ってくれたデータの整理、報告を行ってもらっていた。その分、彼らに比べて疲労が少なかったから比較的元気なのかもしれない。

「ちゃんと集中力が限界を迎えないように作ったつもりだったんだけどな。興奮作用の強化と……後は、疲労感を麻痺させてみるか？」

「……集中力の限界を迎えなくなるのは不健全だと思います」

「まぁ、とりあえず完成したから……しばらく休んでおいてもらおう。その間に俺はラルクさんへの報告を済ませておくか」

　領民を集めてもらい、今日中に発表の場を設けてもらわないといけない。それまでリノア一派の連中には身体を休めておいてもらわないと困る。特にリノアは、今回の作物開発の名目上のリーダーである。形式上とはいえ領主に許可をもらっているのはリノアであるし、それに長くこの地にいたリノアを立てておいた方が話を進めやすい。

　俺が雲寄せの魔術を使ったとき、イカロスは領民達の魔術への知識が薄いのをいいことにリノアへの不信感を散々煽っていた。ここでイカロスと同じ分野でリノアが結果を出せば、イカロスが前回いい加減なことを言っていたことの裏付けにもなる。

　水の配給と作物開発への期待があったからこそ、領民達も弁が立って態度がデカいだけのイカロスを許容して来たのだ。今となってはもう、ただの口だけで態度のデカいオッサンである。あの人にはそろそろ退場してもらおう。俺としても散々言われた恨みがあるし、たっぷり意趣返しさせていただく。

「名前はどうしようかな……何かあった方が広めやすいし。そういやイカロスはイカロス芋を開発してるんだったな。こっちも対抗して、リノア瓜にするか」

　これならこちらが開発したことは一目瞭然だし、イカロスにも精神ダメージを与えやすいだろう。俺の名前はやっぱりなんか恥ずかしい。イカロスほど思い切れる自信はない。

　アベルポーションと違ってこっちは大きく広まることが前提である。この先、領外への輸出も考えられる。それにアベル瓜はちょっと無理……というか、嫌。

「リノアさん、名前借りていいですか？」

「……」

仰向けになっているリノアの首が、わずかながらに左右に揺れた。

やっぱり嫌か、そりゃそうか。オーテム瓜あたりにしておくか。これならば、瓜を広めると同時にオーテムの宣伝を行うこともできる。オーテムを餌に、イカロス派の残党の魔術師を根こそぎ引き抜けるはずだ。

「あっ！　アベル！　上、上！」

メアが顔を真っ青にして叫ぶ。ぱらりと肩に砂が落ちてきたので、咄嗟《とっさ》に顔を上げる。

「オオオオオオン！」

天井を突き破り、頭上から真っ赤な花が俺を強襲する。どうやら魔術師の誰かが開発していたヒデラの一つが、壁を伝って天井にまで移動していたらしい。

「ちょっ、杖……杖っ！」

地面に置いた杖を拾おうと身を屈めるが、俺の肩を蔓が搦め取る。蔓が俺を持ち上げようとしたところで、矢が蔓を射抜いた。蔓が千切れ、床に落ちる。俺は杖を拾い、振り向きながら振った。

「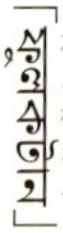《花よ枯れろ》」

俺を強襲していた花が、端から順にみるみると水気を失っていく。あっという間に茶色掛かり、拉《ひしゃ》げていく。天井の穴から逃げようとしていたようだったが、引っ込むよりも先に枯れ果てて動きが止まり、砕けた。蔓と葉の破片がぱらぱらと振ってくる。

「……思ったよりも危ないな、失敗作は全部枯らしておかないと。いや、メア、マジで助かったわ」

弓を構えて、冷や汗を浮かべているメアへと礼を述べる。メアは地面の蔓の残骸を見直し、ようやくほっとしたらしく弓を降ろす。それから表情を輝かせてパタパタと手を動かす。

「メア、メア、役に立ちましたか！　よかった……弓、練習してて……」

手で、そうっと愛おしげに弓を撫でる。そ、そんなに気負わなくてもいいんだけどな……。

11

早速ラルクに話を通し、広場の場所を陣取って研究成果の発表を行うことにした。

急だが、イカロスとの約束の日は明日である。今日中に決着をつけねばならない。

私兵団を動かしてもらい、領全体に話を広めてもらった。予定時刻になる頃には、三百人以上の領民達が集まってきていた。今日来ていない人達にも、彼らの口から耳に入ることだろう。

三百人の人混みの中心にいるのは、俺とメア、リノア一派の魔術師六人組である。一応、警備に来てくれた私兵団の団員が二名ほど俺達の近くにいる。他にも何人か人混みの整理に当たっているようだった。

「なんだ、ようやくイカロス芋が完成したと聞いてきたのに、イカロス様はいないのか？」

「これから来るところだろ」「顔ぶれもなんだかおかしい気がするんだが」

面子《メンツ》に不満があるのか、領民達は不安気にざわついている。領民達は皆、錬金術師団がついに作物を完成させたと聞いて、イカロスの派閥に違いないと思い込んでいたようだった。

「期待して来たのに、どういうつもりだ！　こっちだって暇じゃあないんだぞ！」

中には罵声に近い言葉も混じっている。

「……そういえば、あのイカロスって人いませんね？　呼ばれてなくても真っ先に駆けつけてきそうなのに」

メアが手で双眼鏡を作り、群衆を見回す。メアの目線を追うと、人混みを掻き分けてこちらに近づいてくるラルクとユーリスが見えた。ラルクがこちらに手を振る。

「言われた通り、急ぎの仕事をでっち上げてイカロスの方に回しておいた。今は研究室の奥に籠っている。イカロスは部外者が研究室に入ると恐ろしく不機嫌になるから、わざわざ中に入ってこちらの様子を知らせる者はいないだろう」

それに領民の様子を見ている限り、この発表の場自体イカロスが開いたと思い込んでいる人ばかりのようだ。知らせに行く理由がない。

とはいえ、イカロスの耳に入る可能性はゼロではない。これは時間が稼げたらいいな、程度の牽制である。

「そ、そんな根回ししてたんですか……」

メアが若干引き攣った顔で笑った。

「念には念を、な。ありがとうございます、ラルクさん」

「……とはいえ、急いで取り繕ったものだから、本格的に進めればすぐにおかしいと思うはずだ。外の様子を何かで勘付くかもしれないし」

「出鼻を挫かれるのが嫌なだけだったんで、大丈夫ですよ。イカロスが来るまでに空気を固めておきましょう」

　イカロスの警戒すべき点は口の上手さであるが、逆に言えばそこくらいだ。研究報告書を見ている限り、大した魔術師ではない。領地が不安定な間ならば上手く領民の希望になることでファージ領を支配できていたかもしれないが、皆が冷静になってメッキが剝がれればただの人である。

「……あんまり、あの人、舐めて掛からない方がいい」

　俺の気持ちが緩んでいるのを察してか、リノアが口を挟んできた。

「あ……はい、気は引き締めておきます」

「連弾のイカロスといえば、二十年ほど前はディンラート王国内でその名前を知らない魔術師はいなかったそうだ。当時、私はまだ小さかったからよく知らなかったが、父がイカロスを見たとき、腰を低くして擦り寄っていたのを覚えている」

　ラルクが苦々しそうに言う。話を聞いて納得した。妙に深く根を張っていると思ったら、そんな昔からここにいたのか。

「あいつがこの領地に来たとき、私の父が、あわよくばこの地の専属の魔術師になってもらおうと熱心に接待していたのが事の始まりだ。以来増長し続け、私の代にまで残る悩みの種になっている」

「前代からでしたか……」

そりゃラルクよりも影響力があるわけだ。

「元より、イカロスは研究向きというよりは実戦向きの魔術師だ。対人能力の高さが評価され、Λ級冒険者候補にまで上ったことがあると、自慢げに話しているのを耳にしたよ。面倒ごとが嫌だから、父に錬金術師団の創立を迫り、領地改善のため研究に専念したいという建前で、魔獣討伐にはほとんど顔を出さなくなってしまったが……」

思っていた以上にろくでもない……。俺が言葉を失っている間に、ラルクは話を続ける。

「君もかなり腕に自信はあるだろうが、荒っぽいことになるのは絶対に避けてくれ。イカロスが破れかぶれになったら、何を仕掛けて来るかはわかったものじゃない。私兵団を召集したのは人混みの整理という建前だけど、イカロスが暴力に打って出てこないための抑止力というのが本音だ」

暴力って……それは少し、考えすぎではないだろうか。そんなことをすればイカロス自身この領地にはいられなくなってしまうどころか、下手をすれば投獄案件である。

「……さすがに、そこまではしないんじゃないですか？」

「イカロスにとっては、二十年間保ってきた天下だろうからね。君が開発したあのリノア瓜……」

「オーテム瓜」

横からリノアの素早い訂正が入った。

「……オーテム瓜は、イカロスの長年の研究を完全に否定するものになる。この場の空気さえ摑めば、イカロスは完全にこの領地での居場所を失うだろう。正直に言うと、私は少し怖くなってきたよ」

そんな馬鹿なことはしないだろうと思っていたが、追い詰めすぎる、ということか。……元A級冒険者候補の魔術師か。ちょっと、どんな魔術を使うのか気になる。

「ええ、わかりました！　後日に会談の席を設け、穏便に妥協点を探り合い、イカロスの影響力、発言力の縮小に留めたいところですね！」

「う、うん」

俺の勢いに気圧され、ラルクが一歩退いた。

「アベル……ほ、本当にわかってますか？」

メアが小声で俺にそう尋ねる。

「ああ、わかっている。必要以上に攻撃せず、追い詰めず、煽らず、だな」

「…………」

俺はイカロスの研究報告書の写しをこの場に持ってきている。魔術の心得がないものでも手を抜いている部分がはっきりとわかるように、丁寧に赤字で訂正を入れまくっている。これをどのタイミングで出すかが重要だな。

「では予定よりも早いですが、そろそろお披露目を始めるとしましょう」

俺はポケットからオーテム瓜の種を取り出し、手に握った。イカロスが来るまでに、イカロスの紋首台を完成させておかなければならない。杖を取り出し、振るう。

「以上《運べ》」

俺の言葉に答えるように、オーテム型の鉢が手許に現れた。世界樹製ではないので転移の魔術で手許に寄せるのは少々魔力が嵩《かさ》むが、ファージ領内程度の距離ならば問題はない。元々魔力量には自信があるし、転移の魔法陣もここ最近、適当に弄っていたら低コスト化に成功したところである。

オーテム瓜は土に埋めても育つのだが、オーテム鉢で育てた方がずっと成長が速い。今回はパフォーマンスが目的なのだから、こっちの方がいいだろう。

12

「集まっていただき、ありがとーございます。此度《こたび》は、あーし、リノア・リベルトの率いる、錬金術師団副団の開発した新種の作物、オーテム瓜のお披露目をするため領主様にこの場を設けさせていただきました」

リノアが代表として前に出て、声を張り上げる。リノアの挨拶に対し、領民達の反応はあまりよくはなさそうだった。

「副団って……錬金術師団のお荷物を纏めて隔離しておくための隊じゃないのか？」

前列にいた小太りの男が、隣の男に確認するように言う。

「内情は知らないから何とも言えないが、団長であるはずのイカロス様の姿もないし……やっぱりなんか変だな」

副団が邪魔者を隔離するための隊、というのは恐らく本当のことだろう。ただしそれは『イカロスから見て邪魔者』を集める隊、という意味になるが。リノア一派に成功の見込みの薄かった雲寄せの魔術を投げていたことからも、それは明らかである。騒めきはどんどんと大きくなっていき、リノアの挨拶もどの程度まで聞こえているのか怪しいものとなった。

「——以上で、あーしからの挨拶を終えます」

リノアは途中から半ばヤケクソ気味に言葉を続け、挨拶を終えた頃には苛立ちと不機嫌を表情に露わにしていた。

「おいイカロス様はどこだ！　おい！」

「本当に、その作物は成果があるんだろうな！　結果が出るまでに時間が掛かると思っての大法螺《おおぼら》だったら、ただじゃおかないぞ！」

リノアは再び一礼し、歩いて他の魔術師達の位置まで下がってくる。

「リノアさん、お疲れさまでした……」

「……それじゃあ予定通り、後はお願い」

ぐったりと疲れ顔のリノアに代わり、オーテム鉢を抱えながら前に出る。オーテムを地面に置く。

「これから見ていただくオーテム瓜は、環境さえ整っていれば、たったの一時間で実をつけるにまで至ります！　少々難点はありますが、とりあえず現状の危機を凌ぐには十分でしょう」

そう言った瞬間、さっきまで煩《うるさ》かった領民達の群れの一部が静まり返った。その後ぼそぼそと噂話をするかのように、隣り合う者同士で話を始める。大声で文句を訴えていた者達も空気が変わったことに気付き、周囲の人に何があったのか、説明を求めていた。恐らく、俺の言葉が聞こえていなかったのだろう。

「……今、なんて言っていた？」「い、一時間で実をつけるって」

「一週間の間違いじゃないのか？　そういう植物の話なら聞いたことがある。実が小さすぎて、実用性がないらしいが……」

少し静かにはなったが、それはほんのひとときだった。すぐにまた声は大きくなっていき、内容も過激なものへと変わっていく。

「ふ、ふざけるな！　そんな作物、あるわけないだろうが！」

「ですから、ないから作っていたのであって……」

「あの白髪、噂の魔術師じゃないか！　作ったって、お前が来てから数日じゃないか！」

「ほら、見てくださいよ俺の目の下！　隈作ってまで時間を惜しんで……」

「馬鹿にすんじゃねぞ！」

思わず反論してみたが、まるで効果がない。向こうの数が多すぎて対処しきれない。具体的に言い返そうと思った頃には、次の暴言が飛んでくる。

ラルクへの仕打ちでわかってたことだが、ここの住人はあんまり行儀がいいとは言えないな。不安な環境の中に閉じ込められていたのだから、ストレスが溜まっているのかもしれないが。

「やっぱりリングスさんの言っていた通りだ！　急にナルガルン討伐だの魔獣の間引きだのといい報告が増えていたのは、あのガキを担ぎ上げて俺達の不満を抑えつけるためのデマだったんだ！

今回の件も含めて、何か裏があるんだ！」

リングス……？　ああ、あの例の宣教師か。叫んでいる男の周辺に目をやれば、慌てふためくリングスの姿があった。

「あ……いや、わわ、私はそこまでは……」

「どうしてですか！　ここまではっきりしたなら、突き付けてやった方がいいじゃないですか！」

「お、落ち着いてください！　何の話なのか、さっぱりです！　ほら……ね？　しー、しー！」

リングスは媚びるような笑みを浮かべつつ、人差し指を唇の前に立てて必死に取り巻き達を諭している。汗を垂らしながらパチパチとわざとらしくウィンクをして合図を送っていた。

胡散臭いとは思っていたが、やっぱり領主の悪口まで広めていたようだ。ラルクも今のやり取りは聞き逃せなかったらしく、リングスの方面を睨んでいる。

領民のメンタルケアや水の配給など、領地の安定にも一役買っていたから布教活動を認めていたのに、裏で領主を貶めようと動いていたとなれば、大問題である。今のが事実ならば、追放処分も生温いだろう。

俺はオーテム瓜の種を取り出し、オーテム鉢の上に蒔く。これ以上は、暴動が起きかねない。とっとと成果を目で見えるように示すことにしよう。嘘だなんだと言っても、実際に目の前ですくすくとオーテム瓜が育てば認めざるをえなくなる。

「《育て》」

俺が杖を向けると、オーテム鉢のぽっかり空いた頭の部分から、どんどんと蔓が伸びていく。鉢を出て地面の上に垂れ、新たな葉ができ、それが目に見えて膨らんでいく。

今度こそ、領民達が一斉に黙った。ある者は口を開けたまま、ある者は怒りで振りかざした腕を上げた姿勢で固まっている。目の錯覚か、夢か幻か。目の前で起こった光景が信じられない、認められないといったふうで、言葉を完全に失っている。

「と……こんなふうに、魔力で成長を促進させれば、あっという間に大きくなります」

沈黙に包まれていた広場には、思ったより俺の声がしっかりと通った。まるで自分の声が大きくなったかのような錯覚さえ覚えたほどだ。俺が言い終えると同時に、オーテム瓜の花が咲き始める。

「「うおおおおおおっ!!」」

絶叫とも取れるまでに大きな歓声が、領地に響き渡った。

叫び声が上がっている内にも、どんどんとオーテム瓜は成長を続けていく。大きくなった花が、花弁を広げて周囲の草を喰らい始める。

「こんな調子で、自ら栄養補給と害虫駆除を行うこともできます」

「すげーぞ、なんだあの作物は！」

「作物と呼んでいいのか!?」「世の常識が変わるぞあんなものが出たら！」

一転して賞賛の嵐である。色々問題点がないこともないのだが、興奮状態にある領民達はその辺りには意識が向かないようである。ベストな感じで事が進んだ。

「なんだこの馬鹿みたいに喧《やかま》しい騒ぎはあーっ!!」

歓声を掻き消す怒声が、領民達の後ろから響いてくる。領民達がその声に驚き、慌ただしく通り道を開ける。その中央を、つかつかと壮年の男が歩いてくる。

　イカロスである。イカロスは顔を真っ赤にして青筋を立てており、激怒しているのは間違いなかった。今まで自分に対し、下手寄りに振る舞って来ていたはずのラルクからの明らかな攻撃に、不快感を覚えているようだった。

　ラルクがイカロスの動きを縛るため、わけのわからない仕事を押し付けていた、ということはもうお見通しのようだ。自分に隠れて領民を集めていたと聞き、何らかの形で自分に害をなそうとしているのだと、勘付いたのだろう。

　イカロスの後ろには、錬金術師団のイカロス派の魔術師達が続いてくる。そうして、俺の傍まで真っ直ぐに歩いてくる。いいだろう、この場で決着をつけたいのはこっちも同じだ。

「[illegible]《炎よ》」

　俺は杖を振り、オーテム瓜を焼き払う。俺の行動に、領民達に動揺が走る。

「アベル……？」

　メアが不安そうに声を掛けてきた。

「大丈夫だ。今はまだ、イカロスにオーテム瓜を見せるわけにはいかない」

　イカロスを完全に落とすためには、手順を間違えるわけにはいかない。

　老獪《ろうかい》なこの男のことだ、正面から攻めても屁理屈をつけてひっくり返されかねない。

　ならば先にイカロスからの攻撃を待ち、こっちが状況を変えてそれをひっくり返す、魔術でねじ伏せるのには
それが一番手っ取り早い。さすがのイカロスも、この大衆の前で言っていることを二転三転させて

は、権威も何もあったものではなくなるだろう。

「領主殿ぉ……今回の件、きっちりと説明していただきましょうか？」

イカロスが言えば、後ろについて歩いている魔術師が、手にした書類をひらひらと見せつけてくる。あれはラルクがでっち上げてイカロスに渡した、仕事に関する書類なのだろう。

「この集まりが、一体なんなのか。随分と楽しそうだが、お祭りでもするのですかな？　だとしたら、長年領地のために尽くしてきた俺を姑息な手段で疎外しようとするなんて、水臭いとは思いませんかな？　領主殿よぉ？」

わざとらしく領民を見回してから、領主を睨む。瞳孔が開き、鼻が膨らんでいた。完全にキレているようだ。離れていても、怒気が伝わってくる。イカロスはよく怒ったパフォーマンスをして会話のペースを取るとジャガーが言っていたが、これは恐らく素だろう。

「おや、おやおや、おやぁ……アベル殿ではないか、んん？　また顔を合わせることになりましたなぁ？」

イカロスは背を屈めて首を曲げ、俺の顔を見開いた目で覗き込み、威圧して来る。俺は無言のままイカロスの顔面を睨み返す。

領地の癌《がん》であるイカロスさえ仕留めれば、領地改革の達成へと大きく近づく。長年好き勝手やっていたらしいが、イカロスにはそろそろ舞台から降りてもらおう。

13

イカロスの左側のこめかみが、神経質にピクピクと動く。

「俺の周りを、ウロチョロウロチョロと……アベル殿はいったい何がしたいのか、理解に苦しみますなぁ……。領主殿、まさかこの少年に、何かよからぬことでも吹き込まれているのでは？」

イカロスは、ラルクが自分への攻撃に出たのは、何らかの変化があったからだと考えているようだ。その原因が、この領地にとって異物である、俺なのではないかと当たりをつけているらしい。

歳をくっているだけあって、察しはいい。

「なんだよおい、どういうことだ？」「領主は、イカロス様を疎んでいるという噂だったからな……。これを機に、消すつもりだったんじゃないのか？」

領民達が不穏な空気を察知し、騒めき始める。

「……とりあえず下がってもらえませんか？　今は、リノアさんを中心に行っていた錬金術の研究成果を発表しているところでして」

「む？　ほうほう、リノア殿を中心に、錬金術の研究成果の発表を……」

イカロスは少し考える素振りを見せた後、にんまりと笑った。その後、一気に顔を険しくし、声の怒気を強める。

「アベル殿……いや、アベルよ、貴様の狙いがわかったぞ！」

急に呼び捨てになった。イカロスが周囲の様子を横目で窺っているようなので、恐らくは領民達への演出のためだろう。

「……何がですか？」

「実は最近、領主殿が俺の研究報告書を書き写しているのを見たと、報告があってなぁ……」

「報告書……？」

イカロスは口を隠し、くっくっく、と笑った。口角がにいっと上がる。

「くく……白を切っていられるのも、今のうちだぞ……」

一瞬なんのことかと思ったが、その写しなら、修正版を俺が今所持している。いいタイミングで話を切り出してくれた。これなら後で提示したとき、しらばっくれられることはないだろう。

「ああ、あれですね！　はい！　はい、見せてもらいました！」

俺が喰い気味に言うと、イカロスの表情が固まった。イカロスは首を振り、咳払いを挟んで仕切り直す。

「やはりそうだったか！　なぜそんなことをと思っていたが、貴様らに流し、盗用させるためだったのだな！　そしてこの場でその成果を先に報告し、後で俺が何もしていなかったとイチャモンをつけて、領地から追放するつもりだったのだ！」

「……うん？」

誰があんな出来損ないの報告書をパクるんだ？　というか、一進一退で何も進展していなかったが……。

「ガキに唆《そその》かされて、こんな姑息なことをするとは、見損ないましたぞ領主殿！　確かに領主殿は俺に地位を奪われるのではないかと危惧していることは知っていたが……しかしまさか、こんな！　今は領地が一体となって危機に当たらねばならんというのに、なんと嘆かわしい！」

ほ、本気で言ってるのか……？　いや、イカロス視点だと、それくらいしか思いつかないのか。にしても、散々な言い草である。領地の危機で散々足引っ張って領主を蹴落とそうとしていたのは、いったいどこの誰だと……。

領民達の方を見れば、イカロスの話に納得している人が多いようだった。

「そうか、だからイカロス様に伝えずに……」「副団の一派が作物開発をしているなんて、聞いたこともなかったもんな……。やっぱりあれは、イカロス様が作ったものだったんだ」

確かに疑問点は解消されるし、辻褄《つじつま》も合ってはいる……か。一領民としては、リノアの一派が急に作物を完成させたと聞くよりも、よっぽど筋が通っているのだろう。

「焦りましたなぁ、領主殿よ」

イカロスは周囲に聞こえないようにか小声で、ラルクへと言葉を投げかける。すっかり勝ったと思っているようだ。

まぁ、せいぜい喰らいついてもらおう。こっちには、まだまだ手札がある。信用と口では勝てないから、実績でぶん殴れるようにしてあるのだ。十分想定内である。

「いえ、もう作物、完成させたんですよ」

「む？」

「もう、完成させてあります。イカロスさん、研究途上でしたよね、それも、かなり初歩の初歩の

「……」

はぁーと、イカロスが長い溜め息を吐く。

「確かに、俺の研究はまだ序盤ではある。だが、錬金術は奥が深い……貴様のような馬鹿が考えているほど、ぺらっぺらのことではないのだ。前にも、言ったはずだがなぁ？　ああ、何度同じことを言わせる！　まともな魔術書の一冊でも読んだことがあれば、貴様のような馬鹿なことは口にできんはずなのだがなぁ……」

イカロスは目を閉じ、やれやれと首を振った。

確かに、イカロスが俺に錬金術の困難さを説くのは二度目である。しかし前回とは違い、こちらはすでに領民達に実績を示した後なのだ。

領民達も今のやり取りに違和感を覚えたらしく、首を傾げている。当然だ。盗用されたと主張している当人が、すでに発表した内容を否定しているのだから。

「いえ、もう……」

「あー！　もういい、もういいいわ！　はっきり言ってやろう。貴様は、俺の前に立てるような魔術師ではないわ！　これ以上恥を晒す前に、とっととこの地から出ていくがいいわ！」

イカロスは叫びながら腕を動かし、蝿《はえ》でも掃《はら》うような素振りをする。だが、その後、そのポーズを保ったまま固まった。

「……む？」

周囲の反応が、おかしいことに気が付いたのだろう。

「ですから、もう、完成してるんですよ。今日から実用化へと向けて、取り決めの提示と、領民への支給を始めるところです」

「は、は、はぁ？」

イカロスは大口を開けたまま、間抜けな声を洩らした。

「邪魔なんで、下がってもらっていいですか？」

「き、貴様……そんな、すぐにわかる嘘を……急ごしらえの、出鱈目《でたらめ》……よくも言えたものだなぁ、どこまで恥知らずなのか……」

イカロスは言いながら眼球をギョロギョロと動かし、周囲の様子、顔色を確かめているようだった。顔を青褪めさせ、唇を噛み締める。ようやく、何か異常な事態が起きていることを察したのだろう。イカロス派の魔術師達も、最初はニヤニヤしていたのに、イカロスの焦り様を見て狼狽《うろた》え始めていた。

「ははあ、わかった、わかったぞ！　貴様ら、俺を追い出すために、出鱈目な報告をしたのだな！そうだ、そうに決まっている、それしか考えられん！」

「出鱈目……？」

「ああ、そうだ！　どうせ結果が出るのは半年後だと思って、嘘の研究成果をこの場で発表していたのだ！　その間に、今日のことを起点に俺を追い出すつもりだったのだ！　思い切ったことをしてくれたなぁ、俺を追い出せば、後は自分の天下だとでも思ったか！」

「な、なるほど……」

よくもここまで喰らいついてくるものだ。思わず納得させられてしまった。確かに、そういう手もあるか。これが嘘でも本当でも、領民達は作物が生《な》るまで疑心に駆られることになるから、いい時間稼ぎにもできる。

「だいたい、貴様らはいつから作物開発に手を付けていたというのだ！　一度試行するだけでも、数か月単位の時間が掛かるというのに……おかしい、全部おかしいではないか！」

俺はメアに合図をする。メアはこくりと頷き、さっきの領民達へ向けた実演に用いたオーテム鉢を運んでくる。

さっきのオーテム瓜を燃やした残骸はすでに取り払われている。俺はオーテム瓜の種を取り出し、オーテム鉢に埋め込む。

「おい、貴様、何をやって……」

「[illegible]《育て》」

俺はオーテム鉢へと杖を振るう。オーテム鉢から芽が出て、みるみると成長していく。

「…………む？」

イカロスが、無言で目を擦った。十秒と経たぬ間に、オーテム鉢から長い蔓が伸び、地面に垂れた。どんどんと葉が増えていく。

「馬鹿な……こんな……あ、あり得ん、あり得んわ！」

「で、一度試行するのに、何か月、時間がかかるんですか？」

俺が尋ねると、すでに血が上っていたイカロスの顔が、どんどんと赤みを増していく。

「こんな、こんな馬鹿なことがあるかぁっ！　認めんぞ俺はァッ！」

イカロスは大杖を振りかぶり、オーテム鉢を殴りつけようとした。

「[illegible]《人形よ》　[illegible]《踊れ》」

俺はオーテム鉢へと杖を振った。オーテム鉢は大きくバック宙をした。オーテム瓜の蔓が振り回され、イカロスの顔面を捉えた。

「おぶぅっ！」

イカロスは杖を手から放し、その場に尻餅をついた。俺はイカロスへと、大きく二歩近づいた。

「こ、この……」

イカロスは地面に這い、左の手で蔓に打たれて蚯蚓腫《みみずば》れした顔を押さえながら、逆の手で土を撫でながら落とした杖を探す。そこへ俺は、紙の束を目前へと投げる。イカロスは手に触れたそれを杖と間違えて拾い上げ、直視して顔を顰める。

「な、なんだ、これは……」

「あなたの報告書……訂正しておきました。不必要な説明で水増ししているだけで中身がない部分が大半で、肝心なデータも不審な部分が多くて、まともに研究を行っていたとは、思えない代物でしたから」

イカロスは内容を目にし、身体をプルプルと震わせた。

「き、き、貴様……どこまで、この俺を愚弄すれば気が済むのだぁぁあっ！」

イカロスは気がふれたように叫びながら、報告書の写しの紙束を一枚一枚、鬼の形相で破り始める。

「《風よ》」

俺が唱えると、一陣の風が吹いて、紙束を領民の方へと飛ばした。

「あ、ああ、ああっ！」

イカロスが必死に手を伸ばすが、一枚一枚好き勝手な方向に飛ぶ紙を、すべて押さえられるはずがない。

「お、おい手伝え、手伝わんか！　回収しろ！」

イカロスは、自分の部下である魔術師達へと怒鳴る。魔術師達がオロオロとしている間に、領民達が拾い始めた。

「触るな馬鹿共がぁぁぁぁあっ！　返せっ、かえ、返せっ！　言いがかりだ！　書かれていることは、すべて言いがかりだぁ！　だから見るなぁああっ！」

イカロスが、転げ回りながら叫ぶ。俺はその様を見て溜飲を下げながら、ラルクへと顔を向ける。

「ラルクさん、終わりましたよ。今のうちに」

「う、うむ」

ラルクが頷き、すうっと息を吸った。

「我が領民達よ、よく聞いてくれ！　イカロスは父の代より長らく、魔術師としてこの地を支えてくれていた！　しかし、ここ十年はその権威に溺れ、作物開発の研究に没頭しているという建前で、ただ怠惰に利得を貪り、私腹を肥やしていたのだ！　今件の目に余る醜態、長年に渡る作物開発の研究成果である報告書からも、そのことはよくわかるだろう！　本日を以て、イカロス・イーザイダを、ファージ領より永久追放処分とする！」

反対の声は、上がらなかった。

「……ひょっとして、数日で終わる研究に数年もかけてたんじゃないのかアイツ」

「こんなありさまで、よく今まであれだけ威張れてたもんだな」

「おい、見ろよ。こっちの紙、ほとんど一面真っ赤でもう何書いてあるかわかんないぞ……」

ぽつぽつと、陰口と悪口が飛び交う。敗戦の将とは、えてしてそういうものである。ましてやイカロスが発言力を持ち、今までの身勝手な振る舞いが許容されてきたのは、窮地の領地にあって、錬金術師として唯一の希望であったからに他ならない。もうナルガルンも死に、魔獣問題の大規模な間引きにも成功し、水問題も解決した今、最早イカロスに縋《すが》る理由など、作物開発しか残っていなかったのだ。

唯一の砦である最後の問題も、この場で自分が馬鹿にし妨害し続けていたリノア一派に先を越された今、イカロスを庇う声が領民達から出るはずもない。

弱みに付け込んで偽りの希望を振り撒いて得た信用など、所詮はその程度である。領民達が庇わないのは当然としても、イカロス派の魔術師達さえ、ただ狼狽《ろうばい》するばかりである。領民達の無知に賭けて赤字訂正が見当違いな出鱈目であると言い張ることも、これだけ盛大に言い負けた後では大した意味を成さない。

そもそもどう取り繕おうと、今後領地にとって無意味な研究成果には違いないのだから。この場で俺に対して放った言葉が、すべてトゲ付きブーメランとなって全身に突き刺さったのだ。今更弁解できることなど何もないだろう。

「ち、ちがっ……これは、違う！　おかしい、全部おかしい！　こんなはずはないのだ……こんな……」

イカロス一人だけは、まだあきらめていなかったようだ。よろめきながら立ち上がり、ラルクへと近づこうとする。ユーリスがさっと前に出て、イカロスとラルクの間を遮った。

「それ以上は、近づけさせません」

イカロスはユーリスを睨んでいたが、他の私兵団の団員が鞘に手を掛けながら近づいてくることに気が付くと、がっくりと肩を落とした。そのまま私兵団の団員達に連れられ、どこかへ歩いて行った。

もう、完全に終わったか。そんなことを考えていると、イカロスが歩きながら、俺の方を睨んでいるのが見えた。その目には、憎悪が籠っている。

瞬きした次の瞬間には大人しく前を向いており、連れられて行った。

「アベル！　ようやく終わりましたね！」

メアが嬉しそうに声を掛けてくる。

「……だったら、いいんだけどな」

俺はイカロスの背を眺めながら答えた。

第四話　連弾のイカロス

1

オーテム瓜の発表から一日が経った。あの後、イカロスは使われていない倉庫を使って勾留された。今日の昼頃には他の地へと送り出される予定になっている。

これで表面的な問題はすべて解決した。領地もすっかりお祭り騒ぎである。オーテム瓜は領地の至る所で育てられており、領地の作物を腐らせていた魔草を片っ端から喰い散らかしている。じきにあの魔草もファージ領から姿を消すだろう。

オーテム瓜は時間がなかったので細かい調整を後回しにしていたため、味にやや難がある。しかしすでにオーテム瓜の美味《おい》しい食べ方が領民達の間で談義されているそうだ。ラルクの館に生卵が投げられることもなくなったし、俺も外を歩けば領民から頭を下げて感謝される。

別に名誉がほしかったわけではないが、悪い気はしない。後は胡散臭《うさんくさ》い宣教師をマークすることと、領地に害を為そうと目論《もくろ》んでいる誰かを炙り出すか、自主的に出て行ってもらうことである。

後者の存在は雲寄せの際の露骨な反発によって確実なものとなったが、こちらは領主には伏せている。どこに敵が潜んでいるか特定できていないため、裏目に出る可能性を考慮してのものだ。

向こうは今まで領地を潰さず、あくまでも弱らせて腐らせに掛かっていた。これは直接潰すよりもずっと手間が掛かることである。

下手に追い込めば実力行使で領地を潰しに来る可能性もあるので、刺激したくなかったのだ。ただ現時点で余裕はできているし、牽制の意味を兼ねて領主へ報告するのも悪くはないかもしれない。

「アベル、眠そうですけど大丈夫ですか?」

考え事をしていると、メアが顔を覗き込んでくる。

「一昨日も眠れていませんでしたし……昨日くらいは、しっかり眠ったらよかったのに……」

「まだまだやることがあるからな。いや、むしろこれからが本番だから」

問題ごとが去ればそれでお終いではない。厄介な問題が片付いてから本格的な魔術実験……領地の改善に勤しむことができるのだから。今はマイナスがゼロになっただけである。

今までは敵からの妨害を凌ぐだけでせいいっぱいだったが、それがなくなれば開発に着手できる。

そしてそのための第一歩が、錬金術師団の教育である。

今でもすでに、イカロスを切り捨ててリノア派に鞍替《くらが》えを申し出ている元団員が出ている。魔術師は限りある資源であるし、今後の領地開発のためにも人数が必要である。イカロスを支持していたからといって、ばっさり切り捨てるというわけにはいかない。

その辺りの諸々の考えや計画を纏《まと》めていると、結局一睡もする余裕がなかったのだ。というか、興奮して眠れなかった。

「でも、身体は気をつけてくださいよ?」

「ああ、わかって……ひぇく！」

俺は鼻を押さえる。ちょっとくしゃみが出そうになった。

「……ア、アベル、本当に大丈夫ですか？」

「あ、ああ、多分大丈夫。ほら、もう全然出ないし」

「他に身体、悪いところありませんよね？」

メアが心配げに、俺の額に手を添える。メアがここまで過剰に心配してくれるのは、以前ロマーヌの街にいたときも一度風邪で倒れてしまったからである。あのとき、メアにはかなり迷惑を掛けてしまった。

今回はちょっと疲れが溜まっているのか身体が重いが、せいぜいそれくらいである。俺の風邪は一回引くとダメージが大きいが、その分一度罹《かか》ったらしばらくは罹らないというジンクスがある。問題ないだろう。ただし一応、気が向いたら病魔散らしのオーテムでも彫っておこう。

俺はまた数枚の書類を持って、ラルクの執務室へと訪れた。扉をノックして声を出すと、ラルクから入室の許可が下りる。執務室では、ラルクが使用人のマリアスと一緒にチェスをしていた。休憩中だったらしい。

「今日も負けてしまいました……。さすが、ラルク様です！　私、父にはいつも勝ってたんですけどね」

「マリアスはいつも、農民の守りに入るのが遅いからな。明日はもう少し、私の兵の数を減らしてやってみるか」

ラルクはやや得意気に言う。マリアスはそれを聞いてにこにこと笑いながら、チェス盤の台に取り付けられている引き出しへと駒を片付けていく。

農民……？　ああ、あれはチェスじゃなくて、正確にはリルス盤というんだったか。ルールも俺が知っているものとは大きく異なるのだろう。

どうやら様子を見ている限り、戦いながら兵糧確保のために農民を守らなければならないようである。ルールは複雑そうではあるが、ちょっと気になる。

ラルクも今までは一日中気を張っていたようだったが、大分余裕ができたように見える。

「さて、すまない。よく来てくれたね。実はこの局が終わったら、私の方から声を掛けに行こうと考えていてね」

ラルクは俺を見てさっと席を立つ。

「いや、座ったままでいいですし……」

そもそも領主が声を掛けに来るというのもちょっとおかしい。呼びつけてくれたらそれでいいのに。魔術師と領主というのも、微妙な力関係なものだ。イカロスがあそこまで増長していたのも、そういう背景があったのかもしれない。

「私はお席を外した方がよろしいでしょうか？」

「別に構わないが……」

ラルクが言い掛けてから、ちらりと俺を見る。俺は少し考えてから、一応首を横に振った。

「すまないマリアス、席を外してくれ」

「承知しました」

マリアスはラルクに礼をしてから扉まで歩いてくる。俺は半歩下がり、出口を開ける。マリアスはにこりと笑って俺に一礼をしてから、部屋を去って行った。俺が部屋に入り、扉を閉めたところでラルクが話しかけてくる。

「さて、悪いけど、私の方の話からさせてもらっていいかな？　そっちの方が、スムーズになると思うのだが」

「ええ、どうぞ」

「実は、イカロスが退いて空いた席に君に入ってほしくてね。錬金術師団、団長の。君が入れば全体の士気も上がるし……元イカロス派の集団も、制御しやすいと思うんだ。これから先に問題になってくるオーテム瓜の扱いに関する取り決めも、君が中心になってくれないとまったく進まないというのも正直な本音だし……。引き受けてもらえないかな？」

「しゃあああっ！」

俺は思わずガッツポーズを取る。ここまで苦労した甲斐があったというものだ。魔術研究の援助金もかなり期待できる上に、他領地との交易が復活すれば商売ルートやコネも領主経由で確保することができる。おまけに部下まで手に入る。俄然テンションが上がってきた。ずっと夢だった魔導携帯電話《マギフォン》の開発も、最早すぐそこまで見えている。

「…………」

ラルクが、若干不安そうな顔で俺を見ていた。

「ああ、すみません。つい……」

俺はすっと上げた腕を降ろす。と、そのとき、ドタバタと足音が聞こえてきた。慌ただしくノックの音がする。

「も、申し訳ございません！　急ぎの報告が！」

この声はユーリスだ。

「な、なんだ、どうした？　入ってきてくれ」

ラルクがやや狼狽《うろた》えながら答える。ユーリスが扉を開け、中へと入ってくる。

「イカロスが、倉庫を抜け出したようです！　見張りを何らかの手段で懐柔したようで……」

またイカロスかよ……あのオッサン、なんでもやるんだな。でもそんな、今更抜け出したって……。

「逃げるわけではなく、なぜか広場の方に人を集めているようです！　私は遠目からイカロスの姿を見たのですが、なんだか様子もおかしくて……」

鼬《いたち》の最後っ屁か……。確かにまだ諦めていなさそうな気はしたが、ここからどう仕掛けて来るつもりなのか。行動から狙いがさっぱり読めないのが少し怖い。自棄を起こしているだけなのか、まだ盛り返せると本気で思ってるのか。しぶといというか、見苦しいというか……この執念は、ある意味見習うべきところがあるかもしれない。

2

俺はメア、ラルク、ユーリスと共に広場へと向かった。

広場では、イカロスを中心に領民達が群がっている。領民達は不穏な様子で、何やらざわついているようだった。イカロスの傍には、錬金術師団のイカロス派である魔術師が四人と、二人組の男が立っている。恐らくあの四人の魔術師が、錬金術師団の中でもイカロスが信用していた面子《メンツ》なのだろう。リノアへの支持を表明していた魔術師もいるが、探りに入ってきただけだったのかもしれない。

二人組は若い男と初老の男であり、若い男が初老の男の身体を支えている。魔術師はわかるが、あの二人はいったい……。そう考えて注視してみれば、若い男がリーヴァイ教の宣教師、リングスであることに気が付いた。

「なっ……」

リングスの支えている初老の男は、血の滲《にじ》んだ包帯をぐるぐると胸部に巻いていた。リングスは目に涙を湛えて初老の男を支えていたが、俺と目が合うと口許を僅かに歪《ゆが》めた。

「おお、ようやく来ましたか領主殿と……この領地に害を為す、狂魔術師が！」

イカロスが大声で怒鳴り、俺を指差した。領民達の視線が一斉に俺に突き刺さった。

あいつら、手を組んでいたのか……。いや、それはない。即急に手を組んだ可能性の方が高いか。

俺の中で揺れていたが、これではっきりした。ファージ領に仕掛けられていた悪意の数々には、間違いなくリングスが噛んでいる。領地への攻撃の障害となっていた俺を排除するため、退場寸前であったイカロスを利用することにしたのだろう。そうでもなければ、リングスに自分の立場を悪くしてまでイカロスに加担する理由はないはずだ。

最終的な自分の目標が達成できなくなることを恐れ、一か八かの賭けに出たのだろう。失敗すれば巻き添えになることを覚悟の上で、人望のある自分の立場を利用し、今のイカロスに欠けている信用を補おうとしたのだろう。

「な、何の騒ぎだこれは！」

ラルクが狼狽えながら言う。

イカロスが頬骨を上げて笑みを作る。これまでの、こちらを小馬鹿にしたような笑いではない。眉間には汗が滲んでおり、目は血走っている。心の底からこちら側の不幸を望んでいる、憎悪の顔だった。

「いいだろう、教えてやる！　皆も今一度、よく聞くがいい！　そして目を覚ますのだ！　こちらのムルク殿は、深夜に不審な物音を聞いて外に出たところ、貴様らのあの、バケモノ瓜に身体を噛みつかれたのだ！」

イカロスが叫べば、領民達が不安そうな目で俺を見る。なるほど、領民の不安を煽る方法できたか。

「ムルク殿は、親しかった宣教師リングス殿に相談した。領主殿が揉み消すことを恐れたリングス殿は番人を説得し、倉庫に囚われていた俺に相談してくれたのだ！」

親しかった、ね……。大方、心酔していた信者を協力させたのだろう。

「や、やっぱりあの作物、まずかったのでは……」

ラルクまで心配そうに俺を見る始末だった。オーテム瓜の異常な成長速度に、どこか不安は感じていたのだろう。恐らく、領民達もそうだ。しかしリターンがあるからと、リスクを見ないようにしていたのだろう。

ましてや今はまだ、領地の状態は決していいとは言えない。もしかしたら……なんて不安は、みんな押し殺してきたはずだ。そこをイカロスが穿《ほじく》り返して突き付けてきたのだ。

いや、この場合は、リングスが計画して持ちかけ、焚《た》きつけたものか。今回の攻撃は、今までのイカロスの単純なやり口とはやや異なる。責任を丸投げして第三者視点で非難するのがイカロスの常套《じょうとう》手段だったが、今までよりも数段陰湿な搦め手を仕掛けてきた。

「リングス殿の判断は聡明であった！　領主殿は、どうにもその魔術師に肩入れしているようであるからな。この俺に冤罪《えんざい》を被せて追放し、代わりに錬金術師団の団長を任せようとするほどには！」

その言葉を聞いて、ラルクが顔を青くした。

「い、いや、それは……」

「なんだ？　違うというのか？　んん？」

「な、なぜ……いや……」

ラルクが妙に困惑している理由はわかった。恐らく、俺を団長にするつもりであったということは、誰にも喋っていないのだ。イカロスを団長から解任したのが昨日で、俺が団長の話を持ち掛けられたのがついさっきである。リノアくらいには相談したかもしれないが……話が漏れるにしても、早すぎる。ただ順当に考えれば予想はできていたことなので、勘で当てたのか、言いがかり、ということも考えられる。

何にせよ、意表を突かれてつい言い淀んでしまったにしても、今この場で返答が遅れるのはマズい。どのような内容でも、領民に不信感を抱かせてしまう。しかし否定するにしても、後々俺に団長を任せることを考えれば、悪手である。かといって肯定などできるはずもない。こういった印象が物を言う場では、部分否定、部分肯定というのは非常に難しい。向こうもそれがわかった上で、わざと絡めて出してきたのだろう。

かなり手慣れている。リングスが吹き込んだのだろうか。

「待ってください。今の話、あまりにもあなたに都合がよすぎます。事故が起きてからこの場までの流れが早すぎる。そもそもオーテム瓜は、一定以上の大きさの生物を捕食しないよう制限を掛けています。人間どころか、子犬だって襲いはしません。そもそも、そんな大怪我に繋がるほど大きい花など咲くものなのかどうか、ムルクさんの家の周辺を調べさせていただきます」

「ふん、ムルク殿を襲ったオーテム瓜など、危険なものを放置できるものか。俺がすでに……」

「燃やした、なんて言いませんよね。他の魔術でどうとでもできるのに、わざわざ燃え広がる恐れのある火の魔術を使うなんて……そんなわけ、ありませんよね。まるで、証拠でも隠すかのように」

イカロスの表情が歪み、押し黙った。勝った、押し切れる。

イカロスはかなり口が立つが、所詮は急ごしらえのでっち上げた。おまけに自分主体の計画ではない分、自由な言い逃れもしづらいはずだ。

イカロスの様子を見て、リングスが歯痒《はがゆ》そうに口許を動かす。リングスを相手にするより、イカロスを相手取った方が楽そうだ。リングスは放置して、今はイカロスを徹底的に叩こう。リングスは当事者ではないし、口出しをできる立場ではないはずだ。

「そういうところも含めて、都合がよすぎると言っているんですよ。なんなら、傷口の検証もしてみますか？」

俺はドヤ顔で言い放ってやった。領民達の方からも、「やっぱりイカロスのでっち上げだったのではないか」、「しかしそれにリングスさんが加担するはずがない」といった声が聞こえてくる。

こっちに風は吹いている。今はギリギリ、リングスの信用で成り立っている状態だ。このまま押し切れば、イカロス越しにリングスの信用も削ることができる。

イカロスは顔を真っ赤にしてプルプルと震えていたが、フーッと息を吐き、呼吸を整える。

「……凶暴なバケモノ瓜の種を残すのは、危険だと思ったのでな。しかしまぁ、確かに俺の浅慮だった、それは認めよう。まさか諦め悪く喰い下がってくるとも思わんかったのでな」

言いながら、イカロスは左側にいる魔術師の一人を小突く。魔術師は薄ら笑いを浮かべながら、一枚の紙切れを渡す。

どこか見覚えがあるが、あれはなんだったか……。イカロスの右にいる魔術師は、いつの間にか紙束を抱えている。なんだか嫌な予感がした。

「この紙は、あの狂魔術師が領主殿に出した、生体魔術の行使許可の申請書である！　幸いにも領主殿が却下したが、この申請書が通っていれば、この領地がどうなっていたことか！　もう一枚は、この申請書を解説したものである！　あの狂魔術師は卑劣にも、申請書の文面を回りくどく複雑に書いて誤解の生じやすい表現を多用し、責務に忙殺されていた領主殿へ無理矢理これを通そうとしてたのだ！」

ぶわっと冷や汗が噴き出してきた。あの紙、いつの間にイカロスに回収されていたんだ。かんっぜんに前回の意趣返しをされた形になった。

「そ、そういう場ではなかったはずです！　今件に関係のある話だけをしましょう！　それにそれはほら、失敗さえしなければ特に害はないと言いますか……限りなく抑えられると言いますか……えっと……つまり……とりあえず、その紙は駄目って言うか……俺なりに、少しでもファージ領を豊かにしたいという一心で……別にそんな、辺境地だからちょっとはっちゃけてもいいよねなんて考えていたわけではなく……」

「今回もそれが上手《うま》くいっていなかったから怪我人が出たのだろうが！　あのバケモノ瓜の開発にも、ヒデラという凶暴な人喰らいの魔獣が用いられていたのだ！　開発中に怪我人が出たという話も聞いている！」

「う、うぐ……」

内部事情がだだ漏れである。おまけに悪いように悪いように言ってくれる。だいたい事実だから否定もしづらい。正確にはヒデラは魔草であり、正式な分類でヒデラを魔獣としていた時代や土地は存在しないはずだと喰ってかかりたかったが、そんなところを修正している余裕もない。

「俺だって、ヒデラを使えば二日もあればあれくらいのものは作れた！　だが安全を考慮すれば、あんな危険な魔獣を用いようとはまず思わん！　あのガキは領民の安全を度外視して禁忌を平然と踏み抜いて近道をし、真面目に開発を行っていた俺を領主殿は怠慢扱いして追い出そうとしているのだ！　あの研究報告書の訂正も、言いがかりだ言いがかり！　俺の権威を貶《おとし》めようとした奴が仕組んだのだ！　俺の権威を！」

俺の権威二度も言ったよ、どれだけ権力に拘《こだわ》ってるんだ。もはや正当性の口論ではなく、相手の貶め合いである。領民達もう、こうなってしまえばどちらが正しいのかわかりはしない。

「言いがかりはそちらでしょう。お互い少し、冷静に話をしましょう。勢いで悪印象を捲《まく》し立てて、場を誤魔化すのはやめませんか。不毛な言い争いにしかなりません」

イカロスの勢いを削がせて場の熱を冷やせば、弁解できる点はいくらでもある。オーテム瓜にしたって、万が一の危険性がないように徹底的に配慮している。もっとも魔術師以外から見れば完全にブラックボックスである部分なので、説明には少し時間が掛かるが。

「ただこれだけは言わせてもらいたいのですが、あなたの研究報告書を見るに、ヒデラを用いたところで後十年研究を続けても無理です」

冷静な話し合いを持ち出しつつ、最後に脛《すね》を軽く蹴ってやった。余計な一言ではあったかもしれないが、イカロスに言わせたままにしておくのは、俺の魔術師としてのプライドが許さなかった。

イカロスがそのとき、ニマァッと嫌な笑みを浮かべた。さっきまで顔を引き攣《つ》らせていたリングスの表情にも、微かに安堵の色が見える。あれ……何か俺、失言したか？

「なるほど、貴様は自分の腕が、この俺よりも優っている、俺の言っていることは出まかせで、正当性は自分にあると、そう言いたいのだな？」

「え、ええ……そうですけど」

「その言葉、俺もきっかりそのまま同じことが言いたいのだ。魔術への学が浅いガキが、その場凌ぎの邪法でこの俺を貶めている……とな。しかしこのまま貴様が正反対のことを喚《わめ》き続けるのならば、並行線になるだけだ。ならば、実力で決めようではないかと提案したのだ」

ここに来て、実力勝負？　それを持ち出すためのここまでの前振りだったのか？

だとしたら、話は早い。確かに、お互いに格下が言いがかりをつけてきていると主張しているのならば、実力勝負で明らかにするのが手っ取り早い。

「よかった……どうにかなりましたね。メア、どうなっちゃうことかと……」

メアがほっと息を漏らす。もう解決したかのような口ぶりである。

正直、それなら俺も全然負ける気はしない。ラルクをちらりと見ると、ぶんぶんと首を振っている。断ってくれと言いたげな様子だ。

「わ、罠だ……」

ラルクは小さく、そう零《こぼ》した。少し引っ掛かりはしたが、俺としてもここまで来てまた言い争いに戻したくもない。申請書について突かれるのはまずい。本当にまずい。

「内容は……そうだな。魔術都市ヴェルナッセに伝わっている型の決闘方法がいいだろう。一番わかりやすく、はっきりする」

「ヴェルナッセ式の決闘ですか？　わかりました、それでいいですよ」

あまり詳しくはないが、そう奇抜なルールはなかったはずだ。そもそも、妙なルールを持ち出せば領民達とて納得はしまい。

「ふ、ふふ……ではヴェルナッセ式に従い、一日の精神統一の後、決闘を開始する。その間、俺は大人しくまた倉庫にでも入っておいてやろう。いいな、逃げるのではないぞ」

「ええ、わかりました」

まずはイカロスを今度こそ追放し、オーテム瓜の安全性をゆっくりと丁寧に説き直し、それからオーテム瓜の花に噛まれたというムルクを問いただねばなるまい。ムルクを問いただすに当たってリングスを相手取る必要もありそうだが、オーテム瓜の安全性を十分に示した後ならば、そう苦戦することもないはずだ。

3（sideイカロス）

アベルによってオーテム瓜の発表の行われた後の、真夜中のことである。

「うう……うおおお……」

薄暗い倉庫の中で、壮年の男が一人、力なく呻いていた。錬金術師団の元団長、イカロス・イーザイダである。

数年掛けて研究していた作物の開発を、横から現れたアベルに一瞬して掻っ攫《さら》われて立場を失った彼は、今やファージ領追放の危機にあった。錬金術を用いた都合のいい作物の開発など、できるはずもないと思っていた。だから領民達には適当な希望だけチラつかせ、自分のやりたいようにやっていた。

それは確かに事実である。だが、それが事実であるとしても、アベルが記入した報告書の訂正は、あまりにあんまりな評価であった。確かに誤魔化して書いていた部分も多々あるのだが、そもそもアベルが書き手へ求める水準が高すぎるのである。ここまで徹底して、神経質に馬鹿にされる覚えはない。もはや病的なレベルである。

「なぜだ、なぜ俺がこんな目に遭わねばならん！　俺が……この、大魔術師イカロス様が！　俺は英雄だったのだぞ！　魔獣災害《モンスターパニック》からこの地を救ったことだってある！　だというのに……この、恩知らず共がぁっ！」

叫びながら、倉庫の壁を蹴った。

今、イカロスが魔術を使うことはできない。魔封じの足枷《あしかせ》に加え、アベルの用意した精霊散らしのオーテムが倉庫には敷き詰められていたのである。その徹底ぶりもイカロスの神経を逆なでし続けていた。オーテムのどこか腑抜けた顔が、四方からずっとイカロスを睨んでいるのである。

イカロスは若い頃、王都で有名な冒険者であった。イカロスはあるとき、とある大貴族が腕の立つ魔術師を一人募集しているという話を聞きつけた。そろそろ腰を据えてもいいかと考えたイカロスは、大貴族の許へと自分を売り込みに向かった。

当時イカロスは周囲から持て囃《はや》されており、すっかり図に乗っていた。しかしそのとき集まった四人の魔術師の中で、イカロスは最も低い評価をもらうこととなった。野良の冒険者としては一流であったし、元々目立ちたがりだったので名前は売れていたが、大貴族に仕える魔術師としてはトップクラスではなかったのだ。

おまけに他の魔術師は貴品ある貴族の生まれの者ばかりだったのに対し、イカロスだけが庶民生まれであり、挨拶から食事の作法に至るまで、まったくの無知であった。自信満々に乗り込んだイカロスは焦り、普段の実力を十全に出すことさえ敵わなかった。別枠で雇ってやってもいいとは言われたが、プライドの高いイカロスにそれは許容できなかった。

そのときにイカロスは決めたのだ。ドラゴンの尾よりもフォーグの先に立とう、と。

イカロスが貧乏田舎領主であるラルクの先代に仕えたのには、そういった背景があった。自ら狭い世界に飛び込んだ現実から目を逸らすために周囲を見下し続け、その結果増長し、果てには若い小僧に圧倒されて薄汚れた倉庫の中に閉じ込められていた。

リングスが現れたのは、そんなときであった。

「イカロス殿と、少々お話ししたいことがありまして……ええ、領主さんの印ならありますよ、ほら。急ぎの用なので、早く通してもらえませんか？」

倉庫の見張りを騙し、リングスはイカロスの許までやってきた。

リングスは周到な計画をイカロスへと話して聞かせ、あなたのような人がこんな目に遭っていいはずがないと、おべっかまで口にしてイカロスを鼓舞した。リングスの話が本当にすべて上手く行くのならば、確かにアベルを追い出すことができる。アベルさせ追い出せば、領主と領民くらい説き伏せる自信があった。今まで通りにとまではいわなくとも、ある程度までは自分の立場を回復させることができる。

「ただ難癖をつけたところで、言い争いを続けていればボロが出るのはこちらです。弁舌ではない、目で見える形での後押しが一手ほしい……つまりは、イカロス殿のお力を披露していただく必要があります」

リングスは、やや言いづらそうに言う。イカロスはその様を見て、鼻で笑った。

「俺が勝てるかどうか、疑っているのだな」

「いえいえ、そのようなつもりは……ただ、保険を掛けたいと言いますか、知恵をお貸しいただければ」

「この期に及んで、俺もあのガキを見くびりはせん。確かに、奴は化け物だ。底が知れん。だから、ヴェルナッセ式の決闘を持ち出す」

「ヴェルナッセ式……とは、なんでしょうか？」

「宣教師殿は知らんだろうな。魔術都市ヴェルナッセで用いられた決闘方法だ」

魔術都市ヴェルナッセでは、かつて魔術師同士による諍《いさか》いが絶えなかった。そのために安全性と平等性を考慮し、追求した決闘方法が生み出された。細かい取り決めはいくつかあるが、一番重要なのは魔弾の魔術以外の行使を一切認めない点にある。

一流の魔術師同士が本気で争えば、本人達の命は疎か、周辺の地形が無事では済まない。ヴェルナッセ式決闘が確立される前は、各々に「～はなしだ」、「～を～するのはなしだ」と制限を設けていたのだが、負けそうになったら取り決めの穴を突いたり、逆に過大解釈してごねたりと、余計な揉め事へと発展するケースが多かったのだ。

そのため、誰でも扱える上に周囲への被害がそれほどではない、魔弾の魔術に限定する取り決めが浸透していったのである。

イカロスは二つ名の通り、魔弾を操る魔術に絶対の自信を持っていた。魔弾は上級魔獣を相手取るにはやや火力不足で、応用にも欠ける魔術であるが、対人の勝負ならば魔弾を一発当てればそこで終了である。イカロスが対人戦闘に優れていると称される所以《ゆえん》である。

しかしアベルの底知れなさに、イカロスの自信もやや揺らぎつつあった。それならば、ルールで自分の土俵へと相手を引きずり下ろしてしまえばいい。魔弾同士の戦いに限定してしまえば、絶対に自分が負けるはずがない。

魔弾とは一般に炎、水、風、光の魔素をベースに球体を作り出し、相手へと射出する魔術の総称である。常から定形態である土を象《かたど》った弾は魔法陣の型が大きく異なるため別に区分されることが多く、ヴェルナッセ式決闘においても認められないケースが多い。

魔弾は目標に狙いをつけて射出できるのが利点であるが、形を維持する制御が非常に難しく、一回り大きくするのに三乗の魔力が要されると言われている。つまり、一定以上の実力がある者同士ならば、魔弾の威力は『如何《いか》にミスなく冷静に、素早く魔術の行使を行うことができるか』という部分にのみ依存する。

その点、イカロスは魔弾に限れば常に満点に近い精度で魔術を行使し続けられる自信があった。その上で大事になってくるのは、魔弾を撃つタイミング、魔弾の種類、戦略といった駆け引きである。

戦略などの駆け引きにおいて、イカロスはアベルに後れを取るつもりはまったくなかった。少なくとも、単純な魔術勝負よりは遥かに勝算が見込める。

「俺に復活の機会を与えてくれたこと、感謝するぞ宣教師殿よ」

「ええ、あなたとはこの先も、仲良くやっていけるはずだと信じています」

リングスがにこやかに言う。

イカロスも馬鹿ではない。リングスの最終的な目標がどこにあるのかはわからなかったが、自分が担がれ、利用されていることはわかっていた。領主側の情報をなぜここまで摑《つか》んでいるのかも謎だった。だが、それでもリングスの誘いを断るわけにはいかなかった。ここで退けば、自分はすべてお終いなのだ。リングスがファージ領で何をしたいかなど、知ったことではない。

「お願いしますよ。ここでアレを落としてもらえないと、私としても後がありませんので……」

その後、すべてリングスが話してくれた通りにことは進み、アベルにヴェルナッセ式での決闘を行うことを了承させることにも成功した。

ヴェルナッセ式決闘の決まりに則り、精神統一という名目の許に休息を挟む。これも魔術師の体調を整えて平等な決闘を行うという理由の他、魔術師の頭を冷やさせて余計な決闘を減らす意味合いが本来は含まれている。

決闘当日、イカロスは決闘の舞台である広場へと向かった。

アベルをここで叩き伏せる。そしてその事実を基に自らの地位を和らげて回復に向かわせ、あわよくばそのままアベルをファージ領から叩き出す。なんなら決闘の最中にそのまま殺してしまってもいい。非難はされるだろうが、何をしでかすかわからないアレを残すよりも遥かに理のある手段であった。

広場には、すでに騒ぎを聞きつけた人だかりができていた。まるで何かのパーティーでも始まるかのような賑やかさだったが、それにしては皆一様に表情が暗く、ぼそぼそと低い声で小さく話し合っている。これから領地がどうなるのか、憂いているのだろう。

イカロスはその中心に立ち、アベルが来るのを待つ。

人混みの中に、アベルの姿はまだなかった。領主であるラルクは既に来ていたが、予定時刻まではまだ少し時間がある。まだ来ていなくてもおかしくはない。

しかし、イカロスには、ラルクがどこか焦っているように見えた。顔を青くしながら、ちらちらとたびたび領主の館の方面を窺っている。イカロスは妙に思ったが、このときはまだそこまで気には留めていなかった。

——それから、しばし時間が経った。まだ現れなかった。

ラルクは、青い顔で報告に来たユーリスから何か話を聞き、頭を抱えていた。イカロスは、自分の目論見に気が付いたアベルが逃げたのだろうと考えた。決定打を打ち込めなくはなってしまったが、これはこれで得たものが大きい。

アベルは後々この決闘方法がイカロスにとって有利であったと主張するつもりだろうが、アベルは一度すでにヴェルナッセ式で決闘を行うことを了承している。領民への不信感を煽るのに十分な材料となる。それにこれから先も、リングスからの支援はあるはずだ。

それから少し時間が経ち、ラルクは傍にいた使用人の少女、マリアスに何かを命じる。マリアスはラルクから命令を受けた後に慌ただしく、領主の館の方へと駆けて行った。

ラルクは気まずそうにイカロスの近くまで歩いてきて領民達に向かい、咳払いを一つ挟んでから口を開いた。

「アベル殿は……その、風邪を引いたそうだ。体調が優れないようなので、やっぱり延期に……」

ざわついていた広場が、一瞬にしてシンと静まり返った。イカロスも、何がなんだかわからなかった。リングスが何かを仕掛けたのかと思って目配せしたが、リングスもぽかんと口を開けたまま眉間に皺《しわ》を寄せていた。

リングスもまた、困惑の目をイカロスへと投げ返してくる。イカロスが何かしたのではないかと考えているようだった。

男二人でしばし見つめ合っていたが、あまり周囲に勘繰られてもよろしくないと考え、さっと目線を離した。

「…………仮病か？」

イカロスが訝《いぶか》しげに呟いたのとほとんど同時に、領民達によるブーイングの嵐が巻き起こった。

イカロスの側近の部下の魔術師達も、今が好機とばかりにあることないことを口汚く罵り、領民達を焚きつける。

ヴェルナッセ式決闘は、アベルの病欠により中断の危機を迎えていた。

4

イカロスとの決闘の日、俺はベッドで頭を抱えて寝込んでいた。

正直なところ、風邪の予兆はあった。雲寄せの魔術を行使して大雨を被ったときから、ちょっと体調がおかしかったような気がする。

あの後、連日オーテム瓜の開発である。アベルポーションで身体を騙して酷使していたが、抑えきれなくなった瞬間、そのツケが一気に身体を押し潰したようである。

眼の奥が、ずきずきと痛む。神経をすり削っていくような、陰湿な痛みである。その痛みは熱を持っており、俺の脳を溶かさんがばかりであった。

おまけに胃の底から何かがせりあがってくるかのようである。様々な苦痛が、あらゆる角度から俺の身体を侵していた。

「…………」

目を開き、ふと横を見る。一瞬、ぼやぁっと視界が霞み、それからゆっくりと焦点が合っていく。

メアが心配そうに俺を見つめているのが目に入った。

「……アベル、目を覚ましたんですね」

俺は朝に一度起きてから、あまりの気分の悪さに、朝食を食べずにそのまま自室へと戻って眠っていたのだ。

「だ、大丈夫ですか？　頭……凄い熱で」

「……苦しい、今死にたい」

「し、しっかり気を持ってください！　アベルが死んだら……メアはっ、メアは……」

メアは丸椅子を倒して立ち上がり、俺の手を握った。

「その、決闘は？」

「それどころじゃありませんよ！　朝のスープが残っているそうなんですが……入り、ませんよね」

俺は小さく頷いた。今何かを食べても、胃液ごとリバースしてしまうだろう。ラルクには悪いが、確かに決闘どころではない。

ふと、メアの座っている丸椅子に弓が立て掛けられているのが目に入った。

「…………」

「あ、こ、これは気にしないでください！」

「あ、ああ、そう……」

イカロスがなぜヴェルナッセ式の決闘を持ち出してきたのか、よくわかった。

後で調べてみると決闘のルール自体にはおかしな点はなく、なぜイカロスが執着しているのか、その理由は一切わからなかった。だが準備段階に、一日の精神統一を義務付けていることは少々疑問だった。

イカロスが狙っていたのは、この一日の猶予だったのだ。恐らくこの間に、病魔を活性化させる呪いを俺に掛けたのだろう。いや、俺がまったく感知できなかったのはおかしい。恐らく、最初から活性化させていた病魔を、俺の弱っていた身体にぶつけてきたのだ。そうでなければ、ただの風邪がここまで苦しいはずがない。

前に風邪を拗《こじ》らせたときより、ずっとしんどいような気がする。間違いない。これはイカロスの罠だったのだ。

安易に敵の持ち出してきたルールに乗っかるべきではなかった。あのときの軽率な自分が憎い。割となんでも杖一本でどうにかなってきたので、少し自分の魔術を過信していたのかもしれない。本当の悪意とは、そんな生易しいものではなかったのだ。

「ラルクさんは……なんて……」

ラルクの忠告を無視し、実力勝負になれば儲けものだと高を括《くく》っていたのは俺だ。ここまで引っ張っておいて、その結果がこの幕切れというのはどうにも申し訳ない。

「大丈夫です、心配ありません！　領主さんも、アベルの身体が一番だと言っていましたから……無理をする必要はない、と。ゆっくりと身体を休めてください」

「……ラルクさん」

そのとき、ドンドンと扉を叩く音が聞こえてきた。

「すみません、あの……アベル殿は、目を覚ましたんですね。入っても……」

ユーリスの声である。メアは立ち上がり、背を屈《かが》めて弓を手にして扉の方へと向けた。

「ちょっとメア……」

「駄目です！　アベルはそれどころじゃないんです！　朝にあれほど言ったのに、どうしてまだわからないんですか！」

「しかし！　しかし！　ここまで来たのに……今日行かなければ、イカロスがまた勢いを盛り返してしまいます！　アベル殿の力ならば、今でも少しくらいは勝機があるのではと……」

そうっと、控えめに扉が開かれる。その隙間のすぐ横の壁に、矢が鋭く突き刺さった。驚いたユーリスが、慌てて身を退いた。

「アベルが、アベルがこんなに大変なのに、イカロスイカロスって……どうでもいいじゃないですかそんなこと！　領地とアベル、どっちが大事なんですか！　領主さんからしたら、第三者の命なんてどうでもいいって言うんですか！　次は、当てます！　下がってください！」

「しし、しかし、しかし……！」

「早く閉めてください！　メアは次は当てるって言ってるんですよ！　脅しじゃありませんからね！」

メアは完全に頭に血が上っているらしく、顔が赤くなっていた。矢を押さえる手も、プルプルと震えている。

「お、落ち着いてくださいメア殿！」

「ストップ！　ストップ！　弓を下げてくれ、とりあえず！　ゲホッ！」

声を張り上げると、喉に引っ掛かって咳が出た。ずきりと、一層頭痛の強さが増す。

「あ……あぐ……ゲホッ！　ケホッ！」

「アベル、あんまり声を出さない方が……」

メアは俺を振り返ると、目を見開いて一瞬動きを止めた。それから手の震えを止め、すぐさま矢を放った。矢は俺のやや上を通り、窓を突き破って何かに当たった。

「ッ！」

甲高い、短い悲鳴のようなものが漏れる。

窓の外に、何かが潜んでいたのだ。ここは二階である。普通の人間が通りがかったとは思えない。状況から考えるに、誰かが俺の命を狙っていたに違いない。

俺はすぐさまベッドの脇にある杖を拾い上げ、窓の外へと向けた。

「《風よ》　《球を象れ》」

暴風が吹き荒れながら球となり、矢に続いて何者かへと追撃を掛けた。窓ガラスが割れ、次の瞬間には壁が崩壊し、その反動で俺はベッドから落ち、部屋内にあったものが一瞬にして滅茶苦茶になった。

「や、やっぱり制御できなかったか……で、でも、確かに当てたはずだ」

「アベル！　し、しっかりしてください！　ユーリスさん、別の部屋を借りますからね！」

メアは俺を抱き起こしながら、目を細めてユーリスを睨む。

「や、やっぱり、行けるんじゃ……」

ユーリスは小声でブツブツと言いながら部屋に入り、壁に空いた大穴から外を見る。

「……誰もいない。確かに、私にも窓の外に何かがいたように感じたんですが」

「え？」

俺は首を持ち上げて、部屋に空いた大穴を見る。

確かに、窓の外にいた者へと風の魔術をぶつけた手ごたえがあったのだ。威力は不安定ではあったが、直撃すればまず無事ではいられないはずだ。

「そ、そんな、今確かに……」

どたばたと小さな足音が、廊下の方から近づいてくる。そちらに目をやれば、開きっぱなしにされた扉から、一人の少女がこちらへと首を覗かせた。使用人のマリアスである。

「だ、大丈夫ですか!?　あの、今、何が……」

「……あ、いや、少し錯乱していたのかもしれません」

「さ、錯乱……？」

マリアスは腑に落ちない顔で、俺と部屋の跡を見比べた。

「……マリアス、あなたが来たということは、ラルク様の方は……」

ユーリスが尋ねると、マリアスは悲しげに首を振った。

「延期を提案なさいました。しかし、どうにも領民達からの反発が大きく……。ようやくあの魔術師の方を追放できたと領主様も喜ばれていたのですが……ここまでかもしれませんね」

ユーリスががっくりと肩を落とす。それからややあって、俺へそうっと顔を向ける。

「あ、あの……どうにか、なりませんか……？」

残念ながら、身体がまともに動かない。意識の方も危うい。魔術もほとんど制御ができないし、大した威力も出せそうにない。壁を崩す程度、魔術師同士の戦いでは意味がない。他の魔弾で押し返されてお終いだろう。

集中力が持たない今の脳では、連射や魔法陣の複数同時展開数もかなり制限される。はっきり言って勝負にならない。

「何度も、同じこと言わないでください！　アベルの恩恵受けている間は敬ってる素振りを見せていた癖に……ちょっと状況が悪くなったら、死んででも身体を張れって言うんですか！」

「う、うぐ……」

「仕方ありませんよユーリス様。無理に、とは言える立場ではありません。まだこの機会を逃したからといって、次がないわけでもありませんから……」

マリアスも俺が動けないのはわかっているらしく、メアに賛同してユーリスを止めに掛かった。

ユーリスは唇を噛み締めながら目を瞑《つぶ》って何かを迷っているようだったが、すぐに目を開き、迷いを振り払うように首を振るった。

「わかりました……」

ようやくユーリスも諦めてくれたらしい。

「……もし決闘に出てくれるのならば勝敗に関係なく、以前アベル殿が却下されたという生体魔術の行使の申請の許可を、私の方から領主様に進言します」

……え？

「……で、でもそんなの、通るわけ」

「領主様も今回アベル殿が身体を張ってくだされば、大きな負い目だと感じるはずです。そこにつけ込めば、通せるかもしれません。私も支援します。ですので……」

……チャンスは、あるか？　少なくとも、ラルクへの説得の場を設けてはくれるかもしれない。安全性への配慮は勿論、きっちりと行うつもりだ。その上で妥協点をじっくり探りながら、国法の解釈を捻じ曲げ、違法すれすれの脱法魔術の行使を……。

「しつこいですよユーリスさん！　メア、とっくに怒ってるんですからね！」

「だ、駄目です！　あの魔術の申請許可だけは、絶対に駄目です！　領主様も絶対許可なさいませんし、なさったら困ります！」

俺は魔術の反動で転がっていたアベルポーションを飲み干し、自分の頭を力いっぱい数回叩いた。ぐわんぐわんと視界が回り、頭痛が一層と酷くなる。吐き気が一気に込み上げてきたが、どうにか気力でねじ伏せた。

三半規管が常に揺さぶられている。気持ち悪い。もう、気持ち悪いなんてものじゃあない。足元がよろめいて転びそうになったが、メアが悲鳴を上げながらも支えてくれた。

「だ、駄目です！　ね？　今日はしっかりと休みましょう？　足許、こんなにフラフラなのに

「……」

「行きます……やれます……」

俺は視界がぼやけて人影しか見えなかったが、ユーリスらしき影へと声を振り絞って宣言した。

「……ありがとうございます。では、行きましょう」

まったく違う方から答えが返ってきた。目を細めると、今まで見ていた人影がオーテムであったらしいことに気が付いた。

5

メアとユーリスに両肩を支えられ、どうにか決闘の場である広場へと向かった。広場は酷い有様であった。

「アベルは逃げ出したのか！」「どういうことだ！　あの気味の悪い作物は、すっかり領内に蔓延《はびこ》ってるんだぞ！　捨てた種が、勝手に生ゴミ捨て場で蔓を伸ばして手に負えない状態になってるんだ！　今更どうしろというんだ！　おい、責任取れよ！」

「あの魔術師を連れて来て説明させろ！　風邪ってなんだ！　俺達を馬鹿にしてるのか！」

俺やラルクへの罵倒が飛び交う中、ラルクが肩身が狭そうに頭を下げている。

「アベル、やっぱり引き返しましょう。絶対に悪化しちゃいます」

「大丈夫、いや、本当に大丈夫、大丈夫だから」

「本当に大丈夫な人は三回も言わないと思うんです？　前、見えてますか？　さっきから、焦点が合っていない気がして……」

全身を苛《さいな》まれているが、逆にだんだん苦痛を感じなくなってきた気がする。熱が身体を焼き尽くしてしまったというか、麻痺してきたというか。今なら逆に大丈夫な気がする。

「大丈夫、大丈夫……おえっ、うぷっ！」

「ああっ！　やっ、やっぱり駄目です！　絶対に駄目です！　メアと帰りましょう？　ね？」

「大丈夫……大丈夫だから、なんか、身体麻痺して来たし……」

「大丈夫な要素がさっきから何一つないんですよ！　わかってください！　メア、本当に心配で心配で……アベルには悪いですけど、もう引き返します！　明らかに悪化してますもん！」

メアが涙声で言いながら、強引に身体を引き返そうとする。俺はそれに抗《あらが》い、体勢を崩してその場に膝を突いた。

「ア、アベル!?　ご、ごめんなさい！」

「……せっかく身体引き摺《ず》ってここまで来たんだ……頼む、頼むよ……」

「でも、でも、でも……」

揉めている間に、周囲がこちらに気が付き始めた。

「おい、アベルが来たぞ！」「今更よく来られたな！」「どうしてくれるんだ、おい！　オーテム瓜はどうなってるんだ！　説明しろ！　お前はこの地をどうするつもりなんだ！」

次々に俺へと罵声が浴びせられる。反論しようにも、脳が掻き回されているような不快感が続き、言葉が上手く紡げそうにない。ぱくぱくと口を開いてはみたが、まったく頭が回らない。

「……あれ、なんか本当に苦しそうじゃないか」「……見てて痛ましくなってきたぞ」

「なぁ、今日はもういいんじゃないのか？」

俺の様子を見てか、どんどん領民達の罵声が静かになっていく。代わりに、なんとも言えない気まずい沈黙が広がり始めていた。

すぐにイカロスが、側近の魔術師を引き連れて俺の傍まで向かってきた。イカロスの側近の魔術師達が、俺を見て声を上げて笑う。

「イカロス様に怖気づいたからといって、そんなわざとらしい演技までするとは、とんだ笑いものだな。こんなにしんどいから延期してください、とでも言うつもりか？　まるで子供のいいわけだな」

「どうしますイカロス様？　こんな小者に足を引っ張られていたと思うと、がっかり、なんてものではありませんね。よくもまぁ……イカロス様よりも自分の方が上だなどと、宣《のたま》ってくれたものです。領主殿も、組む人間を見誤られましたな。よほど目が悪いと見える。それとももっと、上の方が悪いのか？」

言い終えてから、イカロスの周囲から哄笑《こうしょう》が上がる。俺は今視界があまりよくないので、二人の姿がぼんやりとしか見えない。聴覚も調子が悪いし、言葉が聞こえて来てもしっかりと脳が処理してくれない。もうちょっとゆっくり言ってくれないとわからない。

「こんなの倒しても……俺が惨めなだけではないか……」

イカロスの声が聞こえてきた。馬鹿にしているというよりは、心の底から呆れているようだった。

「い、いや……できます……決闘、します」

ユーリスとの約束があるのだ。身体を張ってでも、どうにかしてみせる。

決闘の体裁を取り繕えば、ユーリスとの約束は果たせるはずだ。ラルクの顔を潰すのも抑えられるし、少々恰好は悪いが仮病ではなかったということも領民達に示すことができる。立場は悪くなるだろうし、イカロスも今回の決闘の件を持ち出しては来るだろうが、どうにかこの地に喰らい付いて、また地道にイカロスを追い詰めるより他はない。

「帰れ。今戦っても、何の意味もないどころか俺の印象が悪くなるわ」

普通に敵に拒否された。

「い、いや、でも……」

「イカロスでさえこう言ってるんですよ!?　もう、戻りましょう！」

横から誰かが割り入ってくる。

「いえいえ、イカロス殿……オーテム瓜の問題も解決させなければなりませんし、早い内に不安材料は畳まなければいけません。領民のことを思えば、ここで決着をつけていただきたいですね。決闘の規定を守ったせいで、ただでさえ一日遅れてしまったのですから。禍根は残すかもしれませんが……必要なことです。わかっていますよね？」

この声……恐らく、リングスだろう。随分とイカロスと仲良くなったらしい。睨みたいが、残念ながら俺の目の焦点が合わない。

「し、しかし、アベル様は戦える状況ではなく……」

ついて来ていたマリアスが口を挟む。リングスがやや黙るが、すぐに声を上げて笑った。

「本人が戦えると言っているんですから、問題はないでしょう？　イカロス殿、早く準備を」

「…………」

イカロスは何も言わず、人混みの中心へと歩いて行った。

「アベル殿……頼んでおいてなんですが、その、やっぱり無理ですか？」

ユーリスが耳打ちして来る。

「円が小さすぎるので、もう少し領民達に離れるように言ってください。直径を三倍くらいに」

今の広さだと、万が一誤射があれば領民に被害が及びかねない。風邪のせいで魔術の制御が緩い今、その可能性は十分に考えられる。ユーリスはマリアスと顔を見合わせていた。

「……十分な広さは取っていると思いますが……まぁ、アベル殿がそう言うのでしたら」

ユーリスは他の兵に声を掛け、領民達にもっと離れるよう呼びかけた。

「アベル……その……無茶、しないでくださいね……？」

「大丈夫、とっておきを用意しておいた」

俺は懐から出したドクロマークが描かれた小瓶を飲み干し、立ち上がってからメアへと渡す。現状を打破すべく俺が即席で作った、アベルポーション（改）である。

身体中の苦痛が一気に引いていく。曇っていた視界も、万全とはいかないまでも晴れていく。手足が痺れて感覚がないのと、頭の中を黒い靄が占拠しているようで物を考えるのが少々難儀ではあるが、先ほどまでに比べればいくらかマシである。

「よし、よし！　その小瓶は、誰にも見つからないように捨てといてくれ。絶対に、誰にも見つからないように頼む」

「……………」

メアは無言で頷いて、何かを察したかのように素早い動きで小瓶を仕舞った。ユーリスが訝しみ、俺とメアの顔を交互に窺う。

「メア殿、先ほどの小瓶は……」

「メ、メア、何も受け取ってません」

メアはさっとユーリスから目を逸らした。

あの様子なら、無事に小瓶を誰の目にも届かないように処分してくれるだろう。俺はメアに支えられながらイカロスの後を追い、人混みの中心部の空間へと向かった。

不安が飛び交う中、イカロスの側近だった魔術師だけが口汚く俺を罵り、冷めきった場をどうにか盛り上げようとしているようだった。

俺は杖を握り、イカロスと対峙する。

「じゃあ、手を放しますね……」

メアが小声で言い、俺を支えていた手をそっと放した。俺の体幹がぐらりと揺れるが、どうにか地に手を突くことに成功する。慌ててメアが俺の身体を支え直した。

「アベル、諄《くど》いかもしれませんけど、やっぱり……下がった方がいいんじゃ……。体調が悪いのは、十分に周囲に示せましたし……後日仕切り直してもらった方がいいんじゃないですか？」

確かにメアの言う通り、どんな形であれ黒星がついてしまうことは好ましくない。アベルポーションＺ（改）である程度はマシにはなったものの、今の体調ではまともな威力の魔術は使えないし、十分な制御を行うこともできない。

苦痛は和らいでいるが、頭がぼやけているのだ。そのせいで、魔術に一番重要な集中力が大きく欠けている。

腐っていても、向こうは対人戦闘タイプの魔術師だ。普段ならばいざ知らず、今の俺で勝てるほど甘い相手だとは思えない。

イカロスとの対立を一番に考えれば、俺が顔を出したことで領民達に納得してもらえている時点で、後日仕切り直しを切り出した方がいい。どっちにしろイカロスからはかなりつつかれるだろうが、そちらの方がまだ言い逃れが利く。しかし、だ。

「……でもここで俺が下がったら、ユーリスと約束した申請書の件が有耶無耶《うやむや》になっちゃうし」

俺が声を潜めて言うと、メアの表情が凍り付いた。

ユーリスが申請書の件を俺と約束したのは、俺が今日決闘に出ることで、ラルクの顔を潰さないようにするためなのである。向こうも本当は嫌なのが本音だろうし、逃げ道を与えたくない。俺が真摯に身体を張った以上、口約束とはいえ家臣が領地の功労者と約束したことを、ラルクは簡単に反故《ほご》にはできないはずだ。しんどい方を取るメリットがある。

「……メアは、メアは何があっても、アベルの味方ですからね」

メアはそう言って俺の手を握った。

「…………」

俺が何とも言えない気持ちでいると、俺の近くへと炎の魔弾が飛んできた。当てる気はなかったらしく、距離はやや開いている。魔弾は地を抉《えぐ》り、火柱を立てた。メアが息を呑み、観衆の領民達も押し黙った。

「随分と、甘く見られているようだな。何のつもりか知らんが、そんなわざとらしいまでに弱った素振りを見せつけながら、俺の前に立つとはな。それで俺が手心を加えるとでも考えているのか？連弾のイカロスの名も掠《かす》れたものよ、こんなガキにここまで馬鹿にされるとは」

イカロスは大杖の下方を地に打ち付ける。

そろそろ決闘が始まる。俺は無言で目配せをしてメアから杖を受け取り、彼女を観衆達の位置まで退かせた。

「忠告しておいてやろう。卑しくも、今負けても次があると考えているのならば下がるがいい。このイカロス、病気のガキを嬉々として甚振《いたぶ》るほど堕ちたつもりはないわ」

イカロスがちらりと観衆へと目を向けてから、忌々しそうに目を細め、再び俺を睨む。

俺は今言うべきではないような気がしたが、それでもつい口から出てしまった。

「……卑しくも今負けても次がって……お前、倉庫放り込まれて出て来たばっかりじゃん……」

多分、アベルポーション（改）の副作用で、思考が霞んでいたせいだろう。俺の聞こえるか聞こえないかの絶妙な声量の皮肉とも取れる呟きはいい感じにイカロスの神経を逆なでしたようだった。

イカロスは目を見開き、大杖を振り上げる。

「後悔するがいい！」

「ちょっと、まだ合図は……！」

ラルクの私兵が止めるが、イカロスは聞く耳を持たなかった。

イカロスが大杖を振り下ろしながら、呪文を詠唱する。球を象った炎が放たれ、俺を目掛けて飛んでくる。決闘は、イカロスのフライングによって開始された。

6

イカロスの放った炎の魔弾が、俺を目掛けて飛んでくる。

さすがに不意打ちで仕留める気はなかったらしく、スピードも威力もさしてない。正直これを受けてリタイアするのも手ではあるが、約束は約束であるし、一応できる限り本気で戦おう。

片手で頭を押さえて指で小突き、俺は必死に薬の副作用で纏まらない精神を集中させる。

「《炎よ》　《球を象れ》」

杖先に炎が灯るが、魔力配合が上手く行かない。どうしても過多になった魔力が炎を溢れさせ、形を崩してしまう。

「ちっ！」

俺は魔法陣を上書きして縮小させながら手許で暴発させ、その衝撃で後ろに跳ぶ。地に腰を打ち付けることにはなったが、イカロスの魔弾を避けることはできた。

「びょ、病人相手に、いくらなんでも卑怯だぞ！」

「こんなの決闘でもなんでもないじゃないか！　俺達がこれで納得すると思ってるのか！」

観衆達から不満の声が漏れ始め、それはどんどん広がっていく。

俺としては後の言い訳になるので問題ないが、今まで徹底して領民達の支持を集めていたイカロスにしては、確かに今回はおかしな言動が目立つ。病人相手に戦った上に、不意打ちを飛ばせば不満が募るだけだろう。

そういえば、イカロス自身は最初は俺の様子を見て戦うことに乗り気ではなさそうだった。リングスが声を掛けてから、決闘の続行を決めたようだったが……まさか、激昂して冷静さを欠いている、フリか？

そんなことをするメリットは一つしかない。俺に必要以上のダメージを与えて再起不能にし、その後の自分への追及から言い逃れするための布石。イカロスが自分の失墜は俺がいる以上免れられないと考えたなら、そういった手に出てきてもおかしくない。

実際さっきラルクの館にいたとき、俺は一度、何かの襲撃に遭った。あれに、どういった形にせよイカロスが噛んでいることは間違いないだろう。あんな白々しいタイミングで俺を襲って、後でどう言い逃れするつもりだったのかは知らないが。

「無様だな。速攻で終わらせてくれるわ」

イカロスの左右に、二つの魔法陣が現れる。

「《炎よ》　《氷よ》　《球を象れ》」

横薙ぎに大杖を振るうと、二つの魔法陣から炎と氷の魔弾が同時に射出される。そのままイカロスは杖を構え直しながら、魔弾の後を追うようにして俺へと接近して来る。

「イ、イカロス様っ！　そこまで本気を出さなくとも……」

イカロスの部下の一人が声を上げる。

仕方ない、魔力配合が上手く行かないが、勢いで誤魔化そう。いつまでも手許で暴発させているわけにもいかない。細かい調節ができないのなら、おおざっぱ上等で行こう。

「《炎よ》　《球を象れ》」

俺の杖先に現れた炎が球体を象る。機微の制御が甘いせいかすぐに分散しそうになるが、魔法陣を重ね掛けして魔力を継ぎ足して補った。またバランスが崩れたので、更にもう一回り大きくしてみる。雪だるま式である。

最終的にソフトボール程度の大きさだった炎の球が、俺の身長に近い大きさの直径を持つ魔弾となった。

「なっ!?」

イカロスが声を上げながら足を止め、横へと大きく跳んだ。

魔弾は無理矢理大きくしたので破裂寸前だったが、推進力に使う魔力量を増やし、無理矢理そのままぶっ飛ばした。

「行ってこい！」

杖を振り切ると、巨大な魔弾は地面を削り飛ばしながらイカロスへと接近していく。

俺の放った魔弾は、イカロスの二つの魔弾を悠々と呑み込んだ。そのままイカロスが走っていた部分を削り飛ばして地面に埋もれて静止し、爆音を上げて破裂した。宙に飛んだイカロスがその余波を受けて横っ腹を地面に打ち付け、土だらけになりながら十回転ほど側転した。

ブーイングの嵐だった観衆が、しんと静まった。

「うげっ、げほっ！　ごほっ！　げほっ！」

静まった広場に、イカロスの咳き込む音だけが響いた。腹を打ち付けたときに身体の内部を痛めたらしいイカロスが、咳き込みながら膝を突き、身体を起き上がらせる。

「……ああ、割とどうにかなりそうだな」

「イカロス様ァッ!!」

俺が呟くのと同時に、イカロスの部下が悲鳴に近い叫び声を上げた。イカロスが部下の集まっている方へと目を向ける。

「あ、あれは無理です！　やっぱり無理です！　降参しましょう！」

「これ以上やったら殺されます！」

イカロスの部下達が、顔を真っ青にして首を振る。イカロスはやや呆けた顔で部下達の顔を確認してから、振り返って俺の魔弾が地面を掘り進んだ軌道と、破裂して地面を抉った跡を見て、目を剝いた。その後、肩を震わせて「フフ、フフフ……」と笑った。

大人しく出て行ってくれそうだ。警戒していたほどの魔術師ではなかったな。

俺がほっとして杖を降ろそうとしたとき、イカロスが何かを呟くのが耳に入った。

「……今日で、よかった。平常ならば、確かに勝ち目はなかったかもしれん」

イカロスは起き上がって態勢を整える。顔中に脂汗を浮かべながらも、口端を吊り上げて不気味な笑みを浮かべていた。

まだやるつもりらしい。俺は下げ掛けた杖を構え直す。

「大した威力だ。いや、恐れ入ったわ。確かに魔力量で言えば、俺より数段は上かもしれんな」

イカロスは笑みを崩さず続けてはいる。しかし、余裕があるから笑っているわけではないだろう。

イカロスの顔から溢れた脂汗が頬を伝い、顎《あご》に流れて地面へと落ちていった。

「一流の魔術師ならば……実戦においても、三つの魔法陣を並行して展開できるという」

イカロスが杖を掲げると、周囲に四つの魔法陣が現れる。

「だが俺はっ！　魔弾に限れば同時に四つ撃ち出すことができる！」

杖を振り下ろしながら、イカロスが叫ぶ。

「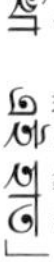《炎よ　球を象れ》」

四つの魔法陣から飛んだ炎の球体が、各々の方向から半円を描くように俺へと飛んでくる。

……一球で撃ち落とされないよう、散らしたつもりなのだろうか？

「更に……もう一発だ！」

イカロスが前に跳びながら、再度杖を振った。五発目の炎の魔弾が、直進しながら俺へと向かってくる。速度も威力も、イカロスが放った魔弾の中では最高だろう。

「さ、さすがイカロス様！　四つを同時展開した直後に、追加の一発を撃ち込むとは！　これだけ撃ち込めば、一発くらいは防ぎきれずに……」

イカロスの部下の一人が声を上げる。俺は杖を構え、周囲に十の魔法陣を展開した。

「……え？」

体調が万全でオーテムを使っていいのならば、同時に二十六発を撃ち込める自信がある。

今も制御を緩めれば三倍は撃てるが、そんなに出す意味もないし、万が一暴発したら目も当てられない。十で十分だろう。

「《炎よ》　《球を象れ》」

今回は細かいコントロールを捨て、最初からすべて大きめの魔弾を生成し、一斉に射出した。十の魔弾は、イカロスの魔弾を呑み込みながら軌道を曲げてイカロスへと接近していく。

「お、お、おお!?」

イカロスは目を見開いて狼狽《ろうばい》しながら、後退る。幼子が不安なときに親の腕へそうするように、ぎゅっと大杖を握り締める。

ちゃんと人間に近づくと地面にぶつかって自壊するようになっているので、余波を受けることはあっても命に別状はないだろう。

十の魔弾はイカロスを取り囲むようにして破裂した。煙が晴れた頃には、イカロスが黒焦げでぐったりとしていた。

「……もう、いいですか？」

イカロスへと俺は声を掛ける。イカロスは何が起こったのかわからないといったふうに唖然《あぜん》としていたが、俺の顔を見ると急に笑い出した。

「ふ、ふふふ、ふはははははっ！」

「………………」

俺が言葉を失ってイカロスの様子を見ていると、イカロスは哄笑を止めて大杖を手で握り締めて立ち上がった。

「な、なんでまだ……」

「貴様にはわからんわ！　俺はァッ！　この地でようやく王になったのだ！　こんなちっさいつまらん、ド田舎のゴミみたいな地でェッ！　縁もゆかりもない馬鹿共に必死に愛想を振り撒いてェッ！　二十年以上もの年月を掛けてェ！　ようやく王になったのだ！　連弾のイカロスと恐れられた、この俺がだぁ！　なぜかわかるかァ！」

イカロスは白目を剝き、声を張り上げる。俺はその迫力に圧倒され、何も言えずに呆然と突っ立っていた。他の領民達もそうだっただろう。

「貴様みたいな奴に！　貴様みたいな奴に邪魔されて台無しにならんように、わざわざこんな辺境に腰を据えたのだ！　俺はなァッ！　もっと王都に近い領地を持ってる、大貴族に仕える機会だってあった！　あったのだ！　それを捨てて、こんなド田舎に仕えてやっていたのだ！　俺の人生を懸けてだぞ！」

半狂乱になって、拳で地面を叩く。イカロスの皮膚が破れて傷ができ、土と血が混じって肉に入り込む。

「二十から四十までの間……ずぅぅぅぅっとこのクソつまらん地で過ごしてきたんだぞ！　なのに、ようやく、ようやく名実共にこの地の王になれる機会が来たのに、貴様のような奴が来るからァッ！　貴様みたいなのが来ないように、わざわざこんな辺境地を選んだのに！　今更追放されて、俺にどうしろと言うのだ！　俺の人生をどうしてくれる！　今まで、どれだけここに貢献してやったと思っている！　俺を誰だと思っている！　連弾のイカロス様だぞ！　本来ならなァ、こんな地で燻《くすぶ》ってるような魔術師じゃないんだぞ！　俺がいなきゃこんな領地……もっと駄目だったに決まってるのに……！　返せよ……俺が王だぞ！　俺が王だったんだぞ……」

イカロスは、泣き喚きながら地面に突っ伏した。広場全体が気まずい沈黙に包まれた。

俺が杖を下げて後退りした瞬間、イカロスの目がギラリと光った。イカロスはがばっと勢いよく上体を起こし、杖先を俺の周辺の地面へと向けた。

「[illegible]《土よ》　[illegible]《毒蛇と化せ》」

土が変形して蛇を象る。あくまでも土で蛇を作っただけといった外見で身体は土色だが、牙の部分だけ紫に怪しく光っている。

「げっ！」

今の身体の状態でも、この距離で行使された魔術ならば発動前に打ち消せたのだが、咄嗟《とっさ》だったので『魔弾以外使ってはならない』というルールが頭を掠めて、判断が遅れてしまった。

こうなってしまえば、今の制御の不安定な魔術で、あの小さな動き回る蛇を射抜くしかない。

「フハハハッ！　これで、これで死ね！　この地は俺のものだぞォッ！」

「《風よ　矢を象れ》」

俺の杖から出た光が風と混じり、一筋の白い矢となって真っ直ぐに放たれた。風の矢は、蛇が鎌首を擡《もた》げたその顎下を的確に貫いた。……延長線上にいた、狂笑していたイカロスの腹部ごと。

「あ」

その短い一言は、誰が発したものだったのかはわからない。俺も気が動転していた。ひょっとしたら俺自身のものだったかもしれないし、イカロスのものだったかもしれないし、観衆の誰かの声だったかもしれない。

とにかく、その一声と共に、決闘に終止符が打たれた。俺とイカロスの権力争いが終わった瞬間でもあった。

7

決闘の日から二日が経った。

体調はもうすっかり回復した。病魔散らしのオーテムが今回もばっちり効いたようだ。俺はラルクの館の自室にて、羽ペンであれこれと書類を書いていた。

書類は今後の計画について、である。オーテム瓜を改善しなくてはならないし、錬金術師団を取り纏めてオーテムについて叩き込まねばならない。まだまだやることは多い。いや、むしろここからが本番である。

それについさっき、執務室の前を通りかかったときに朗報を耳にした。

『ラルク様。アベル様の提案していた例の生体魔術の件ですが……どうなさいましょうか？』

『……ユーリスがああ言って連れ出した以上、無下にすれば信頼を大きく損ねることに繋がるだろう。何か、あの子の納得しそうな妥協点を……。その点については、むしろマリアスとリノアの方が詳しいだろうから、意見が欲しい』

『申し訳ございませんラルク様、私が勝手に……』

『いや、先日を逃せば再びイカロス派の勢力は盛り返していた……その点は、仕方ない。最善だった……はずだ』

恐らく、ラルク、ユーリス、マリアス、リノア辺りが、俺の申請書について話し合っていたのだろう。あの様子ならば、まったく何もなしという話にはならないはずだ。

……因みに、イカロスは腹部に穴が開いて死にかけていたが、どうにか俺が生体魔術で一命を取り留めた。とはいえ俺もあのときは体調がよくはなかったので、本当にとりあえず命を繋いだだけの状態だったのだが。

イカロスは目を覚ましてから一気に老け込んだ様子で、すっかりと大人しくなっていた。俺に治療されたのが堪えたのかもしれない。

今件に関しての尋問が終わって体調が全快次第、同行を願い出た元側近の魔術師二人と共にファージ領永久追放処分の予定である。

結局オーテム瓜騒動は、イカロスがリングスの信用を利用しようと信者の一人を唆《そそのか》して被害者を装わせてリングスを騙し、自らの地位回復のために俺へ決闘を申し込んだ。イカロスは実力不足なのはわかっていたので、自分が得意な分野を勝負に押した上で更に呪術によって俺の身体を蝕むことで勝とうとしていたのだろう……と、いうことに落ち着いたようだ。事前にイカロスが俺を暗殺しようとしていた、という噂もある。マジかよイカロス最低だな。

何はともあれ、これによってイカロスを信じていた一部の領民達もすっかり鞍替えし、むしろイカロスに強い憤りを抱いているようだ。

なんか色々と盛られている気もするが、別に俺にとっては不利ではないので放置している。

リングスも無傷とはいかず、大きく信用を失う結果に終わったようだ。重ねてラルクが信用のできる人間をリングスに三人ほど見張り役としてつけ、変わった動きがあれば速攻拘束するように言いつけているらしい。何か企んでいても、これで下手な動きはできまい。

とはいえこれまでリングスのやらかしてきた規模を思えば、奴が本気で動いたときどこまでできるのかが気掛かりだ。できれば自主的に出て行ってほしい。

「アベル、本当にもう大丈夫なんですか?」

傍らにいたメアが声を掛けてくる。

「ああ、もう万全だ。二日も遅れちゃったからな。明日からは、錬金術師団の指導に当たらないと。そのために今日の内に要項を纏めて、鍛錬用のオーテムを量産して……。それに、リノアさんに頼みたいこともあるし」

「リノアさんに？」

「ああ、ノワール族は、背は低いけど力が強くて手先が器用で、魔鉱石加工が得意な人が多いらしいからな。俺はほら、そういうの作るのには、器用さが足りないから」

「アベル別に、手先は器用……あっ」

何かに思い至ったらしく、メアは黙った。

……ぶっちゃけた話、力が足りないから俺はそういったことには手が出せない。だから今まで、貴重な鉱石を手にしても腐らせていた。そう、ゼシュム遺跡の壁に使われていた、謎の浮遊鉱石である。あれを用いれば、超高速で飛び回る剣も作れるはずだ。

「まだまだ課題はあるけど……今日は書類作りと理論立てに専念しておくか」

ふと窓から外を見ると、赤、青、黄色の雑な作りの鎧を着た集団が村を出て行くのが見えた。ナルガルンの鱗を用いた鎧である。

素材があれしかないので、とりあえず色だけ均等に分けてみたのだろう。数を作る必要があったので、一つ一つの作りはかなり粗い。特に見栄えは度外視している。多分、そこそこ硬くて防具としては優秀なのだろうが。

俺は椅子から立ち、窓際に手を置いた。

「……ぶっちゃけあれ、すげーダサいな」

「……メア的にもなしですね。とりあえず間に合わせの防具らしいんで、仕方ないですけど。ユーリスさんが、交易が復活したら改善できるはずって言ってました」

ファージ領は今、回復の途上にある。色々と手の回らない部分があることは仕方がないだろう。

……特に、見栄え面に関しては。

「交易と言えば、領主さんが地下室にある祖父が集めた美術品を売り払って復興に当てるって言ってましたよ！　明日整理するそうです！　せっかくですし、ついて行って観てみましょうよ！　多分、アベルが欲しいって言ったら一、二品くらいなら無条件でくれますよ！」

「う～ん、あんまりそういうのには興味ないいんだけどな」

因みに、俺が広めたトランプも、既に領内で流行《はや》りつつある。これも領内での俺の印象を上げるのに一翼を担っているようだ。

領主は極力支援してくれるし、領民からの印象もいい。正に俺の理想の領地となりつつある。

窓から外を眺めていると、建設途上の教会が目に入った。水神リーヴァイの教会である。後の懸念点は……胡散臭い宣教師と、領地に攻撃を仕掛けていた何者かの存在である。恐らくは、同一であると睨んでいるが。

リングスは未だに領民からの支持があり、それに領地に攻撃をしていたという確固たる証拠があるわけでもない。下手に先手を打つことはできない。目的もはっきりとは未だに見えないし、実力もわからない。色々と底の知れない相手である。

「気を引き締め直さないとな……」

俺が呟くと、メアが俺の視線を追って教会を見つける。

「……あれ、建設してる人いなくなってません？　休憩中ですかね？」

「うん？」

第五話　水神四大神官

1（sideリングス）

「失敗した、失敗した……。完全に、失敗した……」

教会が完成するまでの代わりとして集会所として用いている長老ロウブの家にて、リングスはぶつぶつと窓に向かって独り言を呟いていた。

「……わ、私のせいだ。私が余計な口出しをしなければ、決闘は見送られていた。そうなればイカロスと手を組んで、双方から搦め手でアベルを潰す機会も、あったはずなのに！　大神官様もそれとなく止めてくださったのに、私は、私は……！　でも、だってあいつ、あんなにフラフラだったから……！」

恨めしげに言い、窓に爪を立て、ガラスの先にある建造物を睨む。建設途上のリーヴァイ教の教会である。つい最近まで信者の若者達がこぞって建設に手を貸してくれていたのに、ここ数日ですっかりいなくなってしまった。

今や剝き出しの内装を露《あら》わにしながら放置されているのが現状である。ここ最近雨も増えてきたというのに、雨よけのシートを被せようという者さえ現れない。その理由はいわずもがな、イカロスの信用不足を補うために自分の名前を貸してしまったせいである。

結果は盛大に失敗され、イカロスと共にリングスの信用も消し飛んだ。それに加え、領内の仕事が一気に増えてしまったこともある。オーテム瓜の育成から安全性の管理、植えた位置や育った数に関する報告など、オーテム瓜一つをとってもこれだけ仕事がある。

この上に大量のナルガルンの首から防具を作る作業だの、トランプと呼ばれる謎のカードの製造だのがあり、領内に暇な人間がすっかりいなくなってしまったのだ。

今までは窮地であったから新たな救いを求めてリングスの話を聞きに来ていた人が主であった。しかし領内での生活が安定する見込みがつき、そういった不安もすっかり解消されてしまったのだ。

「大神官様……大役を任せていただいていたのに、申し訳ございません……申し訳ございません……。私が至らないがばかりに、こんな、このような……。ああ、大神官様へ、いったいどう顔向けすればよろしいのか……」

リングスは悔し涙を浮かべながら俯いた。

そうすると、脳裏には白髪の魔術師、アベルの顔が浮かんでくる。あれさえいなければ、ナルガルンが突破されることも、雨を降らされることも、魔草が根こそぎ滅ぼされてあんな意味のわからない瓜で領地が埋め尽くされることもなかったのだ。憎さのあまり、リングスは表情を歪《ゆが》める。

今や長老ロウブの家にも、リングスを含めて五人しかいない。それも彼以外の四人は、ロウブを筆頭に全員老人である。

信仰のために来たというよりは、暇だったから老人同士で顔を合わせに来たといった調子である。

信仰のためというのは、ほとんど建前に成り下がっていた。日を跨《また》ぐごとに目に見えて信仰に対する態度が薄れていき、今日に至っては最早それを隠そうという意思さえ感じられない。

「む、むむ、見切ったぞ！　こちらが道化じゃ！」

長老ロウブが、歳に似合わぬ熱の籠った声で言う。リングスがちらりと様子を窺えば、老人四人で例のトランプとやらを楽しんでいるようであった。

「はー！　強っ！　ロウブさん強っ！」

「ロウブさんが二択で見切ったのは、これで五回連続じゃないか！」

「ほほ！　伊達《だて》に長生きしとらんわ！　アウンドは目に出やすいからのお」

「なるほど目を見ればよいのか！」

「んっんー……どうかの？　ワシの真似をしたからと言って、同じことができるとは限らんがな？」

「次からロウブさんが引くときは目を閉じておくことにしよう」

「ああっ！　そ、それはルール違反じゃ！　ルール違反じゃろ!?　なぁ!?」

完全に長老の家に遊びに来たつもりでいる。リングスもなぜ自分がここにいるのか、意味がわからなくなっていた。

リングスは怒りに打ち震えながら老人四人がトランプ遊びに興じる様を見ていた。内心ぶっ殺してやろうかと思っていたし、恐らくそれは表情にも出ていた。リングスの視線に気が付いた老人、アウンドが彼を振り返る。

「どうかな、宣教師さんや。ひと勝負、如何《いかが》か?」

リングスはぐっと堪えて笑みを浮かべる。

「……いえ、自分は遠慮させていただきます」

「ほっほ、リングスさんや、ワシらに負けるのがそんなに嫌ですかな?」

リングスはロウブがそう言ったのを聞いて、『何言ってんだコイツ』と思ったが、それでもどうにか堪えた。

アベルが来てから連敗続きでかなり苛立っていたところに『ワシらに負けるのがそんなに嫌ですかな?』は、冗談めかした言葉だと理解はできてもそれでも尋常ではないほど腹が立った。それでもリングスは堪えた。こんな四人でも、最後の信者である。ここを足掛かりに、何か、何か手があるはずなのだと……。

「ああ、目を瞑《つぶ》るのはなしですぞ! 目を瞑るのは、なんというかいかん。面白味に欠ける。ほら……ルールでも禁止だった気がする」

「ゴチャゴチャうっせぇぞクソジジイ!」

さすがのリングスも限界だった。部屋内が一気に静まり返る。リングスはその中心で息を荒くし、肩を上下させた。

アベルが領民の不安を和らげようと思って提案したトランプであったが、アベルのまったく知らないところで敵方であるリングスに予想外の大ダメージを叩き込んでいた。お互い身を寄せ合って震えるトランプ四人衆を見下しながら、リングスは考えていた。

（一刻も早く、アベルを殺すしかない……。あれがいる限り、もう何をやっても無意味だ。私では無理だ、大神官様に出てもらうしかない。大神官様が一度襲撃を仕掛けて失敗したと仰っていたが、全力で戦えばその限りではないだろう。しかし、戦っている様子を見られるのはマズい……。どうにかアベルに、単身で村を離れてもらわねば）

2

ベッドで眠っていた俺は、大きな破壊音を聞いて目を覚ました。

先日のように、何かがこの部屋へ入り込んできたのだ。俺は慌てて杖を手に握り締めながら、ベッドから飛び降りて床に着地した。そのまま、音の方向へと杖先を向ける。

『《グオオオ》！』

人や通常の魔獣の者とは明らかに違う、恐ろしい鳴き声。それに加え、断続的に何かを叩き付け続けるような打撲音が聞こえてくる。

俺が設置しておいた護身用オーテムが、青白い光を放つ獣へと体当たりを繰り返していた。獣は絶叫を上げながら、腹部を上に向けて必死に許しを請うている。オーテムが回転しながら飛び上がり、獣の腹部を抉《えぐ》った。獣はびくんと大きく身体を跳ねさせると、無数の小さな光の球へと姿を変え、空気に混じるように消えて行った。

「精霊獣……」

ぽつり、俺は呟く。

精霊獣の定義は多いが、一般に精霊が集まって一個体の生物となったものの中で、危険度の低いものを示す。複雑な魔法を有していないか、言語能力を持っていないか、簡単な動物の姿を取っているか……など、地方や時代に依存し、明確な判断基準はやや異なる。下級悪魔と同類に見なされることもある。要するに、複雑な力を持たず、言語能力を持っていない、簡単な動物の姿を取る傾向にある下級悪魔の総称であると考えておけば間違いはない。稀《まれ》に判断の難しい個体もあるが、スイカやイチゴが野菜か果物か程度の話である。ぶっちゃけどうでもいい。

この間の俺が風邪を引いたときに襲撃に来たのも、恐らく精霊獣だったのだろう。道理で仕留めたのに見失ったはずだ。衝撃に身体が維持できず、精霊に分散していたのだろう。

敵がハーメルンを使っていた時点で、気が付くべきだったのだ。そういえば、魔獣被害の際に精霊獣による被害も報告されていたような気がする。相手は、精霊使いだ。

「精霊獣が二体に、高位悪魔のハーメルン、か……」

精霊獣や悪魔から召喚紋をもらい、使役するのは簡単なことではない。俺も一回無理に召喚紋を迫り、勢い余って悪魔を消滅させてしまったことがある。

魔力の傾向、質、波長が合っていなければ、そうそう簡単には召喚紋はもらえないものなのだ。今飼っているハーメルンも、俺が魔力を上げているときは嬉しそうに寄ってくるのに、召喚紋をくれる様子は一切ない。それくらい奴らは繊細なのだ。だからこそ、一度召喚紋を与えた相手には懸命に付き従うというが。

「三体も従えていたとは、相当悪魔の扱いを心得てるんだな……羨ましい。コツとか教えてくれないかな」

もっとも、その三体もこれで始末は完了したはずだが。

しかし、なぜこのタイミングで襲撃を掛けてきたのか、その意図がわからない。一度失敗した、ということは向こうもわかっているはずだ。これからも退くつもりはない、という徹底抗戦のアピールだろうか。

そう考えていたところ、館の他の場所からも悲鳴が上がった。いや、それだけではない、領民達の家の方からも悲鳴が聞こえ、遠くに精霊獣が駆けているのが見えた。

さすがに驚いた。一体、何体の精霊獣を使役しているというか。それに今、村全体を襲撃することで、どういった結果を引き出したいのかも予想がつかない。

諦めて、自棄になって攻撃へ移ったのか？　そんな短絡的な行動を取る相手だとは思えなかったのだが……。

とにかくメアと……屋敷内の人間の無事を確保しなくてはならない。それから領内の人間も、だ。

「《運べ》」

俺が唱えると、部屋内に十三の魔法陣が浮かび上がり、同数のオーテムが現れる。世界樹製とは違い、通常の木から作ったオーテムの転移には、膨大な魔力を要する。しかし、これらのオーテムはすべてファージ領内にあったものなので、俺の魔力ならばまだ許容圏内である。少々痛手であることには違いないが。

「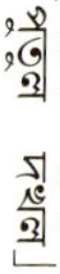《人形よ　踊れ》」

再び俺は十三の魔法陣を展開してオーテムを操る。

十体のオーテムを割れた窓から飛び出させ、残りの三体のオーテムを館内に走らせる。すぐに館の中から精霊獣の絶叫が響いた。俺は廊下を走り、メアの部屋へと入った。

「おい、大丈夫……」

メアはベッドの上で毛布に包《くる》まりながらガタガタ震えており、その両側には二体のオーテムがクルクルと回っていた。

「あ、アベル……よかった……。もうメア、駄目かと思っちゃいました……」

メアは声を震わせてそう言い、毛布をぐるぐると体に巻いた歩きづらそうな恰好のまま立ち上がり、ヨロヨロと俺の傍まで寄ってきた。

外側の壁は大穴が空いている。精霊獣が体当たりで突き破ったようだ。メアは精霊獣から襲われ、脅えているようだった。俺はとにかく安心させようと思い、メアの肩に手を置いた。

「妙な魔獣を見たんだな？」

「い、いや、さっきメアの部屋に……あの、青白く光っている狼が、一体入り込んできていて……」

二体？　俺の部屋にも、一体しか入り込んでいなかったのに……。

「そいつらはもう逃げたのか？」

「……あそこで回ってる二体のオーテムが踏み潰しました」

メアが示した先へと俺が顔を向けると、二体のオーテムは勝利の舞を踊っていた。

「……そうか、それはよかった。いや、あれは俺が操ってる奴だから、心配しなくてもいいぞ」

俺が杖を向けると、オーテムは他の精霊獣を探すために壁の穴から外へと出て行った。

……ラルク邸、すっかり風通しがよくなっちゃったな。

その後もドォン、ドォンと下の方から大きな音が響き、続いて精霊獣の断末魔の悲鳴が上がった。

部屋を出て、館内の人間と合流した。ラルクとその親族が三人、住み込みの使用人が三人……そこに俺とメアを含め、計九人の人間が集まった。

怪我を負った者はいるが、命に関わる程ではない。

「アベル殿の木偶《でく》人形だったのだな。いや、助かった。まさかこれ程多くの魔獣が、領内に入ってくるとは……」

「アベル様の木偶人形がなければ、本当に、危ないところでした。ありがとうございます……」

「あの人形、王都の職人が作った一級品の楽器をぶん投げて壊してたような……」

「ありがとうございます！　アベル様がいなければ、どうなっていたことか！」

ラルクの親族や使用人から、口々に礼を言われた。ただラルク自身は、顔を青くしてオロオロしていた。

「マ、マリアスがいない……」

その言葉を聞き、館内の人達が皆表情を暗くし、目線を落とす。

残った使用人の顔ぶれの中に、マリアスはいなかった。ようやく敵側の思惑が見えて来て、納得がいった。

「安心してください、殺されてはいないはずです。恐らく……えっと、人質に取ったのでしょう」

「人質？」

「ええ、メアの部屋にも二体の精霊獣が飛び込んできたそうです。俺に対してカードになると考えて、優先的に襲おうとしたのかもしれません」

俺に精霊獣を嗾《けしか》けたのは、ラッキーで不意を突けないかと考えてのことだったのだろう。何体向かわせても無駄になると考え、一体しか差し向けなかったのかもしれない。

「恐らく……村からも、何かしらの影響力のある人間が連れ出されているはずです。人を咥《くわ》えて逃げた精霊獣を見た者がいないか、聞いて回ってみましょう」

わざと逃げた先を見せつけているはずだ。恐らく……この襲撃は、俺に対しての果たし状である。

このままでは領地が完全に持ち直してしまうと判断した相手が、俺との直接対決へと持っていこうとしているのだろう。精霊獣を嗾けて確実に領民から死者を出すこともできるのだぞ、という脅しの意味合いもあるかもしれない。

何にせよ予想が当たっていれば、行方不明者が出ているはずだ。その中にリングスが含まれていれば、もう確実と見ていいだろう。

ただそう考えると、一つ引っ掛かることがある。俺がナルガルン、ハーメルン、イカロスを倒したことを承知の上で、俺との直接対決を望んでいる、という点だ。まさか、まだ何か……再生ナルガルン以上の奥の手を隠しているのだろうか。ここまで色々と問題はあったが案外スムーズだったので、どこか敵を甘く見ていたかもしれない。

俺も気を引き締めなければならない。誘い出した先で、何か恐ろしい罠でも張っているのかもしれない。十全に警戒しなければ。

「……アベル、顔、緩んでます」

メアが手で筒を作り、こそこそと俺に耳打ちをした。慌てて表情を整えて前を見ると、ラルクが恨めしそうな目で俺を見ていた。ご……ごめんなさい。

3

ラルクの指示の下に私兵団と錬金術師団が動き、領内に精霊獣がまだいないかを確かめたり、怪我人の治療に当たったりが行われた。その過程で領外へと出て行った精霊獣がいないか、行方不明になった人がいないかもついでに聞き回ってもらうことにした。

その結果、人間を咥えて山の方へと駆けて行った精霊獣の目撃情報をいくつも得ることができた。領内から十数名の領民が連れ去られていることが確認でき、その中にはあの胡散臭《うさんくさ》い宣教師、リングスの名前もあった。完全に予想通りである。間違いなく、俺を誘い出すつもりだ。

「――以上が、私達の集めてきた情報です」

ユーリスからの話を、答え合わせ感覚で聞いていた。しかし今まで慎重に動いていたようだったのに、向こうさんも大袈裟《おおげさ》な作戦に出てきたものだ。それだけ余裕がない、ということか。これまでは徹底して表に出ないように立ち回っていたようだったが、先日にリングスから正面から喧嘩を売ってきたのに続いて今日の襲撃である。決着を焦っている。いや、俺を処分したがっているのか。

「しかし、ただの野生の精霊獣だとは思えませんね。裏に意図や悪意があるように感じると言いますか……。現在、散った私兵団を呼び戻し、山へと向かわせる手筈を進めています。すでに先発隊の準備が完了しており……」

「あ……いや、山には俺が単独で向かいます」

俺はユーリスの話を遮って口を挟む。

「え？　し、しかしアベル殿だけでは……た、確かにそちらの方が勝算は高いかもしれませんが……いや、しかし……しかし……」

「ひょっとしたら、後を追わせて領地の戦力を空にしてから、第二段を送り込むつもりなのかもしれません」

敵は領地を壊すだけならいつでもできる力は持っていた。だからその線はないとは思うが、口ではこう言っておく。他に人がいたら、動きにくくなる可能性もある。

……それに、できれば戦後、向こうの持っている奥の手やらが優れたものならば、こっそり回収してしまいたい。

禁魔術を用いて強化したナルガルンや、戦いでの使用が禁止されている悪魔の使役、本来ならば行使制限のある魔術での攻撃なんかを、躊躇《ためら》いもなしに立て続けにかましてくる連中である。ナルガルンの魔法陣は色々と残念だったが、次は何か、俺の度肝を抜いてくれるようなものを出してくれるかもしれない。俺の知らない型の魔法陣や、魔法具だったらありがたいのだが。

「なんにせよ向こうの狙いがわからないので、それを探る意味でも自分が一人で向かうのが最善かと。何かわかれば、すぐに引き返して伝えに戻りますので」

「……わかりました。でしたら、私を含める少数精鋭の隊を組んで同行し、サポートに……」

「いえ、大量に用意したオーテムが転移の魔術で呼び出せる範囲内にあるので、戦力の点は問題ないと思いますよ」

ここ数日で時間の余裕ができたので、大量に彫った分がある。あれを一気に転移の魔術で展開すれば、しんがりでも肉盾でもなんでも熟《こな》してくれる。十分サポートになるだろう。

「ユーリスさんは、ここで生き残りへの対処と襲撃への警戒をお願いします」

「……確かにアベル殿なら、それで大丈夫なのかもしれませんが」

あまりゆっくりとしている余裕はない。ちょっと酔うかもしれないが、アシュラ５０００の内部に入って精霊獣の後を追うことにしよう。これならば、万が一独自の判断で動いた兵がいたとしても、先に敵の待機している場所へと向かうことができるはずだ。

「では、自分はこれで……」

「と、すみません。最後に……マリアスを、お願いしますね。領地が傾いてから、ずっと領主様を支えていたのがあの娘なんです……。もしも、マリアスの身に何かがあったら……」

ユーリスはそう言い、不安そうに身を翻す。

俺も釣られてその先へ目をやると、私兵の報告を聞きながらがっくりと肩を落として顔を青くしているラルクの姿があった。明らかにマリアスが誘拐されたことを気に病んでいた。

「……任せておいてください。必ず、生きたまま連れ帰ってみせますから」

話が終わってから、アシュラ5000を転移の魔術で呼び出した。前回同様アシュラ5000の口の中に入り、精霊獣を追いかけて山の方へと向かった。……アシュラ5000の乗り心地は想像以上に最悪だった。動くたびに上下に揺れる衝撃が伝わってくる。緊急事態であるため速度を落とすわけにもいかない。人が乗ることを想定して作ったわけではなかったので仕方がないが、これはあんまりである。揺さぶられる中、次からはしっかりシートベルトと車輪を用意しておこうと決意した。

ある程度進んだ先でアシュラ5000の速度を落として新しいオーテムを三体転移で呼び出し、それらを媒体に三通りのアプローチ法で感知系統の魔術を行使して精霊獣の行方を追った。

一体目には精霊獣の魔力の残り香を、二体目には魔力場の歪みを、三体目には動物の気配を感知させた。やがて三体目のオーテムが、人の群れを感知する。十分に接近したところで、俺はアシュラ5000の中から這《は》い出た。オーテム酔いによる吐き気を堪えつつ、懐からアベルポーションを取り出して中身を口に含む。空き瓶はアシュラ5000の口の中へと放り投げた。

「あー……ちょっとマシになってきたかも……」

喉を押さえながら、前方へと目をやる。

山に近接している大きな岩の前に、縄で縛られて眠らされている領民達が、二十名ほど転がっている。行方不明になっていた連中と一致するが、そこにリングスの姿はない。

歩いて少し近付いたところで、気配感知のオーテムが逆側に反応を示した。

「まさか不意打ちしたいだけだった……ってことはありませんよね？」

振り返ると、森の奥から大きな杖を構えたリングスが姿を見せた。

「アベル・ベレーク……こちらの意図を汲み取ってもらえていたようで、何よりです」

リングスの普段優しげに細められている糸目は大きく見開かれており、敵愾心《てきがいしん》を露わにしている。

杖を握り締める手は怒りのためかやや震えており、こめかみは神経質にピクピクと動いていた。

「その上乗っかって来てもらえるとは、結構、結構……。少しこちらの思惑を潰せたからと言って、気が大きくなりすぎたようですね。まさか本当に、誘《おび》き出されて単身で向かってくるなんて……舐めすぎじゃないですか？」

俺は無言でリングスに杖を向け、三体のオーテムに周囲を警戒させる。

「横槍入れるのに成功したからって、いい気になるなって言ってんだよ！」

リングスが大杖を振った。

二つの魔法陣が、リングスを挟み込むように展開される。

リングスが展開した二つの魔法陣は、大したものではなかった。暗号化もそこまで複雑ではないし、おまけにタイミングを計ろうとしたからか、魔法陣を二つ同時に制御するのに不慣れだったからか、発動までに若干のラグがあった。そのラグの隙を突き、魔法陣の軌道に関する術式を書き換えた。

「それ、撃たない方がいいぞ」

俺が忠告すると、リングスの顔に一瞬戸惑いが生じたものの、すぐに口端を捻じ曲げ、俺の言葉を笑い捨てた。

「わかりませんよ……《水よ槍を象れ》」

リングスが叫ぶと同時に、俺の背後からリングスと同じ呪文を詠唱する声が聞こえて来た。後ろを振り返り、人質であったはずのマリアスが立ち上がり、俺へと指先を向けているのを肉眼で確認した。

「だからわからないと言ったんですよ、アベル・ベレーク！」

リングスが俺を嘲笑する声が聞こえて来る。マリアスの行使した魔術はすでに発動している。槍を象《かたど》った水が、凄まじい勢いで俺へと接近してくる。

だが、予《あらかじ》め軌道を書き換えておいたリングスの放った水の槍が、俺の肩の上を通り抜けてマリアスの放った水の槍とかち合い、その軌道を逸らした。俺を囲むようにして四本の水の槍が地面に刺さり、形状を維持する魔力が切れて爆ぜ、ただの水へと戻った。

「なっ……！　そ、そんな……」

リングスが動揺し、その場から二歩後退った。

「ちっ、違います！　わわ、私は真っ直ぐ……そこのガキが！」

リングスが慌ただしく弁解の言葉を口にする。自分がわざと遮ったのではないと、マリアスに説明したいらしい。

「だから撃たない方がいいって言っただろ？」

リングスの方を軽く振り返る。リングスは歯を食いしばって俺を睨んでいた。

今のでわかったが、リングスは凡中の凡だ。魔術の腕ならば、イカロスよりもワンランク劣るだろう。さして警戒する必要はなさそうだ。

俺は改めて、マリアスの方へと向き直す。藍色髪の少女は、館にいるときの使用人用エプロンのまま、表情を殺した冷酷な目で俺を睨んでいた。

「改めて聞くけど、不意打ちしたいだけだったってことはないよな？」

「なるほど、呼び出した以上罠があるはずだと考えて、そっちの木偶人形に周囲を観察させていたんですね」

マリアスの言う通り、オーテムに周囲を観察させておいたのだ。しかし、それだけではない。

「最初からお前を重点的に見張ってたんだよ」

俺が言うと、マリアスの瞼《まぶた》がわずかに反応する。小さな動きだったので判別しづらいが、恐らく動揺したのだろう。領主の近くに潜みながらも、今までボロを出さなかっただけはある。割かし感情的だったリングスとは大違いである。

マリアスが魔術を行使する前行動を見切ることができたとしても、それだけではリングスの魔術の軌道を完全に合わせ、迎え撃つことはできない。マリアスの魔術の方が速度は上だった。普通にぶつけては軌道を逸らすことはできなかっただろう。俺はリングスの魔術を跳ね上げるように操り、マリアスの魔術をピンポイントで崩したのだ。マリアスの魔法陣を読み取っておかなければ、これは不可能である。

それができたのは、マリアス個人を、アシュラ５０００に警戒させておいたからである。アシュラ５０００はイーベル・バウンの思念波を扱うことができる。マリアスが魔法陣を使ったのを確認したアシュラ５０００に、マリアスの魔法陣の術式を思念波で俺に伝えさせ、魔法陣の暗号化を解いて軌道を読み取り、リングスの魔術にぶつけさせたのだ。

「……おや、いつから、私を疑っていたのですか？」

「今から思えば怪しいのは最初からだったけど、致命的なのはハーメルン騒動のときだな」

マリアスも自覚はあったのか、やや不機嫌そうに目を細めた。

ハーメルン騒動時のポイントは二つある。一つ目は私兵団の集合場所にハーメルンが魔獣を潜ませて待ち受けていたこと。二つ目は、私兵団の集合場所が、襲撃にあまりにも適しすぎる場所であったことだ。

以上より、俺は私兵団の集合場所を提案した人物が怪しいと判断し、ラルクを問い詰めたことがある。そのときラルクは、自分で決めたような気がすると、そう言っていた。他の人にも探りを入れ、確かに領主様の提案だったという確認を得ている。

だが、ラルクがこの領地をわざと潰そうとしていたというのは少し考えづらい。しかしマリアスならば、ラルクに会議の前日にそれとなくアドバイスし、考えを誘導できる立場にいる。

事実、領主であるラルクが一新入りの使用人に過ぎないマリアスに判断を委ねている光景を、俺は初対面のときに目にしたことがあった。それは些細な判断であったのだが、いささか異様な光景だった。

マリアスが内側から領主を籠絡する役割であることを前提に考えれば、マリアスの行動は怪しいものばかりになる。マリアスが度々領主の館から離れることを、ラルクは『ナルガルンに殺された父親の墓参りのためだ』と言っていた。

しかし本当にマリアスの父親がファージ領近くまで来ていた、などという保証はない。適当な死体を父親にでっち上げていようが、俺にはもう確認できない。墓参りがラルクの目を誤魔化す嘘だとすれば、マリアスは自由に領地に工作を施す時間を持っていたことになる。

更に言えば、つい昨日、俺の提出した魔術の行使許可申請書の内容についてラルクが話し合っているのをたまたま耳にしたとき、ラルクはこう言っていた。

『……ユーリスがああ言って連れ出した以上、無下にすれば信頼を大きく損ねることに繋がるだろう。何か、あの子の納得しそうな妥協点を……。その点については、むしろマリアスとリノアの方が詳しいだろうから、意見が欲しい』

魔術について相談する相手として、錬金術師団副団長であるリノアよりも先に、マリアスの名前を挙げていたのだ。明らかに、ただの使用人ではない。

思えばラルクが俺の魔術の行使許可申請書に対する対応が固かったのは、マリアスが裏で相談に乗って、不審がられない範囲でラルクを誘導してたからだったのではないだろうか、とまで考えられる。

一つ一つなら単なる思い過ごしではないかとも考えられるが、ここまで揃っていればさすがに疑わざるをえない。それでも俺が表面に疑惑を出さなかったのは、ラルクと敵対関係にならないためである。疑う姿勢を見せれば、マリアスに籠絡されたラルクと敵対するリスクがあった。

ラルクを敵に回せば、俺は何の権限もない流れ者の魔術師である。現状打破の足掛かりを失ってしまう。だから俺はマリアスが完全なボロを出すか、諦めて領地から去るのを待っていたのだが
……マリアスは、決定的なボロは何一つ出さなかった。よくもあれだけやっておいて、領主の傍に何食わぬ顔でいられたものだ。

俺はファージ領がイカロスとリングスとラルクによる権威争いであると考えていたが、その実は違った。リングスの上司であるマリアスがラルクとイカロスを利用し、リングスに権威を与えようとしていたのだろう。実質、マリアスの一人劇場だったのだ。

しかしここまで綿密に動いていた割には、所々疑問も残る。

「あんなわざとらしい場所で、安易にハーメルンを嗾けたのが運の尽きだったな」

「……あの場で確実に仕留める自信があったからそうしたまでで、安易とまで言われると少し腹立たしいのですが」

マリアスは案外プライドが高かったらしく、食い気味に突っかかってきた。

「マリアス大神官様！　一旦隠れてください、私が時間を稼ぎますからその隙に……」

リングスが叫ぶ。どうやらマリアスは、大神官と呼ばれているらしい。マリアスは整った小さな鼻を軽く鳴らし、リングスへと手を向ける。

「リングス……アレは、貴方《あなた》では囮《おとり》にもなりません。貴方にここで死なれては、後の計画が少々遠回りになってしまいます。離れておきなさい」

「なっ……し、しかし……」

「後始末が少々面倒ですが、不意打ちで仕留められなかった以上、本気で行かせてもらいましょう。そのためにわざわざ、こんなところまで足を運んでいただいたのですから。またリーヴァイ様から少しお力をお貸りすることにしましょう」

マリアスの言葉を聞き、リングスがごくりと唾を呑む。無言で頭を下げると、さっと後方に駆けて行った。

「さて……まさかファージ領でこのクラスの魔術師と戦うことになるとは、考慮に入れていませんでしたが……この段階でディンラート王国の最大級戦力を潰せると考えると、むしろ幸いだったのかもしれませんね。教皇様の采配には少々疑問でしたが……結果として、私が出向いた価値がありました」

「……高く評価してくれたのはいいけど、その上でもう勝ったつもりでいるんだな」

意外だった。

マーレン族の集落を出た頃は、外にはグレーターベアよりも強い敵がゴロゴロしているに違いないと信じていた。それが今まで連戦連勝続き、ひょっとしたら自分に敵う相手はいないんじゃなかろうかと内心己惚《うぬぼ》れ、身勝手に一抹の寂寥感《せきりょうかん》さえ覚えていたが、こうもはっきりと格上宣言されるときが来るとは思いもしなかった。俺がここまで危ない事件に首を突っ込んでいたのは、自分ならばどうにかできる、自分ならば殺されるようなことはないだろうという、慢心があったのかもしれない。

「確かに今までは後手後手に回らされていましたが……それは、貴方という不確定要素を正確に把握できていなかったが故のこと。わかってしまえば、ただの大き目の障害物でしかありません」

久々に肌で感じる圧迫感、不安。そして仄《ほの》かな期待に、俺は息を呑んだ。

「運が悪かったですね。こんな僻地に出向いてさえいなければ、さぞ高名な魔術師になれていたことでしょうに。もう少し魔力が低ければリーヴァイ様の教徒となっていただくという選択肢もありましたが……魔力の爆弾のような貴方を抱え込むのは、危険ですから」

マリアスが俺に手を向ける。

手の平に、紋章が浮かび上がる。リーヴァラス国で度々用いられる、リーヴァイの槍を簡略化したらしいものが二本、紋章に組み込まれている。

「《リーヴァイ様》、《お力をお借りいたします》」

マリアスの魔力が膨れ上がっていくのを感じる。まさかあれが、水神リーヴァイの召喚紋なのか？

続けてマリアスの身体に大量の召喚紋が浮かび上がり、肌を埋め尽くしていく。五、六体分、なんてものじゃあない。軽く二十はあるようだ。

「《召喚》」

マリアスが叫ぶ。マリアスの周囲が光り、その光に紛れるように、無数の悪魔の影が現れた。

「……水神の魔力で、精霊獣や悪魔を手なずけていたのか」

だとしたら、危険度が高く捕らえるのも難しいハーメルンや、大量の精霊獣を従属させていたの

も納得がいく。

4

マリアスの周囲に、異形の悪魔が大量に展開される。正にその様は魑魅魍魎《ちみもうりょう》であった。

前列を先ほどの精霊獣が埋め尽くし、マリアスの右には大きな鏡に口がついた悪魔が、左には大量の目玉がついた上半身の石像のような悪魔が召喚されていた。そしてマリアス自身は、首から先が無数の蛇になっている、真っ赤な大牛の身体を持つ悪魔に跨っている。

他にも蜘蛛型やら人型やら、ハーメルンに似た悪魔やら、多種多様の悪魔がずらりと控えている。

御丁寧に、人質は牢型の悪魔に捕らえられている。傷付けないための配慮なのかもしれないが。

マリアスの左側にいる目玉だらけの石像の悪魔は、マーレン族の集落にあった本で、似た姿の悪魔の挿絵を見かけたことがあった。

サタンという大悪魔の配下であるサタン十三柱の内の一体、ラピデスタトアに似ている。サタン十三柱の中で最も知性が薄いが、最も頑丈で破壊力を持つ悪魔だと言い伝えられている。本物だとすれば、厄介なんてものではない。ナルガルンが可愛く見える化け物だ。

因みにサタン本体は、クゥドルが全盛期のときに巨大な山を創って埋め立て、無事に封印したとされている。

「運べ《ミツ》」

俺は杖を振って十の魔法陣を展開し、同数のオーテムを自分の周囲へ呼び寄せた。精霊獣はともかく、後列の悪魔は情報がなさすぎる。不意打ちに対応できるよう、自分のガードを用意しておく必要があった。

「またその木偶人形ですか、芸がありませんね」

マリアスはそう言ってから、顎《あご》に手を当てて戦場を見回す。

「ふむ……図らずとも、リルス盤のような光景になりましたね。いいことを教えてあげましょう。私、リルス盤は、ルールを覚えてから、たったの一度も負けたことがないんですよ」

マリアスは薄く笑い、得意気に言った。

リルス盤は、マリアスがファージ領に持ち込んだボードゲームだ。口振りから察するに、元々リーヴァラス国の物だったらしい。

ラルク相手にいつも負けていたようだったが、あれは機嫌を取るための接待プレイであって、敗北と数えていない、ということだろう。

確かにファージ領へのあの粘着質なまでの徹底した攻撃を思い返すに、ただの保険というよりは、彼女のプライドが垣間見える。

「来なさい木偶の打ち手《ウッド・プッシャー》、先手は譲ってあげますよ」

木偶の打ち手は、駒遊びにおけるド素人の暗喩である。俺がオーテムばかり使うことと掛けてからかったつもりなのだろう。

よほどリルス盤が好きなのか、口調からやや興奮が見られる。

先手を譲ってくれるのは嬉しいが、攻めようにも攻めようがない。前列の精霊獣の実力は割れているのでただの賑やかしだが、奥の本陣が固すぎる。

恐らく左の魔像の悪魔、ラピデスタトアは近接攻撃への警戒である。力技であれを無力化するのは不可能だ。

そして右の大鏡の悪魔は、遠距離魔術に対して何らかの対応策としての力を持つのだろう。大鏡はオーテムでの打撃で突破したいところだが、そうすればラピデスタトアに阻まれるのは安易に想像がついた。

無情報に近づいても、こっちが削られるばかりだろう。マリアスは口にする言葉こそ尊大だが、その実、かなり堅実な受け身の陣を敷いて俺を迎え討とうとしているようだ。乗り物として召喚されているあの蛇牛も、マリアス本体の機動力を補うためのものだ。俺がどのようなパターンで攻撃しても、最悪の事態を逃れられる形になっている。

「……ボードゲームに見立てるのなら、もうちょっと隙を作ってくれないと、攻める気も薄れるんだけどな」

今回ばかりは、早まったか……。俺の戦いを見た後に呼び出したのだから、向こうに勝算がないはずがなかった。

しかし、来てしまったものは仕方がない。逃げるにしても戦うにしても、下手な手を打つことは許されない。情報を探るためにも、序盤戦は破損させられることを承知の上で、様子見用のオーテムを送るべきだ。

が、ただのオーテムでは、本当に無駄打ちにしかならない。欲を言えば、向こうが譲ると言っているこの最初の一手で、マリアス本体を守る三体の悪魔の実力を確認しておきたい。ならばこちらも相応のオーテムを使わねばならない。

俺は杖先をアシュラ５０００へと向け、呪文を唱えた。

「《人形よ》　《踊れ》」

先兵はアシュラ５０００に決めた。アシュラ５０００の突破力ならば、相手の動きを引き出すのに最も向いているはずだ。それにアシュラ５０００がどこまで戦えるかで、攻めに入るべきか、守りに入るべきか、はたまた退くべきかの判断を行うこともできる。

アシュラ５０００は六つ腕を振り回しながら敵の右側へと回り込み、マリアスの陣へと殴り込んでいく。左側のラピデスタトアは厄介だ。それに引き換え、右側の大鏡が本当に遠距離魔術対策だとすれば、アシュラ５０００には対応しきれない可能性もある。大鏡を叩き壊せば、俺も魔術での直接攻撃を撃ちやすくなる。

アシュラ５０００が腕を振り乱し、前列の精霊獣を力任せにぶん殴る。殴られた精霊獣は顔面が拉《ひしゃ》げ、後列の悪魔を巻き込んで後方へと飛んでいった。アシュラ５０００を取り囲むように四体の精霊獣が飛び掛かるが、アシュラ５０００は身体を高速回転させて弾き飛ばした。

飛び掛かった精霊獣は短い悲鳴を上げて身体が捻れて脚が引き千切れ、すぐに光の集まりへと姿を変えて四散した。前列の精霊獣は問題ないが、気になるのは後列に控えている悪魔共だ。

蜘蛛型の悪魔の前で、アシュラ５０００の動きが停止した。アシュラ５０００が止まってから、精霊獣の残骸とアシュラ５０００の間がきらりと光り、魔力の糸が見え始めてきた。

「早速罠に掛かってくれたようですね」

「……精霊獣に、魔力糸を仕込ませていたのか」

精霊獣自体に最初から魔力糸を絡ませ、飛び込んできた相手を絡め取る算段だったようだ。普通にやっても精霊獣では話にならないと踏んで、最初から捨て駒として使うことを決めていたのだろう。ボードゲームなら基本戦略だ。

ただの糸ではない。魔力が巡らされており、アシュラ５０００の力を受け流しているようだ。

馬鹿力のアシュラ５０００とは最悪の相性である。無論、偶然ではないだろう。俺が大鏡を打撃系統で破壊に出ることを見越して、大鏡の周囲に、剛を柔で制せる悪魔を配置していたようだ。

「あれじゃあ、アシュラ５０００では突破できないか……」

物理攻撃は蜘蛛型悪魔に潰される。しかし魔術攻撃を出そうにも、あからさまな大鏡の悪魔が気にかかる。

「まずは一駒、いただきましょうか。確かに魔術の腕は目を見張るところがありましたが、それだけですね。平和ボケしたディンラート王国では、貴方が苦戦を強いられるようなこともなかったのでしょう。頭も回らないわけではなさそうですが、圧倒的に真っ当な戦闘の経験が少ない……」

そのとき、蜘蛛型悪魔の身体がふわりと浮いた。よく見れば、糸が引っ張られている。

「あ、どうにかなりそう」

「え」

アシュラ５０００が、糸を振り切って身体を回転させた。糸が小さな爆発を起こし、切れ切れになっていく。蜘蛛型悪魔が一歩退いたところへ、アシュラ５０００が三歩分接近した。

「ひ、退きなさいグニフィラスカ！」

マリアスが叫ぶと同時に、跳ねたアシュラ５０００が蜘蛛型悪魔を押し潰した。蜘蛛型悪魔はベチャッとなり、バラバラになった手足が光の粒子へと姿を変えていく。人語を介するタイプの悪魔には見えなかったので精霊語で命令を出さなければ意味がないと思うのだが、マリアスは気が動転してそこまで頭が回らなかったらしい。

「ঌচৈ৷থ্যব《そいつを止めろ》！」

マリアスが吠えるように叫ぶ。悪魔や精霊獣が、一斉にアシュラ５０００へと飛び掛かった。アシュラ５０００は、集まってきた悪魔を次々に六つ腕で叩き潰していく。

すぐさま光の粒子となり、精霊がふわりふわりと空気に混じって消えていく。辺りには穴ぼこだけが残された。

「様子見の斥候のつもりだったんだけどな……」

これならば、例のサタンの元配下の魔像にさえ気を付けておけばどうとでもなりそうだ。残りのオーテムも、もう全部出陣してしまってもいいかもしれない。

あっという間に、大鏡の悪魔をアシュラ５０００が叩き割った。鏡面が辺りに弾け飛ぶ。女の悲鳴のような断末魔が響き、大鏡が光の集まりへと姿を変える。

「こ、こんなの、戦略も何も関係ないっ！」

マリアスの乗っている蛇牛の悪魔が、魔像の悪魔ラピデスタトアの背後へと回り込んだ。ラピデスタトアが、大きな石の両腕を振り下ろす。アシュラ５０００も、二本の腕を上げて応戦した。

腕が噛み合うと力が拮抗しているようで、アシュラ５０００の木の表面と、ラピデスタトアの石面が削り合った。

「……あれ、あんなものなのか？」

ラピデスタトアはかなりの高名の悪魔だ。確かにアシュラ５０００は自信作だが、こんなにあっさりと受け止められるのはおかしい。

紛い物だったのだろうか。それとも、元々話ほど大した悪魔ではなかったのだろうか。伝承では、ラピデスタトアの両腕の一撃は、万物を抉ったという話だったはずだが……。

マリアスはラピデスタトアの陰で、目を血走らせてアシュラ５０００とラピデスタトアの腕がかち合うのを見つめている。手の平の、リーヴァイの召喚紋らしきものに縋《すが》るように、指で必死に擦っている。

ラピデスタトアがアシュラ５０００を押し潰すのを願っているようだ。力は見ている限り、ほぼ互角である。どちらの方が上かは、傍から見ていて判別がつかない。

「リ、リーヴァイ様……」

「まぁ、アシュラ５０００は六つ腕なんだけども」

残り四つの腕が、ラピデスタトアの腹部に連続ブローを叩き込んだ。ラピデスタトアが崩れてその破片が飛び散った。身体中に張り付いている目玉がクルクルと回り、その場に倒れた。陰に隠れていたマリアスの姿が露わになる。

「う、嘘っ！　ラ、ラピデスタトアが……」

マリアスの口から、ラピデスタトアの名前が出た。やっぱり本物……いや、でも、なぁ……。

「な、なんで、どうして……最悪を何重にも想定して、ここまで動いてたのに……なんで、なんでこんな……リ、リーヴァイ様……」

そのとき、アシュラ５０００と蛇牛の目が合った。蛇牛がぶるりと身体を震わせる。

「に、逃げ……」

マリアスが蛇牛を方向転換させようと身体を捩ったとき、蛇牛は前に出て姿勢を低くした。マリアスは蛇牛の背の上から放り出され、地の上を転がった。蛇牛はガタガタと震えたまま、アシュラ５０００に向けて頭《こうべ》を垂れた姿勢で固まった。本能的に逃げられないと察したのだろう。

投げ出されたマリアスは、土で身体を汚しながらも膝を突き、身体を起こそうとした。顔を上げたところで、アシュラ５０００の腕の一本が頭に迫っているのを見て、目を見開いた。

「ど、どうしてこんな、こんな……私の戦術に、間違いは……あ、あんなに予防線張って、次善策用意して、一番確実な道を……だ、だって私、リルス盤だって、誰にも負けたこと……」

マリアスはぶつぶつと小声で繰り返す。

「まぁ、チェスとは使ってる駒とかも違うしな」

俺は適当に答えた。

他の悪魔の姿が霞み、消えていく。勝ち目がないと知って逃げたようだ。蛇牛も消えそうになったので、アシュラ５０００に頭を手で押さえつけさせて牽制した。

マリアスの身体に浮かんでいた召喚紋も、悪魔や精霊が消えると同時にどんどん消滅していく。

やがて瀕死のラピデスタトアと、縮こまって小さくなった蛇牛と、顔面蒼白で土塗《まみ》れになって震えているマリアスだけが残された。

マリアスの手の平に浮かんでいた、リーヴァイの召喚紋もすぅーっと、容赦なく消えていく。

「リ、リーヴァイ様……あ、ああ……」

マリアスはそれを呆然とした目で見届け、がっくりと首を項垂《うなだ》れさせて動かなくなった。

「あ、逃がすかっ！」

がっしりとマリアスの手首を掴み、魔力を流して召喚紋を解析する。魔法陣を展開し、リーヴァイの召喚紋をマリアスの手の平に固定した。

何せ、五千年以上前にクゥドルが滅ぼしたはずのリーヴァイの召喚紋である。これが本物ならば、ディンラート王国の歴史がひっくり返る大ニュースである。それに本当にリーヴァイがいるのならば、ぜひ見てみたい。会ってみたい。できれば俺にも魔力を貸してほしい。そして高位悪魔を何柱かちょいちょいと紹介してほしい。

マリアスはしばらく口を開けて唖然《あぜん》としていたが、すぐに状況を察したらしく、憎悪の表情で懐から小刀を取り出し、自分の手の平を抉った。

俺が慌てて魔術を止めたところで、小刀を俺に向けた。しかしアシュラ５０００の腕が伸び、俺との間を遮った。

「……リ、リーヴァイ様、万歳」

マリアスは小刀を翻し、自分の腹部を突き刺した。

「お、おい止めっ……」

血に混じり、小刀に薄い灰色の液体が滴っていた。恐らく毒物の類だ。もう、助からないだろう。

マリアスの身体がふらりと揺れ、仰向けに倒れた。

「ラルクさんには悪いけど……これでよかったのかもな」

俺はマリアスの肩を軽く撫で、溜め息を吐いた。

逃げたリングスも、すぐに見つかるだろう。さすがにもう言い逃れはできまい。少し後味の悪い幕引きではあるが……これで、今度こそファージ領の事件は終了した。


——五分後、マリアスが目を覚ました。

身体を起こし、何が起こったのかわからないというふうに首を傾げながら自分の身体の腹部の傷へと手を回し、息を漏らしていた。

「悪夢……縁起の悪い……」

そう言いながら、俺の方を振り返った。俺はラピデスタトアがただの精霊に戻るのを食い止めようと作業していた手を止める。

悪魔には二つの形態がある。精霊体が身体を象っているものと、精霊体が依代《よりしろ》に憑依《ひょうい》しているものだ。ラピデスタトアは後者であり、石像を依代としていたようだった。だから俺は地面に魔法陣を浮かべ、ラピデスタトアの精霊体が像から剥がれて分散したものから魔力が削ぎ落ちないように保護した上で誘導し、空き瓶の中へと吸い寄せているのだ。なかなか神経を使う作業である。

顔を上げて、マリアスと目を合わせた。

「あ……おはようございます」

戦闘がひと段落ついて気が緩んだせいで、つい癖で敬語が出てしまった。どうにか応急手当での処置に成功したのだ。とはいえ解毒には少々材料が足りなかったので現状では延命の段階であり、また再度解毒薬を投与する必要がある。

マリアスは表情を失ってわなわなと両腕を震えさせた後、泡を吹きながらその場に倒れ込んだ。

「終わったようですね。さすが、大神官様でございます。あの魔力の塊の、化け物男をあっさりと沈めてしまうとは……」

声が聞こえてきたので振り返ると、木々の奥からリングスの声が聞こえてくる。静かになって時間が経ったので、マリアスが勝ったのだと判断して様子を見に戻って来たようだ。近づいたところで異変を察したらしく足を速め、俺に姿を見せたところで止めた。

「殺れ《やれ》」

俺が左腕を揚げて命令を出すと、傍らにいた蛇牛がリングスへと飛び掛かった。

俺の左腕には、蛇牛の召喚紋がついている。マリアスが寝ている間に、蛇牛が召喚紋をくれたのだ。

リングスが逃げようと見せた背に、蛇牛の顔から生えている無数の蛇が絡みついて自由を奪い、そのまま土の上に引き倒す。リングスの悲鳴が森の中に響き渡った。

5

「危ないところへ行くんだったら、メアにも教えてほしかったです……」

メアがぷくっと頬を膨らませる。

「ご、ごめんごめん……まぁ、結果として大して危ないところでもなかったわけだし」

メアに伝えれば、またついてくると駄々を捏《こ》ね出しかねなかったので、リングスの許へと向かう際に、メアには何も言わなかったのだ。俺としては、メアを危険な場へと連れて行きたくはなかった。

「別に拗《す》ねてるわけじゃあないですけど……メアなんて、結局足手まといだってことはわかってますし、アベルの気持ちもわかりますもん……」

メアがしゅんと項垂れる。手にはがっしりと、力強く弓が握られていた。

「や、やっぱりちょっと拗ねてるよな？」

「……そんなこと、ないです」

メアが弓術の訓練や、オーテム彫りに力を入れていることは知っている。ファージ領に来て時間ができてからは特にそうである。ユーリス相手に剣を教わっていたが、まったく上手《うま》く行っていないことも知っている。きっとメアは、何かできることがほしいのだろう。

マリアス、リングスの捕縛に成功して、既に一日が経っていた。人質に取られていた領民達もとっくに解放済みである。

マリアス達には色々と聞き出さねばならないことがあるのだが、リングスは放心状態で何を言ってもまともに取り合わず、マリアスも幼児退行しており会話が成り立たない状態であった。どうも過度のストレスが原因のようだ。

敵に捕らえられた者が口を割らないよう、リーヴァラス国で心身に負荷を掛けて精神崩壊を引き起こす術式が施されていたのではないか、というのが俺の考えだ。今までの陰湿なまでの計画性と、禁じられている魔術の乱用を見るに、それしか考えられない。

リーヴァラス国、残忍で恐ろしい敵である。同じ魔術師である身として、この非人道的なやり口に嫌悪しか覚えない。

もっとも、精神干渉系統の術式の痕跡がないのが奇妙な点ではあるが……。

この二人組の処置に関しては、ファージ領では持て余すため、王都の方に連絡を入れ、護送するということになった。下手したらディンラート王国とリーヴァラス国の争いへと発展しかねない問題である。こっちで勝手なことはできない。偉い人に判断を仰いだ方がいい。

俺はメアを連れ、ファージ領内の鍛冶屋へと向かった。

鍛冶屋では主人に加え、リノアの姿がある。リノアはノワール族という民族の出であり、力が強く、民族間で受け継いできた鉱石の加工技術を持っている。普段はその知識や技術を錬金術に用いているそうだが、俺の我儘《わがまま》でリノアに魔法具の製作を依頼していたのだ。

「進捗《しんちょく》の程はどうですか？」

俺が声を掛けると、リノアは無表情を保ちながらも、やや眉を顰《ひそ》めた。

「ん……設計図通りに実際に作ろうとしたところいくつか問題点が上がったので、この辺りをどう対処するのか……。あと、確認しておきたいこともでてきたので、こっちに纏《まと》めてある」

リノアはそう言って鍛冶屋の奥へと入り、紙の束を手に戻ってきた。俺は一枚一枚確認しながら、指示を出し直していく。

「この部分は……じゃあ、ここはそんなに精度なくてもいいかな。こっちは……う～ん……あんまり魔鉱石加工の踏み込んだ知識がないから、細かいやり方についてはリノアさんに任せときたいと思ってたんだけど……」

「わーりました。団長、細かいところ気にしそうだったから念のため……」

「ああ、やっぱり熱魔研磨法だけは避けて……後、この部分の許容誤差についてもまたこっちで考え直してみるから、今は別の方からお願い」

「…………」

リノアがまた眉を顰めたが、気付かない振りをしておいた。

俺だって結構領地改善に貢献したし、これくらいの我が儘は許される……よな？

因みに、今俺がリノアに製作委託しているものは剣である。弓を筆頭に武器は苦手な性分ではあるが、今回精霊獣の襲撃に遭い、詠唱なしで咄嗟《とっさ》に自分の身を守れる自衛手段を持っておいた方がいいと考えたのだ。

先日の魔像の悪魔ラピデスタトアを、ゼシュム遺跡から拾って来た重要部分の鉱石を材料に作った金属塊に憑依、定着させたものを素材として使ってもらう予定である。

錬金術は得意だが、力を要する加工となると俺が手を出せる分野ではない。オーテムに代用してもらうという手もあるが、オーテムで職人級の精度を再現するのは難しい。

世界樹の枝が沢山あれば、そういったオーテムを彫ることもできそうなのだが……トライアンドエラーを繰り返すことを思えば、お金がいくらあっても足りない。いつか余裕ができたら、世界樹を伐採しに行きたいものだ。

「じゃあお願いしますね！　リノアさんはリノアさんで色々忙しいのはわかってるんですけど、他に頼れる人もいないんで……」

鍛冶屋の主人も、けったいな魔金属は扱いたくないらしく、頼んでも断られてしまったのだ。その点錬金術師団副団長でもあるリノアならば、そういった方面の知識もある。まさに適材適所である。

「……期待されても……うーん、全力は出すけど……また気になる部分出てきたら……」

「じゃあ、完成するまで自分もこっちにいた方がいいですか？」

「団長の手を止めると領地の改善が鈍るし、山ほど口出しされてあーしの気が滅入りそうだから嫌」

ドストレートに断られた。これ以上いても何だと考えて鍛冶屋を出ようとしたところ、メアが覚悟を決めたようにごくりと唾を呑み込み、リノアへと詰め寄った。

「な、何……?」

「メアに、鍛冶技術を教えてください！　絶対、御礼はしますから！」

「う、うーん……こーいうの、一日二日で身に付くものじゃない……えっと、それにあーし、教えるの苦手……」

……凄いやんわりと断った。メアががっくりと肩を下げる。

進捗の確認が済んでからは鍛冶屋を後にし、ラルクの許へと向かった。色々と、今後について話し合わなければならないことがある。生体魔術の件も、どこまで許可をくれるのか楽しみで仕方がない。魔導携帯電話《マギフオン》の作製にも莫大な費用を要するので、資金援助をお願いしたい。当然領地問題についてもまだまだ話し合わなければならない部分が多い。

部屋の前まで行ったところで、メアがぺったりと扉に耳をくっ付ける。

「……何やってるんだ?」

「いや、あの人落ち込みようが半端じゃないので、一応確認に……」

昨日マリアスとリングスを連れ帰って事情を説明したときは、ラルクが顔を真っ青にして気を失った。

リノアが言うには、ラルクは領地が安定して他領地との交易が完全に復活したら、マリアスへ贈る結婚指輪を調達しようとまで考えていたそうだ。あまりに可哀相すぎて、もう同情しかない。八つ当たりで俺に悪印象を向けるのではないかと不安だったのだが……とりあえずは、そういったことはなさそうだ。

「……あの人が不幸続きなのはマリアスに仕組まれてたからなんだなって納得してたけど、最後の最後までラルクの脛《すね》蹴飛ばして退場していったな」

領主の悪評を撒いていたのには、イカロスだけではなくマリアスも噛んでいたはずだ。ラルクを籠絡するために、裏で工作をして攻撃していたに違いない。皮肉にも最後の一撃は狙ってやったわけではないだろうが、結果として一番威力があったことだろう。

メアがやや頬を赤らめて、扉から耳を離した。

「ん？　どうした？」

「……いい雰囲気そうだったので、もうちょっと後にしてあげません？」

その言葉を聞いて、だいたい察した。

恐らく、ユーリスだろう。彼女はよく、用事をこじつけては執務室へと向かっていた。以前からマリアスは上っ面しかラルクを気にせず、いつも何か他のことを考えているようだったが、ユーリスは事あるごとにラルクを心配している素振りがあった。

俺は頷き、また領地改善の案でも練るために部屋へと戻ることにした。これでラルクが、マリアスショックからちょっとは抜け出してくれるといいのだが。

幕間　とある集落の話5（sideジゼル）

1

アベルの捜索に出掛けた十七人のマーレン族は、ジゼルの推測を元にロマーヌの街へと出発した。

最初の一日はアベルをとっ捕まえて香煙葉《ピィープ》を作らせるぞと意気込んでいたマーレン族の大人達ではあったが、たったの二日目で皆、慣れない旅路に疲れ果てていた。就眠時間中の魔獣への警戒、寝心地の悪い寝床、好きな物が好きなときに食べられない食事、長時間の歩行、故郷に残してきた者達との別れ。今まで閉じたコミュニティーの集落において家族間でぬくぬくと暮らしてきたマーレン族達にとって、これらは予想外の打撃であった。

疲れ果てながら進路を進み、心休まらない就眠時間を過ごす。朝起きてからも、当然前日までの疲労感が消え去ることはない。心身共に弱りつつあるマーレン族達は、日を重ねるまでもなく、一時間ごとにどんどんとペースが落ちていた。

「み、皆さん、しっかり歩いてください！　こうしている間にも、兄様は……兄様は、きっと寂しがっているはずです！　どこか知らない地で一人、苦しんでいるのかもしれないんです！　お願いします！」

ジゼルが目に涙を湛えて頭を下げる。最初の日はその健気な姿に元気を絞り出していたマーレン族達であったが、大半の者はもうすっかり限界が来ていた。

「俺はもうきっと……集落へは帰れないんだ……野垂れ死ぬんだ……」

「見てくれ……ふふっ。妻と娘と息子を模して、オーテムを彫ってみたんだ。馬鹿なことをしたなぁ……あいつらほったらかして、香煙葉《ピィープ》のためにアベルを捜すなんて……バチが当たっちまったなぁ……」

初日の覇気は既にない。

十七人中、成人の儀を迎えていない者はジゼルを含めて四人だけなのだが、集落で長く生きてきた大人達の方がダメージは大きいようであった。ある者は嘆き、ある者はへばって動かなくなり、ある者はオーテムを抱いて涙を流していた。

マーレン族達は、今まで自分達がいかに恵まれた環境にいたのかを理解した。外がここまで過酷なものだとは思いもよらなかった。離れた故郷を想い、ただただ自らの愚かさを悔いていた。

マーレン族には、マーレン族の集落を離れてはならないという掟があった。また、マーレン族の集落を離れた者は、必ずや後悔するという伝承が残っていた。

「あれは……あれは、このことだったのか……外の世界がこんなにも苦しいところだったのは、知らなかったのだ……」

また一人の男の目から、一筋の涙が伝う。そのまま目を瞑《つぶ》り、「我らマーレンの先祖の霊よ、許しを……」と言って左手で宙に十字を切った。マーレン族が先祖の霊に許しを請うときの決まり文句である。

「ま、まだ三日目じゃないですか！　兄様は、一人集落を離れて、どれだけ……本当ならもう森を抜けているはずなのに、こんな……」

ジゼルは自分の意思でついてきて士気を下げまくった挙句進行も遅らせ続ける彼らに、普通に怒りを覚えていた。魔導書シムを抱えている腕をワナワナと震わせる。

「お、落ち着いてジゼルちゃん！　落ち着こう！　みんな疲れてるんだって！　俺も結構疲れてるから、今日は休憩に徹したらどうかなって……」

「シビィさん、何を……！　シビィさんまで兄様のことなんてどうでもいいって言うんですか！」

「い、いや、そっちの方が、効率いいと思うんだって！　ね？　連日歩いて疲れてるんだよ。疲れてるから、ネガティブに考えちゃって……」

「でも、一刻も早く……そうだ！　フィロさんも、早く兄様に会いたいですよね？　そうですよね？　私、知ってるんですからね！　フィロさんも兄様が……」

そう言ってジゼルは、フィロの方へと目をやった。

フィロは石の上に身を縮めて丸まって座り込んで震えていた。目が脅えきっており、ぶつぶつと口を動かしている。

「アベル……アベルゥ……」

「………フィロさん？」

マーレン族は、ストレスと環境の変化に極端に弱かった。ディンラート王国の元秘密兵器の面影は今やない。王族に放置されて戦争に駆り出されることがなくなってから世代交代を跨《また》ぎ、何の脅威に晒されることもなく平和を享受する日々を送る中で、彼らは色々と脆《もろ》くなっていた。

狩りは個人差の大きい魔術ではなく弓矢を用いるようになり、民族の象徴でもある強力な魔術の媒介であるオーテムは、儀式用兼インテリアにまでほとんど成り下がっていた。

マーレン族は、野菜の盗難事件が発生しただけで族内首脳会議が開かれるほど平和な集落なのだ。

因みに、犯人は後にホルビットという種の、角の生えた兎《うさぎ》であったことが発覚した。

「休もう……ジゼルちゃん、ね？　ジゼルちゃんほど皆、意志が強くないっていうか……いや、アベルさんのことは大事だよ。アベルさんを軽視してるわけじゃないだけど本当に……」

ジゼルはシビィに声を掛けられ、がっくりと項垂《うなだ》れた。

「シムさんは……」

ジゼルは抱えている魔導書をぺらりと開き、新しく浮かんでいた精霊語で書かれた文字へと目をやる。

「…………わかりました、シムさんもそう言うのなら」

ジゼルは魔導書の判断に従い、今日は休憩に専念することにした。

——翌日、森に大雨が降った。

地面は泥で滑り、横殴りの雨が視界と体温を奪う。マーレン族達は魔術で土から雨除けを作り、中央に火をつけて一か所に集まってガタガタと震えていた。

「わ、我らマーレンの先祖の霊よ、許しを……」「先祖の霊が怒っているのだ！」

「フリオー！　シスカー！　すまない！　父ちゃんは帰れそうにないすまない！」

大半のマーレン族はひたすらオーテムに頭を下げ、許しを請い続けていた。

ジゼルはシビィに指示を出して手伝ってもらいながら、オーテムへ必死に魔力を注いで雲避けの魔術を行使していた。しかし、顔は半泣きになっていた。さすがのジゼルもこの大雨には心を抉《えぐ》られていた。

「リ、リルちゃん……雨……いつ止みそうです？」

リルはアベル捜索の旅についてきた数少ない子供の一人である。アベルに縁はなかったが、占術師の家系であったため連れてこられたのだ。

「ヤダーあたし帰りたい、もうヤダー！」

しかし、リルは占術を行える精神状態ではなかった。

「に、兄様ぁ……」

ジゼルはアベルのことを想いながらどうにか精神を保ち、雨雲を頭上から追い出す作業に専念していた。

ジゼルの魔術の甲斐もあって、午後には雨が止んだ。しかしアベル捜索部隊は内部で意見が割れて七人が帰ると主張し、逃げるように集落の方向へと走り去ってしまった。ジゼルはその背を恨みがましげな目で見つめていた。

「し、仕方ないよジゼルちゃん……あの人たちはあれ以上いても、仕方なかったと思うし……」

シビィの言葉はもっともである。ジゼルも、これで移動がスムーズになるはずだと気を取り直した。

「あたしも帰る！　あたしも帰りたい！」

「リルちゃんは、兄様を捜すときにどうしても必要なんです！　お願いします！」

ただ、リルだけは帰宅が認められなかった。目的がアベルの捜索である以上、占術師であるリルは欠かせなかったのだ。十七人中、残るは十人。アベル捜索の旅から四日目にして、早くもアベル捜索部隊は半壊の危機にあった。

2

「よ、ようやく街が見えてきた」

「先祖の霊が我らをお許しになったのだ！」

旅を始めてから十日以上が経過し、ようやくアベル捜索隊はロマーヌの街を発見することに成功した。

アベル捜索隊は奇跡的に十人をキープしていた。……というのも、途中まで来たら帰還するより街に向かった方が早いと考えたからなのだが。

「我らマーレンの先祖の霊に祈りを！」「我らマーレンの先祖の霊に祈りを！」

何はともあれ、先祖の加護のお蔭で生きて街まで辿り着くことができた彼らは、恒例の祈りを奉げた。旅に疲れ果てていたジゼルは、その様をどこか冷めた目で眺めていた。

「どうしたのだジゼル、ご先祖様に祈らぬか」

ゼレルートが父親風を吹かしてそう説得して来たときも、正直苛々していた。道中でオーテムを用いて雲避けの魔術を行って大雨を終わらせたのも、森最大の脅威であるグレーターベアをオーテムで囲んで袋叩きにしたのも、先祖の霊ではなくジゼルである。

ジゼルは幼少期、ずっとアベルの補佐をしていただけあって、その辺りの大人よりもよっぽど魔力や魔術への理解は高い。しかし、アベルのような圧倒的な魔力はない。持てる技術を駆使し、命を賭してどうにか乗り越えたのだ。

「……我らマーレンの先祖の霊に祈りを」

ただ、ジゼルは基本的には素直な気質であった。皆、自分の兄であるアベルを捜すためについて来てくれているのだと自分を納得させ、不満と苛立ちを押し殺して祈りを奉げた。

「思ったより遅くはなりましたが……これでようやく、兄様に会えます……」

アベル捜索隊の子供組はアベルの妹であるジゼル、舎弟兼友人であるシビィ、幼馴染であるフィロ、無関係なのに引っ張ってこられたリルの四人である。リルを除けば全員アベルと親しい仲であり、モチベーションは高い。

大人組は立場的に外れられなかったアベルの父ゼレルート、アベルの香煙葉《ピイープ》が忘れられなかった香煙葉《ピイープ》中毒のゴルゾフ、外の世界を見たことを息子と娘に自慢したくて出て来たマハラル、妻と喧嘩して勢いで飛び出してきたエノック、旅行気分でついてきて正直後悔しているフィオネ、都会に憧れを抱いていたカミーラの六人であった。

純粋にアベルを捜しに出て来たものはあまりいなかった。

「……んで、結局アンタら、何者なんだ？」

アベル捜索隊を道案内していた、無精ひげの目つきの悪い男が、やや呆れ気味にジゼルへと尋ねる。彼の名前はヤレド、地図を魔獣に喰われて死を覚悟していたアベル捜索隊達を助けてくれた、通りがかりの冒険者である。

「あえ……あ……ほ、本当にここまでありがとうございました、ヤレドさん。わ、私達は……その、森奥の集落から……兄様を捜しに来たんです」

ジゼルはやや身を退き、手を構えながら答えた。

「……顔が怖い自覚はあったが、そこまでビビらんでもいいだろ。おっちゃんちょっと傷つくぞ」

ジゼルだけではなく、他のアベル捜索隊員達も身構えて警戒していた。

「おい、ヤレドとやらの相手をジゼルちゃんにさせるのは酷ではないのかゼレルート」

「しかし、しかし……どうやって割り込めばいいのか、タイミングがわからん。第一声は何と言えばよい？」

「なんであの人、あんなに肌、ベージュなわけ？　ひょっとして化粧？」

「族長様は、ノークスは肌の色が濃いと仰っていたぞ」

「海人族は青緑だと聞いたことがある。そういうものだろう」「ほう、奇妙なものだな」

「とにかくゼレルートさん、間に入ってあげてくださいよ。ほら、早く」

長い間狭いコミュニティーで生きてきた彼らにとって、マーレン族でも何でもない人間は未知の存在であった。要するに、民族総人見知り状態であった。アベルはその点、前世での対人関係や外出、ストレスがそこそこあったため、一般的なマーレン族ほど酷いことにはならなかったのだ。

ヤレドはまだ街の外に用があったらしく、街に入る前にアベル捜索隊とは別れることになった。気まずさを誤魔化すのに必死だったアベル捜索隊達はこれに密かに喜んでいた。もっともヤレドもヤレドで、案内が済んだらとっととこの不気味な連中から離れたいと考えていたので、後回しにしていた要件を先に持ってきて街を離れたに過ぎないのだが……。

何はともあれ、ロマーヌの街にさえ入ればアベルが見つかると、ジゼルは安堵しきっていた。大人達もロマーヌの街にさえ辿り着けば、ゆっくりと身体を休めることができると信じていた。

しかし、現実は非情であった。

ロマーヌの街の中へと入ったアベル捜索隊の一同は、驚愕《きょうがく》した。大きな建物の連なる通りに巨大な噴水、行きかう人々の群れ。

「なんだ、この夥《おびただ》しい人の数は……」

ゼレルートが、目を見開きながら、掠《かす》れた声で呟いた。ヤレド一人の対応に大苦戦していたアベル捜索隊員達が、街内の人の群れに耐え切れるはずがなかった。歩いている内にリルが人酔いで倒れたため大騒ぎになった。

周囲から奇異の目を向けられながら、慌てて通りの外れへと十人で集まって身を寄せることになった。通行人がちらちらと彼らへ目をやる。完全に人里に降りて来た珍獣状態であった。

落ち着いてから、大人達が今後の方針について会議を始めた。

「宿だ。とにかく、宿を取るのだ。そこで身体を休ませねばならん」

「どうやって宿を取るのだ？　そもそもこの街に宿はあるのか？」

「わからん……わからんが、探してみるしかあるまい」

「……宿はあるんじゃないの？」「なぜそう言い切れる！」

彼らは、集落外の生活の知識をほとんど持っていなかった。通り過ぎていく人々は話を断片的に耳にし、『あいつらマジか』と思っていた。

「しかし見よ、あの立派な建物を。宿の相場も高いに違いあるまい」

「大丈夫でしょ、そのために魔獣を狩っといたんだから。宿ならお肉が必要だから、重宝してくれるはずよ」

「族長の魔鉱石貨幣が使えたら楽だったんだがな」

「そうだ、生活が落ち着いたら貨幣を広めてみないか？」

そもそも族長が魔鉱石通貨を提唱したのは外の文化を知っていたからこそだったのだが、一般的なマーレン族はそのことを知らなかった。集落の外では物々交換が主流であると信じていた。

「いざとなれば香煙葉《ピィーブ》もあるし、大丈夫だろう。香煙葉《ピィーブ》は長持ちするから、断られることはないはずだ」

「苦労して運んだ甲斐があったな」「おいおい、俺が吸う分は残しておいてくれよ」

ロマーヌの街周辺の領地では、常習性のある薬物の運搬・使用には大きな制限が掛かっているが、それを彼らが知る由はなかった。

「ジゼルちゃん……なんか不安なんだけど、大丈夫かな？」

シビィは大人達の様子を見て、嫌な予感を察知していた。ジゼルはただ、無表情に会議の様子を眺めていた。

書き下ろし　魔花の王妃

1

マリアスとの決着がついた数日後のことである。

俺はラルクの屋敷の一室にて半目を開け、身体《からだ》を起こそうとした。だが、思うように身体は動いてはくれなかった。

身体が、怠《だる》い。重い。頭が熱く、それに乱されるように思考がぼやける。身体は逆に毛布を被っているのに熱が吸われ続けているかのように寒い。

俺は咄嗟に、脳内でアベル球の魔法陣を並行して三つ描いていく。魔法陣の構築は空間把握と集中力の勝負であり、体調に左右される部分が大きい。故に俺くらいの魔術師になれば、逆算的に自身の現在の状態を知る指標とすることもできる。

一つ目の魔法陣はほぼ完全だったが、いつもよりやや時間が掛かった。二つ目の魔法陣はイメージが途切れ途切れで、三つ目に至っては形がぐちゃぐちゃになっていた。これはまずい、大分まずい。俺は平常時でもオーテムの助けなしに完全に制御して使えるアベル球は一発、万全で上手く行けば二発目を狙えるか？　くらいである。しかし魔法陣の構築だけならば、万全なら三つ目まで容易に行えるはずだ。現在の集中力は最低レベルである。疑う余地なく体調は最悪だ。

俺はその事実に焦る。何せ俺には、やらなければいけないことが山積みになっているのだ。ファージ領衰退の元凶は追い払った。だが、ファージ領を盛り返すためには、これからが大切であった。俺もイカロスに代わり錬金術師団の団長となったため、その引き継ぎや団員の教育など、やらなければいけないことも多い。こんなところで倒れているわけにはいかない。

無理に身体を起こそうとしてみた。だが、そのまま身体中から力が抜けて、俺はベッドから転り落ちた。どすん、と大きな音が鳴った。横っ腹を打ち付けた痛みで俺は呻き声を上げる。

俺の落下音を聞きつけてか、顔を青くしたメアが部屋へと飛び込んできた。

「ア、アベル、どうしたんですか!? 大丈夫ですか!?」

「頭が、痛い……吐き気がする」

メアが慌ただしく寄って来て、俺の身体を抱き起こす。そして額へと手で触れた。

「ね、熱……。まさか、また前回の風邪がぶり返したんじゃ……!」

俺は頭の熱と不快感を押し殺しながら、言葉を紡ぐ。

「やら、れた……。恐らく、マリアスの最後の攻撃だ。俺に、呪《のろ》いを掛けていきやがった……」

マリアス、恐ろしい奴だ。あの最後の戦いで自分が敗れたときの場合を既に想定しており、前々から保険を掛けていたのだ。何せファージ領を手中に収めるために、あれだけ周到で陰湿な策謀を練っていた女だ。自分が仕留め損なった場合でも、呪殺できるように呪いを掛けていたとしても、なんらおかしくない。どのタイミングで呪いが掛けられたものであったのか、俺にも見抜くことができなかった。

今の繊細なコントロールの利かない俺に、解呪なんて細かい調整が必要とされる魔術の行使ができるかどうかは怪しい。解呪は魔力量を間違えれば、自身の身体を吹き飛ばしかねない。どうにか錬金術師団の連中にやってもらうしかないが……果たして、彼らにマリアスの呪いが解けるものかどうか。

メアはしばし、困ったように黙っていた。それからゆっくりと口を開く。

「えっと……風邪じゃあ、ないんですか？　い、いえ！　メア、アベルを疑ってるわけじゃないんですよ！」

メアの言葉に、俺はこくりと頷く。

「ああ……間違いない。ただの風邪よりも、体調が悪い、頭が痛い、苦しい……気がする」

「……気がする」

メアが俺の最後の言葉を小声で復唱する。

「それに、なんだか魔力が抜け落ちて行っている……ような気がする」

「……ような気がする」

メアはやや何か逡巡していたようだったが、すぐに表情を戻し、自分に言い聞かせるように言った。

「ア、アベルがそう言うなら、呪いに間違いありません！」

「なぁ、メア、何か引っ掛かることがあるなら遠慮しなくても……」

「い、いえ、そんなことないです！　全然、これっぽっちも！」

そこへ、開きっぱなしにされた扉からユーリスが入ってきた。

「アベル殿、おられますか！　実は前回にハーメルン討伐の際に向かった山近辺の高原にて、奇妙な悪魔が発見されました。私が直接目にしたわけではないのですが、私の部下である私兵団の者が数名、負傷して逃げ帰っております。アベル殿のお力をお借りしたいと……アベル殿？　どうなったのですか？」

ユーリスが、床に倒れ込んだ俺と、俺を介抱するメアを見つめて表情を歪《ゆが》める。

「すいません、ユーリスさん……どうやら、マリアスの呪いにやられてしまったようです。俺は……しばらく、動けません」

「……マリアスの、呪い？」

ユーリスは確認するようにメアを見る。メアは迷いなく頷く。

「はいっ、そうです！」

ユーリスはしばし俺を観察した後、ゆっくりとメアへと目を向ける。

「……その、アベル殿の容態は？」

「メアもさっき来たばかりなのですが、頭痛、吐き気、発熱があるようでして……えっと、咳はありません」

「風邪なのでは？　以前も引かれておられましたし……」

ユーリスが露骨に疑惑の眼差しを俺へと向ける。

どうやらユーリスは、俺の容態がただの風邪のためだと断じているようだった。だが、そんなはずはない。俺だって自分の身体のことくらいわかっている。確かにやや打たれ弱い傾向が無きにしも非《あら》ずなところは認める。だが、今回ばかりは風邪ではない。こう、精霊的な干渉を感じなくもない。

「いえ！　呪いに間違いありません！　だってアベル、こんなに苦しそうに……！」

ユーリスの心のない態度にメアが憤怒を露《あら》わにする。さすがメアだ。やはり付き合いが長いだけはある。俺の言葉を信じてくれている。

実はメアにはこれまで数度ほど風邪で寝込んで弱気になった際に、『重病にかかったかもしれない、俺はもう死ぬ』『身体が痛い。ハイエルフの呪いだ。恐らくはエベルハイドの仲間が俺を逆恨みしているのだろう』『もう長くないようだ。今まで悪かった』『故郷の家族に遺書を残したい。何年掛かってもいいから届けてくれ』等々くだらない妄言を吐いて泣かせてしまったこともあったので、ぶっちゃけもう俺の信用がないのではないかと勘繰っていたのだが、今回ばかりは本当だという俺の意思がしっかりと伝わっているようだ。

ユーリスは顎に手を当てて数秒沈黙した後に、ゆっくりと口を開く。

「……先ほどメア殿は、咳はありませんと口にしていましたが……それ、風邪の症状……」

「ち、違います！　メア、そんなこと言っていません！」

メアが顔を真っ赤に染めて首を振る。

や、やっぱりさすがに疑われていたか……。俺がちょっとがっかりしていると、俺の表情に気付いたメアが慌てふためく。

「違います！　違います！　そんなことないです！　メア、言ってませんもん！　メアは、メアはアベルのこと信じてますから！　本当ですから！　ね？」

「メア……！」

「メア殿、アベル殿をあまり甘やかさない方がいいですよ」

ユーリスの冷たい言葉が水を差す。

「ユーリスさんは黙っていてください！　だいたいユーリスさんだって、ラルクさんをいつも甘やかしているじゃないですか！」

「わ、私が!?」

予想外の反撃を受けたユーリスが狼狽《うろた》える。

「メア、知ってるんですからね！　ラルクさんが最近ずっと執務中に眠そうで覇気がないの、闇精霊の刻を回っても、ずっと小説本読んでるからですよね？　気軽に私生活の忠告ができる立場の人間はユーリスさんくらいしかいないんですから、忠告した方がいいんじゃないですか？　他の私兵団の方も『最近ラルク様がぼうっとしてる、ユーリスさんも何か言ってくれたらいいのに』って愚痴を零《こぼ》してましたよ！」

「そ、それは関係ないじゃないですか！　それにラルク様は別に執務を蔑《ないがし》ろにしてるわけではありません！　多忙なラルク様は趣味の時間を持つなというのですか！」

ユーリスはやや面食らっていたものの、メアへと言い返す。だが、メアもそれに喰らい付いて更に言葉を返す。

「限度がありますもん！　夜中に起きたら毎回ラルクさんの部屋に灯りついてますもん！　メア、びっくりしましたよ！」

「仕方がないではないですか！　ラルク様はこれまで心労が重なって、何をする余裕もなかったのですよ！　それに、盛り上がる場面が来たらキリのいいところまで読んでしまいたくなるという読書家の気持ちがわからないのですかメア殿は！　ラルク様が可哀想だとは思わないのですか！」

「話をすり替えないでください！　そもそもこれからが忙しい時期だとアベルも度々口にしているのに、当の領主さんがなんで毎晩毎晩趣味のせいで寝不足なんですか！　責任感がちょっと欠けてるんじゃないですか？」

「すり替えてませんが！　すり替えているのはメア殿ではないですか？　それにラルク様は朝早くから夜遅くまで、ずっと領地の安定化と発展に頭を悩ませています！　私や他の者よりもよっぽど忙しい立場ですし、その役目もきっちりと果たしております！　ラルク様の悪口はいくらメア殿といっても許容できませんよ！　ラルク様は、ただ寝る前に半刻だけ本を読もう、後半刻だけ……とずるずる長引いてしまっているだけであって……」

「それを見過ごしてるのが甘やかしてると言ってるんですよ！」

「ともかく、どうであれメア殿の口出しする場面ではありませんが!?」

二人の口論は最早《もはや》お互いの論の不毛な粗探し大会へと発展しつつあった。メアの声量は俺に気を遣ってか抑え気味であったが、徐々にユーリスの声が大きくなっていき、弱っている俺の頭にキンキン響く。俺が呻き声を漏らすと、メアがハッと気が付いたように俺の顔を見つめ、キッとユーリスを睨み返す。

「ユーリスさん声大きいです！　アベルがしんどいんですから、あんまり声荒らげないでください！」

「……し、失礼、つい。熱くなり過ぎました、申し訳ございません。……あの、アベル殿、風邪……ではなくて呪いを受けているところ悪いのですが、その、悪魔討伐のために来てもらえませんか？」

ユーリスはメアに諭されて声のトーンを落とす。その後、俺の機嫌を窺うように、ちらりと俺へ目を向けた。俺が答える前に、メアが口を挟んだ。

「……どうやって、今のアベルをそんなところまで連れて行って、危険な魔獣と戦わせるつもりなんですか？」

普段からは想像もつかない冷たい声だった。

俺のためにメアが怒ってくれるのは嬉しい。しかし悪魔問題も、本当に死人が出かねない大事なのであれば、俺が向かわざるを得ないだろう。今の俺が本当に役に立つのかどうかは怪しいが、もうちょっとユーリスの言い分を聞いてもいいのではないか。

「……えっと、その、ベッドごと馬車に載せて固定して、魔法を乱射してもらうとか……ダメですか？」

俺の脳裏に、馬車の上に立てたベッドに括《くく》りつけられて固定された俺が、魔弾を前方へ撃ち続ける図が浮かんだ。人間固定砲台である。完全にそういう兵器みたいになっていた。というより、人間の扱いではなかった。

「ユーリスさん！　前々から思ってましたけど、ラルクさんもユーリスさんもちょっとアベルに頼り過ぎていませんか!?　アベルに依存しきっているから、アベルが動けなくなったときに無理矢理引き摺り出そうとするんですよ！　アベルがよしとしてるから黙ってましたけど、弱ってるアベルを引き摺り出すつもりだったら、メア、本気で怒りますよ！」

「しかし、しかし……報告ではかなり厄介な悪魔でして、予想外の事態が起こらないうちに、一日でも早く撃退するべきであると……。アベル殿、この前風邪のときも、イカロスを圧倒していましたよね？　えっと……今回も、あのときと同じように……」

「だから、アベルは今回は風邪じゃなくて呪いなんです！」

「いえ、しかし、これは風邪では……」

不意に小さな足音が近づいて来て、ユーリスが言葉を区切って扉の方を向く。俺も釣られて扉の方を向いた。半開きの扉の狭間《はざま》から顔を覗かせるのは、ピンと尖った耳の少女、錬金術師団の副団長、リノアであった。

「ファージ領内で風邪が流行っている。団長、身体が弱いのでお気をつけくだし――……と言いに来たけど、あーし、遅かった？」

ユーリスがゆっくりとメアを見る。メアは下を向いて顔を逸らした。

「……かっ、仮に風邪だとしてもっ、前よりも病状が酷いことには間違いありません。前にイカロスとの決闘のとき、ユーリスさんが引き摺り出したから悪化したのかもしれませんし……」

メアの心が折れていた。俺も申し訳ない気持ちでいっぱいになった。

しかし、誰が、なんと言おうとも、俺の症状はただの風邪ではないはずなのだ。体内の魔力の循環に違和感がある。これはなんらかの呪術的干渉に違いない……と思うのだが、少し自信がなくなってきた。

2

メアの説得があり、ユーリスもついに諦めた。前回、イカロスとの決闘の際にも身体に鞭打って出ることになったばかりだ、という主張が効果的だったらしい。俺は今回の悪魔騒動からは手を引き、養生に集中する、ということになった。しかし悪魔騒動の方も心配ではあるのだが……。

話し合いが落ち着いてから、ユーリスとリノアが席を外した。俺はメアに見守られる中、眠りについた。どれくらい時間が経ったのかはわからないが再び目を開けたとき、依然変わらず目前の椅子に腰かけるメアの姿があった。じいっと俺の顔を観察していたようだが、いつからそうやっていたのだろう……？　掛け時計は、昼を少し過ぎた時間を示している。つまりは既に六時間が経過していた。何それ、嬉しいけどちょっと怖い。

メアは俺と目が合うと誤魔化すように微かに笑みを浮かべた。

「大丈夫ですか、アベル？　何かお腹が空いただとか、頭を冷やすものが欲しいだとか、ありませんか？」

「いや……今は、食欲がない。体調は、少しよくなった気がするが……」

嘘だ。頭の痛みは鋭さを増していたし、やはり確かに体内の魔力が掻き乱される感覚がしっかりとある。ただの病魔では決してない。領民の間で風邪が流行っていると聞いて納得してしまっていたが、やはりリノアを呼びつけて錬金術師団の方でしっかりと調べてもらった方がよさそうだ。

「…………」

メアは俺の言葉の真意を測るように、俺の目をじっと見つめる。耐え切れなくなり、俺は話題を逸らす。

「悪魔騒動……何か、ユーリスさんは言っていたか？」

「……会議を開いて、私兵団と錬金術師団で面子を揃えて再び討伐に向かうそうです。リノアさんは、マリアスが悪魔や精霊獣を呼び出して荒らしたせいで魔力場が歪《ひず》み、特異な悪魔が発生したのではないかと言っていました」

魔力場の歪みで生まれた、特殊な悪魔、か。興味がないわけではない。

「悪魔の、外見については？」

「外見ですか？　確か、植物質の緑の肌を持つ、人型の悪魔だったそうですよ。大きな花びらをドレスみたいに纏ってたって……」

その言葉を聞いて、ピンと来た。条件に合う悪魔に心当たりがあったからだ。

「魔花の姫、リベラ……」

「リベラ……?」

メアが首を傾げる。

精霊は、あらゆる生命の魂の破片であるとされている。リベラは、植物の生命の破片から生まれた精霊が集い、強い魔力場の歪みを受けて生まれる悪魔だ。

かなり希少な悪魔であるが、大して強いわけではない。討伐危険度はDの上位に当たるとされている。ガストン程度の冒険者でも、三人ほどいれば余裕を持って倒せる相手だろう。その程度の悪魔に私兵団の剣士数名が後れを取ったというのはやや首を傾げるが、戸惑っているところを翻弄されて、過剰に高く相手を見積もってしまった、ということもある。

とはいえ、俺も軽く本で読んだだけなので、そこまで詳しくリベラについての知識があるわけではない。もしかしたら何か、厄介な性質があるのかもしれない。ファージ領内でも文献があるかもしれないが、今はちょっと調べるだけの気力がない。

「メア、一応……ユーリスさんに、リベラかもしれない、ということを伝えておいてやってくれ」

「え……は、はい、わかりました!」

メアの反応を聞いて満足し、俺は再び目を閉じた。やはり、身体が重い。すぐに意識が沈んで行った。そのままぐったりと眠った。目を覚ましてから掛け時計へと目をやる。時計の針は更に六時間を巡り、既に窓から外は暗くなっている。

相変わらず体調は悪い。目の奥を貫かれるような痛みがある。吐き気も熱も、マシになったとは思えない。そしてなんだか身体が重い……と考えていると、メアが椅子から俺のベッドの方へと、凭《もた》れ掛かるように眠っていることに気が付いた。かなり不安定な恰好である。俺が起きたときの身体の揺れで、メアも目を覚ましたようだった。メアは目を開くと慌てて跳ね起きて体勢を直し、口《くち》許《もと》に涎《よだれ》がついていないかと拭う。

「ごご、ごめんなさいアベル！　ひょっとしてメアのせいで起こしちゃいましたか!?」

メアの目の下にはやや隈《くま》があった。そ、そこまで張り付いて、俺の容態を見ていなくても……。

「い、いや……それは大丈夫だけど、しっかり自分の部屋で休めよ？　倒れてる俺見てても何もいいことなんかないぞ……」

「それより、アベル……体調、まだ、よくなってませんよね？」

ずいと、メアが顔を近づけて来る。俺は答えられず、目線を下げて顔を逸らす。

「実は、リベラについてリノアさんに調べてもらったんですけど……とんでもないことが明らかになりました」

「とんでもない、こと？」

「……リベラは、特殊な花粉を広範囲にばら撒き、花粉が体内に行き渡った相手の体調を悪化させると同時に、魔力を遠隔で吸い上げることができるそうです。人によって効いたり効かなかったりするそうですし、あまり花粉による影響力も強くないので、せいぜいちょっと体調が悪い、くらいで済むそうですが……」

……そういえば、そんな話を耳にしたことがあったように思う。やや思い出してきた。やはり風邪にしてはなんだか妙な感覚があると考えていたのだ。つまり風邪ではなく、リベラの特性である魔力吸いのためだったのだ。リノアが、領民に体調不良者が増えていると言っていたことも符合する。

だが、リベラの魔力吸いは、メアも言った通り大したものではないはずだ。年寄りや重病人ならばこれで体調を悪化させて死に至りかねない、ということもあったそうだが……どうやらいつも通り、俺が大袈裟《おおげさ》に騒いでしまっただけらしい。恥ずかしい。

「……いつも悪い、メア。いや、でも、苦しいのは本当で……」

「……実は、他の領民の方も、症状がかなり悪化しているそうです。それも、リベラの魔力吸いに掛かった領民の方全体が、示し合わせたように体調がどんどん悪くなっているみたいで……」

「……え？」

リベラの影響など、たかが知れているはずだ。

「リノアさんが言うには、リベラは既に、リベラ・シャディに至っているのではないか、と……」

「リベラ・シャディ……」

その名前にも聞き覚えがあった。俺はゆっくり記憶を紐解いていく。

長らく生物から魔力を吸い上げ続けることに成功したリベラは危険度が跳ね上がり、魔花の姫リベラから、魔花の王妃リベラ・シャディと呼ばれるようになる。この際の危険度はB級にもなるとされている。魔力吸いの威力も跳ね上がる。ただリベラ同様に波長の合う人間からしか魔力を吸えず、殺すと効率が下がるので、生かさず殺さずを狙うことが多いらしい。

だが、そんなはずはない。確かにリベラ・シャディによるものと考えるのが妥当に思えるが、リベラがリベラ・シャディと呼ばれるまでに至るには、最低でも七年の年月が要されるとされている。そのため、大抵の場合は通常のリベラの間に魔力吸いを危険視されて討伐されるのが常である。

七年も前からファージ領にリベラがいたとは思えないし、そんな話は聞いたことがない。その影響も見られなかった。それにマリアスが引き連れてきていたにしてもおかしい。マリアスがリベラ・シャディを飼っていたならば、とうに使っていたはずだからだ。領地を生かさず殺さずを狙うのならば、リベラ・シャディの力はマリアスにとって魅力的だったはずだ。

「よほど高純度の魔力を持つ餌がファージ領内に転がっていたというのならば、短期間でリベラがリベラ・シャディへと育ってもおかしくはないかもしれないけど……」

俺は口にしつつ、頭の中で持論を否定する。このファージ領内で高純度の魔鉱石が採掘できるという話は聞いたことがない。それに、リベラ・シャディが効率的に蓄えられるのは、生体から花粉の力を利用して掠め取れる魔力だけのはずだ。

「リノアさんが言うには……それが、アベルじゃないかって……。現在進行形で、アベルの魔力を吸って成長を重ねてるかもしれないそうです……」

「えっ」

お、俺の魔力を吸ったリベラが、急成長した……？

「いや、そんな……。確かに魔力量には自信があるけど、そのくらいで急成長してたらその辺りがリベラ・シャディ塗《まみ》れになってるって……」

「……リノアさんの仮説を聞いた私兵団の方々は、蒼白になってました……。アベルの魔力を吸って成長したのなら、魔花の王妃なんて生やさしいものじゃあすまないって……」

「そ、そんな人を化け物みたいに……」

コンコン、と扉がノックされる。メアが俺の目を見る。俺が頷くと、メアが「どうぞ」と扉の方へ声を掛けた。扉が開いて入ってきたのは、ユーリスだった。

「アベル殿……先ほどは、申し訳ございませんでした。本当に、悪魔の呪いであったそうですね」

ユーリスは、死を覚悟した顔をしていた。

「い、いいえ……それよりあの、呪いの媒介になっているのが、俺かもしれないって……」

「……アベル殿の、気になさることではありません。どうしようもないことです。呪いに蝕《むしば》まれる中、無理に連れ出そうとして申し訳ございませんでした」

ユーリスが深く頭を下げる。朝はあれだけユーリスと言い争っていたメアも、さすがに今のユーリスを責めるようなことはしなかった。

「……その……ユーリスさん、討伐……行くんですか？」

メアが尋ねる。ユーリスが小さく頷いた。

「所詮はただの植物の成り上がりですよ。リベラ・シャディはせいぜいB級の悪魔……ランクでいえば、ナルガルンよりもワンランク下がりますから。私兵団でも充分に対処できる相手です。安心してくださいアベル殿、今回の敵は、我々が片付けてみせます」

ユーリスが力強く言い切った。爽やかな表情だった。カッコいいが、なぜか壮大な死亡フラグを感じるのはなぜだろう。本人もどこか死期を悟っている節がある。

「……でも、アベルの魔力吸って急成長したんですよね？　既存のリベラ・シャディとはまったく異なる悪魔になっているかもしれないって、メア、リノアさんから聞いたんですけど……」

　メアが不安げに口を挟む。

「そう言えばアベル殿、クラークが『これでやっとあいつに借りを返せる』と意気込んでいましたよ。まったく……勇敢な人が揃っていたものです。クラークはアベル殿と折り合いが少し悪かったですが、あまり嫌わないでやってくださいね。意外かもしれませんが、あれで芯が通った、熱いところがある奴なんですよ」

　クラークは、魔獣被害を抑えるために俺が私兵団と共に魔獣狩りに向かった際に、少しいざこざがあった金髪の男だ。ハーメルンとの激突の際に険悪だった俺に助けられたのを、少し気にしているようだった。

「あの、やっぱりなんか死にに行くようにしか……。俺も、ついていきま……」

　そのとき、唐突に視界がぐわんと揺れ、吐き気が急速に込み上げてきた。

「アベル……アベル？」

　メアの声も、反響して聞こえる。

　気分が悪い。喉が、体内が渇く感覚。脳が揺さぶられたかのような得体の知れない感覚が襲ってきた。とにかく気持ち悪い。視界がオレンジがかって見える。目に映るものすべての輪郭がぼやける。俺は口の中で少し、嘔吐した気がした。そのまま前傾に伏せる。

　リベラ・シャディによる魔力吸いか……？　かなり、段階が進んできている。また力を付けたのかもしれない。

メアらしき輪郭が寄って来て、何か泣き喚《わめ》いている様に見える。だが、何も聞こえない。言葉として俺の脳に入ってこない。ただの意味のないノイズのようだった。そして俺は、意識を失った。

3

アベルが倒れた翌日の早朝、ユーリスはラルクの執務室にいた。

「ラルク様、では、リベラ・シャディの討伐に向かって参ります」

ナルガルン討伐の際と同じく、私兵団と錬金術師団を合わせたリベラ・シャディ討伐隊が組まれていた。大半は既に、村の門近くへと集合しているはずだ。

「やはり……私には、無謀に思える。アベル君の魔力を吸い上げた悪魔なのだろう？　アベル君の衰弱具合を見るに、魔力の大半を既に奪われているようだった。少なく見積もってアベル君の魔力の半分くらいはあると見た方がいい」

アベルは再生の生体魔術の術式を埋め込まれた、危険度A級魔獣のナルガルンを首塚へと変えている。そのナルガルンを相手に私兵団と錬金術師団は惨敗しているのだ。更には、周到にファージ領乗っ取りを企てていたマリアスに対し、アベルは後手後手で出てきて完封した実績がある。最早、意思を持った魔導兵器といっても差し支えないどころかまだ足りないほどだ。

「控えめに言って、リベラ・シャディの力は、大国を三つ潰してもお釣りがくるくらいではないかと私は考えている。自殺しに行くようなものだ」

ラルクの言葉に対し、ユーリスは無言のまま、微かに微笑《ほほえ》んだ。

「留《とど》まるなら、今が最後の機会だ。私とて王家にも救援の要請を送る手筈を整えているし、領民を避難させるルートも確立させている。リーヴァラス国の妨害がない今ならば、王家への手紙も無事に届くはずだ」

「しかし、多数の避難民の受け入れ先がありません。それにどの道、進化を続ける悪魔を放置しておくわけにはいきません。リノア殿が言うには、完全に力を制御しきれていないであろう今が、リベラ・シャディを倒すことのできる唯一の機会であるかもしれない、とのことでした。残って救援を待てるほど猶予はありません。そもそも本当にアベル殿の半分の魔力でもあるのならば、王国騎士団が来てもどうにもならないでしょう。騎士団が来るまでにリベラ・シャディが動けば、ここは領地としての体裁を保っているのも不可能です」

ユーリスとラルクの間では、アベルの半分ほどの力があればこの世に敵う相手はいないだろうということは疑う余地のない共通認識であった。

「そこまでわかっているのならば……」

「しかし、この領地を棄てて逃げてしまえば、王国の領地を守る立場であるラルク様は処刑されかねません。領地を守るということが、この王国が貴族に課した最低限の義務ですから。リベラ・シャディ自体の危険度はB級程度ですし、事態が明らかになって理解が得られるまでに長い時間が掛かることかと。それに不運のためであったとしても、領地が一つ潰《つい》えて誰も責任を取らずに済むほど世の中は甘くはありません」

ユーリスの言葉の通り、逃げの一手を打った場合、最も危うい立場に追い込まれるのが領主であるラルクであった。しかしユーリスら私兵団がリベラ・シャディとの交戦を決意した一番の要因がその点であったことを、ラルクは知らなかった。ラルクは目を見張り、ユーリスを見る。

「い、今更、私の命など……！」

ラルクの言葉に、ユーリスがくすりと笑う。

「私達は元々、ラルク様に救われた身ですから」

ユーリスを筆頭に、現在の私兵団や錬金術師団には、領の外から来た冒険者達が多く組み込まれている。それは、ナルガルン騒動で貧困に陥った中、領民達の輪の外へいた彼らへの救済のためである。

その結果、ラルクは領民達から敵意を向けられ、挙句にはリーヴァラス国の刺客であるマリアスやリングスの付け入る隙となってしまっていた。しかし、生活を助けられたユーリス達はラルクへと深く感謝していた。

「……それでは、行って参ります」

少し、寂しげな言い方であった。ユーリスはラルクへと背を向ける。ユーリスの様子に、彼女が死を覚悟していることをラルクは悟る。

「まっ……」

背に手を伸ばすが、ユーリスはそのまま部屋を出ていった。ラルクは椅子から立ち上がり、彼女の後を追いかけて部屋を出る。しかし、姿が見当たらない。一流の冒険者であったユーリスの足は速い。ラルクを撒くことなど容易《たやす》いことだった。ラルクは通路を走り、窓から外を見る。既に馬に跨《また》がった彼女が屋敷から遠ざかっていくところだった。

4

ファージ領の外れ、怪しい悪魔の目撃情報があった山付近の高原へと、ユーリス率いるリベラ・シャディ討伐隊が駆け付けていた。

百名近い数の討伐隊が馬を止め、半円の陣形となって待機する。半円に並ぶ兵の群れの中心にあるのは、見上げるほどに巨大な花であった。大きく伸びた先には、真っ赤な大きく膨らんだ蕾《つぼみ》がある。異様な光景の前に討伐隊の緊張感が高まる。一人が弓を構え、隣にいた者に止められた。

「ユーリスさん……前回は、あのようなものは、ありませんでした」

ユーリスの近くにいた男が、彼女へと声を掛ける。男は、この付近で悪魔を見かけた私兵団の団員の一人である。その際には、悪魔の操る土の魔法（悪魔は魔法陣や精霊語を経由せずに魔力を用いて特異現象を引き起こすことができる。そのため人間の扱う魔術とは別物とされ、差別化のため魔法と呼ばれている）の前に、まともに近づくことさえできず逃げ帰っていた。

ユーリスは男の言葉を聞き、小さく頷く。それから傍らにいる、リノアへと声を掛けた。

「リノア殿、何かわかりますか？」

リノアはユーリスが尋ねるよりも先に、魔法陣を展開し、周囲の魔力、精霊の流れの調査に当たっていた。リノアが杖を降ろすと、魔法陣が消える。

「間違いない……あの中に、悪魔の本体がいる。魔力の集中が激しいけど、大気中の精霊の動きは穏やか。休眠に近い状態にある。恐らくは、リベラの特性である独自の花粉を経由した魔力吸いを効率的に行うため、本体を疑似的な睡眠状態に陥らせている。あの蕾を覆っている花びら自体にも、相当の魔力が込められている。隙だらけの身体を守る鎧と仮定」

「つまり、叩くのにこの上ないタイミングというわけですね」

ユーリスが鞘から刃を抜き、蕾へと向ける。

「動き出したら、悪魔はすぐに態勢を整えようとするはずだ！　迅速に陣形を組み替えろ！　魔術部隊は、中距離から魔弾で同時に叩く。魔術部隊が一斉射撃に出た後、近接部隊が間を空けずに追撃に出る！」

ユーリスの命令で、魔術部隊と近接部隊の配置が大きく変わる。巨大花を取り囲むように配置についた魔術師達が、各々に精神を統一させ、魔法陣を描く。リノア含む三人の魔術師は、一か所に固まり、じっとしていた。リノア以外の二人は、青い長髪と赤の長髪、顔立ちは二人とも鼻が高く、睫毛《まつげ》のぱっちりとした女性である。錬金術師団の双子の魔術師、アルル・ルーウィンとエルル・ルーウィンである。

「リノア殿……？　どうしました？」

ユーリスが困惑げにリノアへと声を掛ける。

錬金術師団の副団長のリノアは、純粋な魔術の腕ではイカロスに匹敵する魔術師である。魔弾重ね撃ちを得意とするイカロスには対人戦では敵わないものの、魔術の微細なコントロール等、特定分野においてはイカロスに勝っている点もある。現錬金術師団においても、新団長アベルに次ぐ魔術師であり、他の一般団員達に頭一つ抜きん出ている。ユーリスとしても、アベル不在である今回の戦闘におけるリノアへの期待は厚い。

リノアはちらりとユーリスを見て、心配は要らないというふうに、首を横に振って見せた。それから杖を掲げる。横に付いた双子の魔術師ルーウィン姉妹も、リノアの動きに合わせるように杖を上げた。三人の杖の延長線上が交差する。それぞれの杖から出た魔力の光の粒子が線となり、それぞれに魔法陣を別々の部分から構築していく。

「これは……！」

ユーリスが驚く。三位一体と称される魔術の高等テクニックである。三人掛かりで魔術を行使することで一人一人の負担を軽減し、複雑な魔術を発動したり、魔術の規模自体を引き上げたりすることができる。息をぴったりと合わせることは当然だが、魔術の高いバランス感覚が要される。

魔術を二人掛かりで行使する二重構築という技術もあるが、こちらは手間と魔力に見合った威力を出せる機会が薄く、ほとんどの場合において一人でやった方がマシという半端な魔術になるため、敢えて使う者は滅多にいない。

双子であるルーウィン姉妹は日常生活にあっても息がぴったりであった他、魔術の細かい癖や魔力の質が一致していた。彼女達を交えれば比較的容易に三位一体を扱うことができると考えたリノアは彼女達に話を持ち掛け、秘《ひそ》かに三位一体を練習し、この技術を身につけたのである。

もっとも現在の練度では魔法陣の構築開始から発動までに大きく時間が掛かるため実戦的ではなかったが、敵が眠っている今ならば理想的な形での発動が可能であると踏んでのことであった。

そのとき、大きな真紅の蕾が、まるで心臓の様に脈打った。どくん、どくん。どくん、どくん……。段々と、その鼓動は速くなっていく。

他の魔術師が、ユーリスへと攻撃開始の合図を目線で求める。ユーリスも、いつ悪魔が動き出すのかと、気が気ではなかった。

だが、肝心なリノアの準備がまだ整いきっていない。リノアは三位一体によって描いた魔法陣の、三つの部位の繋ぎ目の補強に掛かっていた。

ルーウィン姉妹の顔には焦りが浮かんでいた。実戦で使うのは初である。また、強大な悪魔を目前にしているという事実、それがいつ目覚めるのかわからないという状況が緊張を誘い、集中力を乱しており、それが魔法陣にも反映されていた。リノアがその尻拭いに奔走している現状である。

「リノア殿、もう時間がありません！」

「……」

リノアからの返答はない。魔法陣の微調整で手いっぱいであった。他のことにリソースを割けば、並行して調整している部分に支障が出る。

そのまま十秒が経った。その場に居合わせた者達にとって、これ以上を経験したことがないというほどに長い十秒であった。

「ユーリス殿、これ以上はもうダメです……！」

他の魔術師達がユーリスへと判断を迫る。そのときリノアが、充血させた目をユーリスへと向け、頷いた。

「総員、攻撃開始！」

ユーリスが大声で宣言する。巨大な蕾、脈打つ悪魔の心臓へと、各々の魔術師達が放った魔弾が撃ち込まれる。魔弾は蕾に当たり、その表面で破裂して火を散らす。花が大きく揺れる。だが、蕾には小さな変形と煤《すす》が見られるばかりで、大きなダメージはないようだった。

「「「[illegible]《炎よ》　[illegible]《柱を象れ》」」」

合図に数瞬遅れて、リノアとルーウィン姉妹が、三人同時に呪文を詠唱した。三位一体によって浮かべた魔法陣に輝きが増す。巨大花の真下から細長い紅の柱が伸び、蕾を貫く。その瞬間、柱が爆発するが如くに膨れ上がり、これまで外界からの干渉を許さなかった蕾を内側から破壊した。蕾の花弁の隙間から火が吹き荒れ、その隙間が大きく広がる。その後、獄炎の柱は柱としての形を失い、蕾を中心とした爆炎を巻き起こす。爆風が花の周囲の地面を引っぺがし、砂塵を巻き上げた。

他の魔弾を撥《は》ね除《の》けていた蕾をあっさりと粉砕したのである。準備に時間が掛かるとはいえ、圧倒的な威力であった。リノアの奥の手を知らなかった討伐隊の者達が、口々にリノアを称える。

「す、凄い、リノア副団長、そんな規模の魔術を隠し持ってたんですか!?」「俺らの魔弾、いらなかったんじゃないのかこれ!?」

「……ん」

リノアは照れにやや顔を赤らめながら、短く答える。

「リノアさん、ここまで凄い魔術師だったとは知りませんでした！」「ディンラート王国広しといえど、これほど威力のある魔術を扱える人はそうそういませんよ！」

「それほどでもない」

謙遜しつつ、顔が見られない様にやや伏せる。無表情は変わらないが、顔色とノワール族の長い耳が、林檎の様に真っ赤になっていた。

「これ、アベル団長超えたんじゃ……！」

「それだけは絶対ない」

討伐隊の一人が漏らした言葉に、リノアが冷静に冷めた目を向ける。リノアの冷たい視線を浴びた剣士はその温度が移ったかのように興奮が醒め、抜いたままだった剣を思い出したように鞘へと戻した。

「あ……はい」

その様に、なぜか当事者だったのに評価されない双子の魔術師、アルルとエルルが、お互い顔を見合わせていた。

「何か、おかしくない？」「ちょっと足引っ張ったかもしれないけど、エルル達も頑張ってたんだけど……あの……ちょっと、リノアさんも他の人に説明して……リノアさん？　何満更でもなさそうにしてるの？　ねぇ？」

一転緊張から解放された様子のリベラ・シャディ討伐隊の様子を、ユーリスは苦笑いしながら眺めていた。

「……ラルク様に、散々恰好付けた後だったんですけどね。こうもあっさりと片付いてしまうとは」

「ちょっと激戦の後っぽく、鎧とか汚しときますか総隊長殿？」

ユーリスの友人である私兵団の団員の剣士であるマヤが、彼女へと冗談を零す。ユーリスはそのわざとらしい言い方に重ねて苦笑した。

「でもアベル団長の魔力を吸った悪魔を一撃で倒せたなら、アベル団長に勝ったようなものなのでは？」

「ウチの団長、打たれ弱いし……」

「あー……」

リノアに食い下がっていた魔術師の一人が、彼女の反論に同意する。究極なまでに事実に裏打ちされた彼女の言葉に、異論の余地はまったくなかった。

ユーリスはそのやり取りを眺めつつ、アベルが居合わせたら複雑そうな表情を浮かべていたことだろうと、考えていた。脳裏には、肩を落とし、メアに慰められているアベルの姿が浮かんでいた。

フフ、と笑みを漏らし、獄炎の柱が貫いた跡地へ目を向ける。巨大花の茎がへし折られて燃えカスになっており、蕾も花弁が黒ずみ、轟々《ごうごう》と炎が燃え上がっている。火事に繋がらない間に消すべきかと考えていたところ、蕾の黒く焦げた花弁が焼け落ち、内部が露わになった。中には、何もなかった。嫌な予感がした。

『妾《わらわ》に刃向かわねば、我が養分として生かしてやったものを』

頭に直接呼びかけられるような声が響く。それは精霊語であり、魔術を扱いはするが専門でもないユーリスには、上手く言葉として訳することはできなかった。単語単語が薄っすらとわかる程度である。だが、その断片からも、敵意があると判断することは容易であった。

他の者の頭にも響いていたらしく、賑やかだった草原が沈黙に包まれた。

獄炎の柱が巨大花を焼き払ったことで生じた煙の中に、女が浮かんでいるのが見えた。真っ赤な花弁のようなドレスに、緑の細長い手足が伸びる。顔は幻想的な美しさを感じさせる可憐な少女のものだったが、額に余分な目が一つ、縦についていた。そして花びらのドレスの袖からは、計四つの腕が伸びる。更にはその肩から、虹色に輝く蝶の羽が広がっていた。その美しさと恐ろしさの前に、集まった百の兵達は、一様に口を開け、彼女を崇めるように見上げていた。

「読み、違えた……」

リノアが顔を青くし、呆然と呟く。あの蕾に、本体の悪魔を守る役割など、既になかった。蕾に引きこもってアベルの膨大な魔力を吸っている間に本体が過剰成長し、本来鎧であったはずの蕾の硬度を、本体が遥かに超越していたのである。それは、獄炎の柱に貫かれても無傷を保つリベラの姿を見ても明らかである。

「リノア殿……リベラの、あの姿は一体……」

最初に私兵団員が見たときの姿は、ただ人型の植物であったという。魔花の王妃リベラ・シャディへと進化するに至り、より人に近い姿になる、ということはリノアから聞かされていた。しかし、今のリベラの異形の姿は、人の姿という経過点を遥か遠く超えた、何かである。

「記録に、前例がないことはない」

リノアが、リベラを見つめながら零す。

「魔花の王妃、リベラ・シャディ・シャロウデイト……。五百年生きて、陰から小国を支配し続けたリベラが至ったとされる、伝説の悪魔」

「五百年!?　せいぜい実害が報告されてから二日程度しか経っていないのに!?」

ユーリスが驚愕する。恐らく、アベルの魔力がリベラを異常成長させたのだろうが、あまりにも現実離れし過ぎていて理解が追いつかなかった。

「あーしにも、何が起きてるのか、もうわからない……」

リノアが諦めるように言った。

ユーリスも、これはもう駄目かもしれないと悟っていた。リノアが三位一体で繰り出した獄炎の柱も、リベラにはまったく通用していなかったのだ。あれ以上の攻撃を今から与えられるとは思えない。何せ相手は、上空を自在に飛び回っているのだ。剣は届かない。どころか、この距離では狙いが定まらず、また魔術も大幅な魔力減衰を引き起こす。

ユーリスは腕を垂らす。指の力が自然と抜けて、手から剣が離れた。そのとき、最後に見た、主であるラルクの不安そうな顔が脳裏に浮かぶ。ユーリスは落ちる剣を慌てて手で追い、握り直す。

弱音を吐きそうになった自身の舌を嚙み締める。痛みで強引に恐怖を振り払い、口から滲んだ血を吐き出しながら叫んだ。

「撃て！　魔弾や矢ならば届くはずだ！　射落とせば、我々近接部隊が、あの化け物の首を叩き落してやる！」

ユーリスの叫びを聞き、魔術師や弓持ちが上空に浮かぶリベラへと照準を合わせ、一斉に攻撃を放つ。半ば自棄《やけ》であった。しかし、何もしないよりは間違いなくいい。

『しかし、なんという清々《すがすが》しい心地よ。ここまで身体に魔力が漲《みなぎ》るとは……どれ』

リベラが四つの腕を天へと伸ばす。リベラの遥か下の大地から、四つの巨大な茨《いばら》がうねりながら伸び、魔弾や矢を落としていく。茨はリベラの浮かぶ高さまで伸びていた。リベラは満足げに笑う。

『おお、なんという、なんという力！』

あまりに桁外れな規模の魔法に、元々自棄のつもりだと割り切って攻撃を仕掛けていた兵達が、一斉に手を止めた。何をしても意味がないと、はっきりわかってしまったのだ。魔花の王妃、リベラ・シャディ・シャロウデイトは、危険度A級のナルガルンが話にならないほど強大な相手であった。

『どれ、今の姿の魔力を、肉の肥料共でテストしてやろう』

リベラが一つの手を広げ、地上へと腕を伸ばした。手のひらが歪み、いくつもの蔦《つた》の様なものが伸びて変形する。リベラの手のひらに、真っ青なヴァーシュ（薔薇に似た花）が咲いた。その花弁の渦の中央から、蒼の閃光が放たれる。

遥か上空から放たれた光に、討伐隊の兵達は何もできずに立ち尽していた。光が地面を綺麗で人工的な亀裂を作って裂き、初めて攻撃されたことに気づいたように悲鳴を上げた。光の直線があまりに細かったため、当たった者はいなかった。だが、もしも触れていたのなら、そこを起点に身体が二つに裂けていたことは、疑いようがない。

兵が散り散りに逃げていく。ユーリスもそれを咎めることができなかった。もう、戦いではない。最早これは破壊の神による蹂躙である。逃げることも諦めたようにぼんやりとリベラを仰ぎ見るリノアが、小さく呟いた。

「これが、アベル団長の魔力を吸い尽した悪魔の力……」

声は絶望に満ちていた。

5

「ま、待ってくれ、ユーリス！」

ラルクの叫び声が聞こえ、俺は目を覚ました。朝からあの領主さんは、何を大声を出しているのであろうか。まるで舞台劇の悲劇のヒロイン張りの悲痛な叫びであった。ラルクは男だが。

俺は瞼《まぶた》を擦り、大きく欠伸《あくび》をする。ごきり、ごきりと腕を回す。いい朝だ。だが、少しばかり寝足りない気もする。目前には、ぽかんと口を開けて俺を見つめるメアの姿があった。

メアは泣き腫らした目のまま、俺へと飛びついて来る。俺はベッドの上に押し倒され、呻き声を上げた。

「な、何をする……」

「ご、ごめんなさい……メア、つい、感極まっちゃいまして……。アベル、もう、起きないんじゃないかって……」

メアが涙を零しながらわんわんと泣く。その様子を俺は不可解な気持ちで眺めていたが、不意に自分の状況を次々と思い出していく。

「あれ、俺元気……？」

俺は自身の血の気が引いていくのを感じた。俺は頭を抱える。

「アベル……？」

「どうしよう、メア……俺、ただの風邪だったかも」

「えっ……」

一瞬、部屋内の時間が止まったような気さえした。

「か、関係なかったんですか!?　魔花騒動と」

「関係ない……ことは、ないと思うけど……思いたいけど……」

どうやら一日しっかり休んで、俺の風邪の再発は完治したようだった。しかし、体調不良と魔花騒動になんの関連性もない、ということはないだろう。ちょっと魔力が抜かれているような感覚は間違いなくあった。あれが俺の体調不良を促進させていたのだろう。

というか、今もそれはある。なんだかチョロチョロと魔力が抜かれている気がする。みみっちいな、もっと持って行けばいいのに。やっぱりこれ、関係ないか。

「どうしよう……ラルクさんとユーリスさんに合わせる顔がない……」

ユーリスに至っては昨日、死地へ向かう覚悟を決めていた様子であった。これで俺の勘違いでした、多分悪魔もしょうもない奴しかいませんよ、なんてことを言った日には袋叩きにされそうな気がする。というよりさっき聞こえたラルクの声は、決戦へ向かうユーリスへの呼びかけだったのではなかろうか。

どうしよう、マジで気まずい。いや、気まずいなんてものじゃあない。俺、ユーリスさんに殺されるのではなかろうか。

「メアは、アベルが無事で嬉しいですよ！　そんなに悩むことなんてありませんって。ユーリスさんもきっと笑って許してくれますよ！」

どうだろうか。俺が風邪を過剰に騒ぎ立てたせいで、しょうもない悪魔を狩るために領地の総力で討伐に向かっているのだ。ただの風邪だとわかったらさすがに冗談で済む範囲ではない。

「そ、そうだ、自分に呪いを掛けよう……」

俺はベッドの脇に立て掛けていた杖を手探りで摑み、手で握った。

嘘を本当にして誤魔化そう。卑怯この上ないが、俺にはもう、こんな手段しか思いつかない。せめてもの償いに、ちょっと苦しめな奴にしておこう。このまま元気な状態でユーリスの前に出る勇気がない。

「や、やめてくださいアベル！　何考えてるんですか！　そんなことしたって何も変わりませんから！　誰も得しませんから！」

メアが俺の手首を摑み、杖を奪い取ろうとする。俺も全力で抗って杖を引く。全体重を腕に掛けて側転し、メアの手を強引に放させる。

「あっ！」

その反動で俺は、ベッドから転がり落ちた。床に顔面を打ち付ける。

「アベルゥッ!?」

メアが悲鳴を上げる。俺の地面との衝突音を聞きつけてか、誰かの足音が近づいて来る。俺が起き上がると同時に部屋の扉が開けられた。ラルクだった。

「ど、どうしたんだ!?　何があった!?　……あれ、アベル君、元気そう……」

ばっちりラルクと目が合った。俺は咄嗟に腰を曲げて口許に手を当てた。

「ご、ごほっ、ごほっ、うう、とても苦しい……」

「諦めてください、アベル、演技、得意な方じゃないんですから……。ね？　メアも一緒に謝りますから」

メアが俺に歩み寄り、肩に手を置いた。俺は項垂《うなだ》れた。

ラルクは何がなんなのかよくわかっていない様子だったが、しばしぽかんと口を開けたまま沈黙を保った後、確認する様に「アベル君、ひょっとして、元気？」と尋ねて来た。ここでシラを切るのは不可能だろう。勝ちの目が薄すぎる。

「あの、すいません。なんか、ただの風邪だったみたいです……。多分、他の人もちょっと風邪拗《こじ》らせただけで、悪魔関係ないんじゃないかなと……」

「アベル君！　呪いに冒されながらも、解呪に成功していたのか！　やはり君は素晴らしい魔術師だ！」

ラルクが大喜びで俺の手を握る。罪悪感が俺の全身に伸《の》し掛かってくる。そのまま重さで床を割って地下室まで沈んでいきそうな気分だ。

「あの、違うんです……俺、ただの風邪で……」

俺は誤魔化したい欲求と闘いながら言葉を紡ごうとする。だが興奮気味のラルクの耳には届いてはいないようだった。

「よかった……本当に、よかった……」

「あの、風邪……」

再度試みる。しかしその言葉もまた、ラルクに遮られた。

「実は、他の皆は、リベラ討伐のために向かってしまったんだ！　呪い明けで、身体が重いことはわかる。体調もあまりよくはないのだろう。魔力も、ほとんど悪魔に吸い尽されてしまったとも聞いている。だが、君がもし戦えそうだというのならば、彼らの援護に向かってはもらえないだろうか。君がいれば、百人力だ」

「……風邪……」

「やはり、駄目、か……？」

ラルクが肩を落とす。俺はひとまず、風邪のことは黙っておくことにした。

「い、いいですよ。少し苦しいですが……どうにか、魔術は使えそうです。すぐにエリアさんに馬車を出してもらって、向かいましょう」

俺は目を逸らしながら言った。

「ありがとう、ありがとうアベル君！　いつも本当にすまない！　君が無事に帰ってきたら、魔術研究でもなんでも好きにやってくれて構わない！　出資もいくらでもする！　だから……」

「あ、いえ、そういうのはいいです……」

俺は力なく言った。普段ならば小躍りしたくなる提案だったが、ちょっと自分の状況を考えると受け取れそうにない。というか、俺がただの風邪だった以上、魔花の姫が魔花の王妃に進化していた、というのもデマかもしれない。領民の体調不良も、リベラ云々関係なしに、妙な病魔が流行っている可能性もある。野良悪魔がいるらしい高原よりも、とっとと錬金術師団を呼び戻して病魔の特効薬でも作った方がいいかもしれない。

6

俺はすぐに準備を整え、エリアに馬車を出してもらい、リベラ討伐隊の後を追い掛けた。討伐隊はほんの少し前に出発したところだそうなので、事態が収拾する前に追いつくことはできるかもしれない、とのことだった。もっとも、俺が着いた頃には私兵団の圧勝で終わっている可能性の方が遥かに高いのだが……。

「アベル、結局言い出せませんでしたね……」

馬車の中で、メアがぽつりと呟く。

「それはその、場の流れというか……。俺も、言おうとはしたんだけど……。いや、それに一応ね、ちょっとだけ魔力が引き抜かれてる感じがしないでもないし……まだよくわからない内は、下手な明言は避けた方がいいんじゃないかなと」

「……え、やっぱり魔力、吸われてるんですか？」

「まぁ、ちょっとだけだけど。まだ詳しく調べたわけじゃないけど、全体の百分の一も持っていかれてないと思うし」

「アベルの魔力を、百分の一も……？　やっぱりそれ、大分まずいんじゃないですか？　下手に放置してたら、とんでもないことになるんじゃ……」

メアは考えすぎだ。遠隔型の魔力吸いは、本体の元に渡る前に大幅な魔力減衰が引き起こされるはずだ。リベラの手に渡る頃には、一人一人の魔力などカスみたいなものになっている。リベラの強みは、あくまでも広範囲を対象とした魔力吸いだ。俺一人の影響などそう高いものではないはずだ。

「……お客さん、なんか、遠くで凄いことになってる」

御者台の方からエリアの声が聞こえる。俺は馬車から顔を出し、前方へと目を向けた。

五十メートル近くにも及ぶ巨大な蔦が四本、天へと伸びて絡み合っていた。その延長線上には、緑色の皮膚を持つ人型の悪魔が浮かんでいる。その下には、先に出発した私兵団と錬金術師団を合わせた討伐隊達の姿が見えた。

俺も巨大蔦を眺め、ぽかんと口を開けた。ここまで大規模の魔法現象はなかなか目に掛かる機会のあるものではない。

「なんか、凄いことになってる」

俺はエリアとまったく同じコメントをした。

俺の横からメアが顔を出し、巨大蔦を視界へと入れる。

「や、やっぱりとんでもないことになってるじゃないですか！」

やっぱり山付近の高原に現れた悪魔というのは、リベラのことであったらしい。

「す、すいませんエリアさん、ちょっと急ぎでお願いします……」

俺が頼むと、馬車の速度が上がった。

幸いというか、リベラと討伐隊はどちらも動いていなかった。リベラは討伐隊の連中を見下ろしながら、指先でその数を数えている。どう潰すか思案しているようであった。それはさながら、蟻を目前にした子供のようだ。

討伐隊の連中はリベラを前に動けないようだ。割って入るのならば、この膠着状態を逃す手はない。

ある程度接近したところで、討伐隊の連中がこちらに気が付いた。顔を馬車へと向け、そして馬車から顔を出す俺へと目を向ける。

「あれ、アベル殿じゃ……」「ウチの団長……？」

「リベラの呪いで倒れてたんじゃなかったのか？」

討伐隊の連中が困惑げに俺へと視線を投げかける。

すいません。体調不良とリベラ、あんまり関係なかったんです。すいません……。

空から、精霊語の思念が届いてくる。

『フハハ……何が来たかと思えば、魔力の匂いでわかったぞ。妾が唾を付けた、養分ではないか』

魔花の王妃、リベラが俺へと語りかけているのだ。見上げれば、遠目に見たときにはしっかりと見えなかった、リベラの異形の姿が目に付いた。

額に浮かぶ三つ目の目、花弁が変形したドレスの裾から伸びる四本の腕。そして煌《きら》びやかにはためくは蝶のような羽。ただのリベラではない、かなりの魔力を溜め込んでいることは一目見て明らかだ。俺は杖を構えながら馬車を降りて、リベラを見上げた。

『貴様の魔力で、妾はここまでの力を付けることができた。礼を言うぞ。さぞ名高き魔術師であったのだろうが、あれだけ魔力を吸ってやったのだ。既に衰弱死間際であろうに、なにゆえに妾の許まで来たのか理解に苦しむところよ』

リノアが馬を走らせ、他の討伐隊員を器用に避けながら俺の方にまで近づいてきた。

「ダメ！　リベラの魔力吸いの呪いは、対象との距離で強弱が変わる！　団長がどうして復帰できたのかはわからないけど、ここまで近づいたら……！」

「えっ、距離でそこまで変わるのか」

俺ははっきり、リベラの広範囲型の魔力吸いは、対象範囲内に均一に働くものであると、早合点していた。範囲を売りにした悪魔の魔法には、そういったものが多いのだ。

しかし実際、そう考えた方が筋が通っている。力を蓄えたはずのリベラの魔力吸いが、俺に微々たる効果しか及ぼさなかったのも、単に距離や位置関係の都合であったのだとすれば、納得のいく話である。

魔花の王妃リベラについては、昔本で読んだ程度の知識しかない。リノアは今回の騒動に当たり、かなり念入りにリベラについて調べていたようであった。

リベラが俺へと、四つ腕の一つを向ける。

『貴様の魔力は上質故、生かさず殺さずで飼い殺しておこうと思っておったが……どうせ搾りカスである。妾に杖を向けようというのならば、その魔力を喰らい尽してくれるわ！』

リベラの伸ばした手の先に、魔力の光が生じる。俺の身体から、わずかに魔力の抜ける感覚がした。

「アベルっ！」

メアが悲鳴を上げながら馬車から降りて、俺へと駆け寄ってくる。

『フハハハ！　なかなか美味であるぞ！』

「あれ、こんなもんか……？」

なんというか、大して変わらないような……。

『む……？』

リベラが俺を見下ろしていた表情を固めさせ、三つの目をぱちぱちと瞬きさせる。それから一度手に宿していた魔力の輝きを途切れさせ、テストするように明滅させる。それから仕切り直したように、もう一度俺へと手を向ける。

『貴様の魔力、喰らい尽してくれるわ！』

リベラが何事もなかったかの様に、決め台詞を仕切り直した。手の魔力の輝きは先ほどよりも強いが、俺に作用している魔力吸いにはやはり大した違いはない。リベラは三つの目を細め、俺へと向ける腕を一本、また一本と増やしていく。最終的に四本の腕を向けたが、やっぱりあんまり変わらない。

俺はその間、リベラの腕に宿る光を観察しつつ、身体から抜ける魔力の感覚と照らし合わせていた。どうやらリベラの手許の光はリベラ自身の魔力ではなく、現在進行形で俺から奪っているものの様だった。

やはり魔力の減衰率が高そうだな。少々複雑になりそうだが、魔術で再現するのも難しくなさそうだ。その際には色々と改善が必要とされるが。

『……なぜ、まだ倒れぬ？　これだけ近ければ、ニンゲン一人の魔力など数秒で根こそぎ奪い取れるはずであるのに。なぜ、未だに底が見えぬ……？　こやつ、本物の化け物か？』

リベラの三つの目が歪む。悪魔に化け物扱いされた。

「……それだけ大仰な姿にまでなっておいて、最大出力の魔力吸いでもそんなものなのか」

俺が零すと、リベラの表情が険しく変化した。

『さした問題ではない！　魔力を吸い切れなくとも、貴様を直接叩けばいいだけであろうが！』

リベラへと伸びていた巨大な四つの蔦が解《ほぐ》れ、先端を俺へと向けて形《なり》を撓《しな》らせる。

『規格外であろう？　妾は、生やした植物を自らの手足の様に自在に扱うことができる。大きいだけではないぞ。鞭の先端の速度は音速にも並ぶ。まともに受ければ、大地に傷痕を残し、地震を引き起こす。妾とて、受ければ無事では済むまいな』

リベラが自身の力に酔いしれる様に、恍惚と語る。リベラの武器、それは大規模な植物の鞭であった。

「土よ　手を象れ」

俺は土を操り、自らの前方に巨大な腕を造り出す。全長は十メートルほどあるが、リベラの蔦の鞭の長さの半分にも到達しない。

『フハハハ！　盾のつもりか？　貧弱な！　我が力の前に打ち砕いてくれるわ！』

四本の巨大蔦の鞭が同時に振り下ろされる。土の腕は、五つの指を用いてそれらを器用にからめとり、動きを封殺した。

『何!?』

「我が力って……それ、俺の魔力じゃなかったのか」

なぜ魔力を吸っても底が見えない相手に、力業で敵うと思ったのか。土の腕は大きさこそ巨大蔦に劣っているが、速度と動きの精密さでは遥かに勝っていた。

「その鞭、やっぱり大きいだけだったな」

土の腕は大きく手首を捻り、摑んだ大蔦を纏めてリベラへと投げ返した。地面が捲《めく》れ上がり、根ごと持ち上がって土を撒き散らす。四つの大蔦がリベラに次々と当たる。土埃《つちぼこり》と共に、リベラの悲鳴が空へと広がる。

蔦の残骸と土埃が舞う。リベラは身体中から深緑色の血を流しながらも、辛うじて宙に浮かんでいた。だが、かなり高度が落ちている。おまけに額の目からも血が垂れており、固く閉じられていた。どこに落としたのか、腕が四本から三本に減っていた。羽にも傷が目立つ。

『き、貴様……』

自分でも受ければただでは済まない、という部分だけは本当だったようだ。

『もうよい、遊んでやるのもここまでだ』

リベラは三本の腕を俺へと向ける。その手のひらが中央から裂けて、肉が渦を巻いて花弁を象《かたど》り、ヴァーシュの花へと変形した。

「いけない、アレが来る！」「さっきの奴だぁ！　散らばれ！」

討伐隊員達が慌てふためき始める。リベラの手のひらのヴァーシュに、急速に魔力が集まっていくのを感じた。何か、大技が来るようだ。

「《錬成せよ》」

俺は自分の魔力と大気中の成分、精霊を織り交ぜて、ヒディム・マギメタル——魔力で強引に造り上げた即席魔金属——を組成する。ヒディム・マギメタルは込められた魔力を消化しきれば元の物質に戻ってしまうため長持ちはしないが、魔法陣一つで手軽に性質を大きく変えることができる。

恐らく、来るのは魔弾系統だろう。魔力の動きでだいたい察しが付く。ならば今、ヒディム・マギメタルに求めるものは、方向性を持ち射出された魔力を逆方向へと返すことのできる性質である。

ついでに、魔力を引き寄せる性質も付加しておく。これで広範囲をカバーすることができるはずだ。

魔金属塊を操り、巨大な盾の形状へと変化させ、宙に浮かべる。柄は無論、我らマーレン族の象徴オーテムである。即席で作ったのだが、なかなかいいデザインに仕上がったのではと考えている。

『消え去るがよい！』

リベラの三つのヴァーシュの花弁から、緑黄色の輝きを放つ光線が放たれる。三つの光線はヒディム・マギメタルの大盾へと引き寄せられる。と、同時に、辺りに眩《まばゆ》い光が走った。

俺は目が眩《くら》み、手で覆った。次に目を開けたとき、肩、脇腹、太腿の三か所に、直径十センチメートルほどの円形の穴が空いたリベラが宙に浮かんでいた。穴からは、ごぽごぽと深緑の血が溢れ出てきている。

『……な、何、が』

リベラの片翼が千切れて本体から離れ、小さな光の集まりへと変わり、大気に混じって消えていった。リベラ本体も、逆さまになって地面へと落ちていく。

「終わったか」

俺は杖を降ろす。魔金属塊の大盾が光り、元の成分へと分散していく。

「……お客さん、本当に容赦ないね」

御者台から一連の戦いを眺めていたエリアが呟く。

「な、なんだか、悪魔が可哀想になってきた……」

討伐隊員の一人が口にする。それを他の隊員が諫《いさ》めていた。

「お、おい、口を慎め！　アベル殿が来なかったら、俺達全員惨殺されていたんだぞ！」

「いや、でもなんか、あそこまで一方的だとさすがに……」

「気持ちはわかるが言うな！　あ！　すいませんアベル殿！　こいつ馬鹿なんで気にしないでください！」

　あ、扱いが絶妙に酷い。あいつ倒さないと、領地の危機だったのに……いや、悪魔を育てたのがそもそも俺の魔力だったっぽかったので、その辺りちょっとなんとも言えないところだが。

「……結構今の、ヤバい悪魔だったんじゃないんですか？」

　メアが、蔦の残骸を眺めながら言う。

「まぁ、マリアスの使役していた悪魔なんかよりも、ずっと強かったかもしれないな。終わってみたらだけど……」

　戦っている間は一方的に叩き潰しているだけだったので特に感慨はなかったが、扱っていた魔法の規模は、俺が今まで目にしてきたものの中でも、ぶっちぎりで最大級だった。ただし、俺自身が使った魔術を除く。

　唐突に、メアの顔が青褪めた。

「アベルッ！　後ろっ！」

「えっ？」

　振り返るより先に、急に後ろから何かに抱き着かれた。二本の腕が俺の腰回りに、更に二本の腕が俺の両腕をがっちりと押さえ、俺を拘束する。

『捕まえた……』

思念と共に、耳を舐められた。ぞくりと嫌悪感が走る。首を回して振り返ると、一回り小さくなったリベラの顔があった。肌の色合いも若々しい。三つの目も復活しており、嗜虐《しぎゃく》的な色を浮かべて俺を間近から眺めていた。

『驚いたか？　妾も驚いておるぞ、ここまで力を溜めた妾が、こうも容易く追い詰められるとはな。まさか、一度魔力の大半を棄てて、種化を使うことになるとは思わんかった』

恐らく……地面に落ちたリベラは、自らの身体を放棄して種型へと変わり、地中を潜って俺の背後を取り、そこで残った魔力を用いて自身を急成長させたのだ。

『九死に一生を得るためのとっておきである。このまま絞め殺すことも容易いが、あの膨大な魔力を失ってからまた一からやり直すという気は起きないのでな。このゼロ距離から、一気に貴様の魔力を吸い上げてやろう』

まさか、こんな奥の手があったとは思わなかった。やられた。

リベラの魔力吸いは至近距離であれば、吸い取ることのできる魔力量が跳ね上がる。遠隔ではなく密着状態になった今、今までとは比べ物にならない効率での魔力吸いを可能とするだろうと、容易に想像がつく。

討伐隊の連中は、リベラに杖や剣を向けたまま、戸惑っている。

『フフフ……貴様の魔力は、美味であるなぁ……。完全に捕らえた今、無理に殺す必要もない。五感と手足を削《そ》いで、妾の魔力電池へと変えてやるのも悪くはないか』

俺の魔力を吸い上げた後のリベラは、この討伐隊の人達とエリアを殺すだろう。そしてそのままファージ領の支配へと乗り出す。そして何より、俺が連れてきてしまったメアも殺される。

俺は息を吸い、吐いて、思考を落ち着ける。答えは出た。

「俺ごとリベラをやってください！　早く！」

俺は自身の迷いを掻き消す様に叫んだ。今俺を殺して魔力の供給を断ち切れば、種化と急成長で魔力のほとんどを失ったリベラを、討伐隊の手で完全に殺しきることができるはずだ。

俺の叫びに、討伐隊の連中は戸惑いを露わにするばかりである。俺は近くにユーリスがいることに気が付き、彼女へと目を向ける。

「ユーリスさん！　早く！　このままじゃあ、ここにいる全員が死ぬばかりか、ファージ領も完全に潰えます！」

「し、しかし……貴方は、この領地の英雄で……ラルク様の大恩人で……」

「今判断が遅れれば、すべてが終わるんですよ！　ユーリスさん！」

俺の言葉に、ユーリスが顔を伏せながら剣を構える。

だがその前を、メアが手を広げて遮った。泣きながらユーリスへと訴えかける。

「だ、ダメです！　そんなの絶対メア、嫌です！　どうしてもそれしか手がないというのなら、先にメアを殺してください！」

「メア！　今は、時間がないんだ！　こうしてる間にも、リベラの魔力が上がっていっている！」

俺の身体から急速に魔力が抜け始めていた。今までの魔力吸いとは比にならない量だ。

『もう遅いぞ、ニンゲン共よ。フハハハハ！　力が漲……ん？』

リベラの身から力が抜けて、背後へとよろめく。

『む、むむ？　うぷ……気持ち悪……』

リベラが口を押さえて、地面へと突っ伏した。そしてその後、一気に身体が膨れ上がり、悲鳴と共に弾けて身体の各パーツと深緑色の血を撒き散らす。飛び散ったパーツや液体は光の粒子、精霊へと姿を変えていき、大気に散って見えなくなっていく。

「……アベル、何かしました？」

メアが俺を庇おうとユーリスへ手を広げた姿勢のまま、俺へと尋ねる。

「……いや……多分、魔力容量超過したんじゃないのか？」

俺には、そのくらいしか思いつかなかった。

ユーリスの前へと、リベラの頭部が転がっていた。三つの目は潰れ、そのすべてから深緑色の血を垂れ流しにしていた。ユーリスは構えていた剣を手から落とし、小声で呟いた。

「や、やっぱり悪魔が可哀想……」

どこか責めるような目でユーリスが俺を見る。い、いや、俺殺されるか魔力電池にされかけたところだし、更に言うなら今回に至っては何もしていない。じっとしていたら相手が喰い過ぎで自滅しただけである。

7

「そうか……風邪だったのか……」

「……その節は、ご心配とご迷惑をお掛け致しました」

　俺は丁寧な言葉を選びながら、ラルクへと謝罪する。

　リベラ騒動の一件の後村に帰還した俺は、錬金術師団の研究所にて、ラルクと顔を合わせていた。

本当はラルクの執務室に真っ先に報告に向かうのが当然なのだが、ちょっと急ぎで研究所に行かねばならない用事ができてしまったのと、風邪騒動の一件を説明するのが気持ち的に辛かったのとで、こちらへ逃げ込んで来てしまったのだ。そのため報告をユーリスらに丸投げして研究所に向かっていたのだが、ラルクは俺からも色々と訊きたいことがあったらしく、こちらまでわざわざ足を運んできていた。

　ラルクへの報告に向かっていたリノアとユーリスも、彼の横に並んでいる。

「いや、まぁ、よかったよ。本当にアベル君が呪いに負けたのならば、この領地が滅んでいるところだった。ただ、その、もう少し自己管理をしっかりと行ってもらえるととても助かる。私も、闇精霊の刻を回ったら眠るようにするから、お互い夜更かしはなしで行こう」

「……はい」

　俺は答えながら、ちらりとユーリスを見た。ユーリスが少し恥ずかしそうに肩を竦める。どうやらメアとの言い争いの後、ラルクへ読書の夜更かしについて忠告したようだった。

「あと、その……アベル君。その、床にあるそれなんだけど……」

ラルクは床に描かれた魔法陣の中央に置かれたリベラの頭部を見て、ちょっと引き気味に言った。

悪魔は無数の精霊の集合体であり、悪魔として死んだ段階で身体を維持できなくなり、崩壊して無数の精霊へと戻って散っていく。だが、適切な処置を施すことで、こうして形をとどめさせることができるのだ。

「これの解析を進めて、リベラの魔力吸いを魔術として再現しようと思いまして……」

俺がラルクへの報告を丸投げし、真っ先に錬金術師団の研究所へと向かった理由の一つがリベラの頭部であった。精霊の分散が起きないように簡単な処置は倒した場でもできたのだが、質を保つためには研究所に置いた魔術の媒介が不可欠であったのだ。

「……やっぱり悪魔が可哀想だから、もう分散させてあげてくれないか」

領地を崩壊の危機に追い込んだ悪魔へと同情する、領主の姿がそこにはあった。

「ええ……」

「団長の奇行のせいで、なぜか領地の危機を何度も守っているはずの錬金術師団全体の評判が下がりつつある……」

リノアも言い辛そうに口にした。

あとがき

どうも、三食をカップ麺とコンビニ弁当で済ませると噂の作者の猫子でございます。……ちょっとは自炊も覚えないと、健康的な意味でダメかもしれませんね。一応、サラダも買うようにはしているのですが。

この度は呪族転生第四巻をお買い上げいただき、ありがとうございます。自分にとって二シリーズ目の作品である今作も気が付けば四巻目ということで、時間の流れる速さを最近身に染みて感じます。

さて、今回の後書きにも例によって本編のネタバレがありますので、後書きを先に読もうとしていた人はお気をつけください。

呪族転生第四巻はファージ領の改革となっております。ファージ領に降り注ぐ、数々の災厄を主人公アベルが猛スピード解決していき、焦って飛び出してきた黒幕をそのまま粉砕するといった内容になっております。

今回の敵方さんは盤上遊戯が好きだと本人も述べていたように、計略に拘った手法を好むキャラクターとして書きました。神官さんが綿密に領地を攻撃し、ほぼ詰み手の状態にまで追い込んでいたところから主人公が巻き返す話となっています。相手の動きが周到過ぎてプロット段階では二巻分くらいになるとの予測だったのですが、いかんせん主人公がアベルだったので予想外の速度で話が進んで行きました。

アベルが対峙したときに口にしていたように、黒幕が誰なのかは一応の推測ができるように意識して書いていました。ただ本当に途中でバレてしまうと悔しいので、かなり抑え気味ではありましたが……。特に途中まではリングスが表に立ってスケープゴートとなっていたため、推測はほとんど不可能であったと思います。しかし最後の方の彼の独白では、大神官様と交わした言葉についての言及がこっそりとされていたりします。この部分だけではなく、第四巻の最初から読み返してみると、奴に関する部分を注視して読んで行けば、ぽつぽつと怪しい描写が見つかることかと思います。

リングスの二度目の独白以前に大神官様が誰なのかに気が付いた方がいましたら、私の完敗です。Amazonレビューや Twitterなんかで、ネタバレにならない範囲内で勝ち誇ってやってください。特に景品も何も出せませんが、猫子がぐぬぬとハンカチを嚙み締めます。

高校生くらいの頃にミステリーかぶれの小説を書いていたので、ちょっとこういう要素も呪族転生に盛り込んでみたかったのです。賞に送ってばっさりと落ちてがっかりしていたあのときの自分に、今小説家になれてるよ！　と、教えてあげたいですね。

思い返せば懐かしいものです。久々に読み返してみたいなと最近思うのですが、ＵＳＢの紛失だったりパソコンの買い替えだったりで、いつの間にか見当たらなくなってしまったのが非常に残念です。因みに周到で奇怪な連続殺人を起こした犯人は主人公の親友だったわけですが、動機が「暇だったから」という恐ろしくふんわりしたものだったことを覚えています。当時はミステリー小説で動機がないっていうのがこう、メタで新しくて、なんだかミステリアスでロックな気がしていたんですね。気のせいでしたね。誰もやっていないものを書く前に、なぜ誰もやっていないかを考えるべきでした。ほとんど初めて書いた小説だったので仕方ないですね。読んでくれた知人の「お前を殺してやろうか」という感想もいた仕方のないことでした。

ではこんなとこで、今巻も謝辞を贈らせていただきまして、後書きを締め括ってしまおうかなと思います。引き続き今巻も出版してくださったアース・スターノベル様、メール返信が遅れてしまいいつも迷惑をお掛けしている編集のF様、今回も素晴らしい表紙と挿絵を描いてくださったMika Pikazo様、今巻を手に取っていただきました読者の皆様、いつも本当にありがとうございます！　どうかこれからも、なにとぞよろしくお願いいたします！

猫子

アベル&メアは
ベストなコンビ…!!
最強、呪族転生④巻を
読んで下さり
ありがとうございます!!

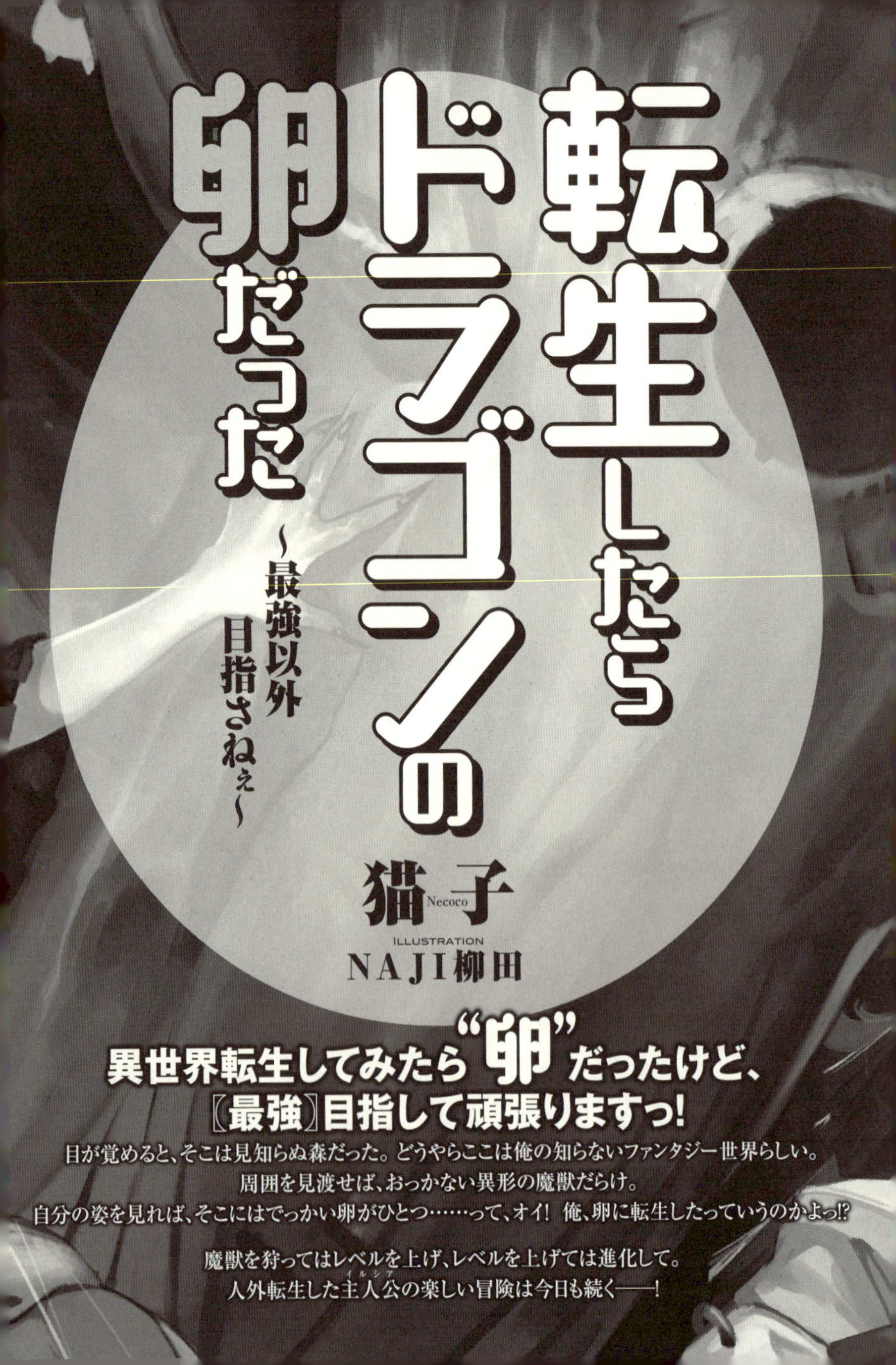
転生したらドラゴンの卵だった
~最強以外目指さねぇ~
猫子 Necoco
ILLUSTRATION
NAJI柳田
異世界転生してみたら"卵"だったけど、
〖最強〗目指して頑張りますっ!
目が覚めると、そこは見知らぬ森だった。どうやらここは俺の知らないファンタジー世界らしい。
周囲を見渡せば、おっかない異形の魔獣だらけ。
自分の姿を見れば、そこにはでっかい卵がひとつ……って、オイ! 俺、卵に転生したっていうのかよっ!?
魔獣を狩ってはレベルを上げ、レベルを上げては進化して。
人外転生した主人公《イルシア》の楽しい冒険は今日も続く——!

1億PV超の大人気人外転生ファンタジー！
コミカライズ好評連載中！
最新刊！
転生したらドラゴンの卵だった 5 猫子 NAJI柳田
転生したらドラゴンの卵だった 4 猫子 NAJI柳田
転生したらドラゴンの卵だった 3 猫子 NAJI柳田
転生したらドラゴンの卵だった 2 猫子 NAJI柳田
転生したらドラゴンの卵だった 1 猫子 NAJI柳田
5
4
3
2
1

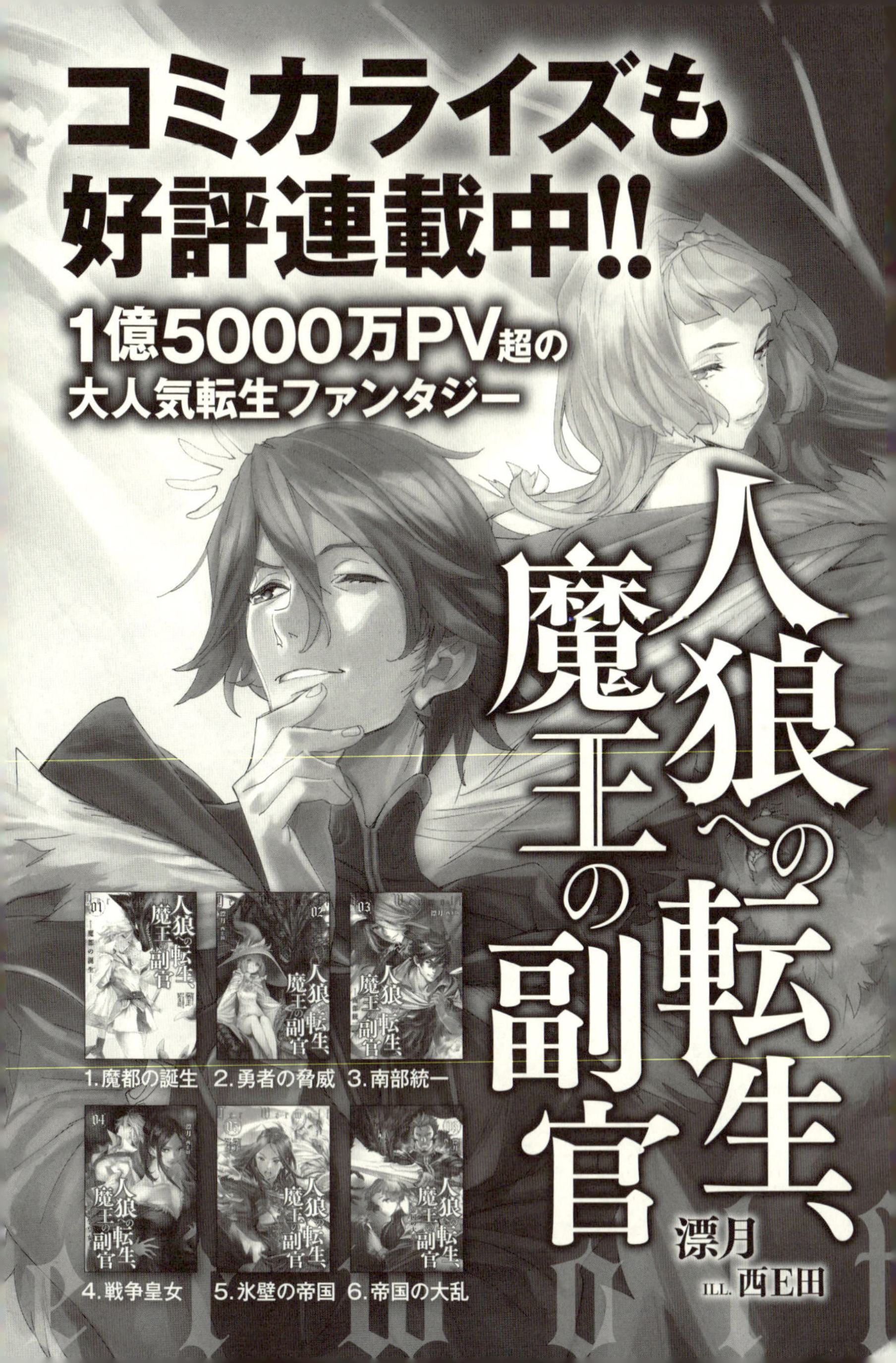

コミカライズも
好評連載中!!
1億5000万PV超の
大人気転生ファンタジー
人狼への転生、魔王の副官
漂月
ILL. 西E田
1.魔都の誕生
2.勇者の脅威
3.南部統一
4.戦争皇女
5.氷壁の帝国
6.帝国の大乱

シリーズ累計
30万部突破！
魔王軍第三師団の副師団長ヴァイト——それが、
人狼に転生した俺の今の姿だ。
そんな俺は交易都市リューンハイトの
支配と防衛を任されたのだが、
魔族と人間……種族が違えば考え方も異なるわけで、
街ひとつを統治するにも苦労が絶えない。
俺は元人間の現魔族だし、両者の言い分はよくわかる。
だからこそ平和的に事を進めたいのだが……。
やたらと暴力で訴えがちな魔族を従え、
文句の多い人間も何とかして、
今日も魔王軍の中堅幹部として頑張ります！
最新刊！
人狼への転生、魔王の副官
07
7.英雄の凱旋

累計30万部突破の
大人気作!!
小説家になろう
50万作品の
年間ランキング
第2位!
続々重版中!
私、能力は平均値でって言ったよね!
FUNA
5

EARTH STAR NOVEL

最強呪族転生 ～チート魔術師のスローライフ～
4．ファージ領の改革

発行 ―――― 2017年11月15日　初版第1刷発行

著者 ―――― 猫子

イラストレーター ―――― Mika Pikazo

装丁デザイン ―――― 百足屋ユウコ＋石田 隆（ムシカゴグラフィクス）

発行者 ―――― 幕内和博

編集 ―――― 齋藤芙嵯乃

発行所 ―――― 株式会社 アース・スター エンターテイメント
〒107-0052　東京都港区赤坂 2-14-5
Daiwa 赤坂ビル 5F
TEL ：03-5561-7630
FAX：03-5561-7632
http://www.es-novel.jp/

発売所 ―――― 株式会社 泰文堂
〒108-0075　東京都港区港南 2-16-8
ストーリア品川
TEL：03-6712-0333

印刷・製本 ―――― 株式会社廣済堂

ISBN 978-4-8030-1132-6